21

世纪文学之星

丛书 2019年卷

中短篇小说集

仙 人

鬼 鱼⊙著

作家出版社

作者简介：

　　鬼鱼，1990 年生于甘肃甘州，艺术学硕士，中国作家协会会员。2014 年起，先后在《人民文学》《中国作家》《十月》《青年文学》《上海文学》《江南》等刊物发表中短篇小说 70 余万字，部分被《小说选刊》《中华文学选刊》《小说月报·大字版》《中篇小说选刊》《长江文艺·好小说》选载并辑入年选。曾获第六、七届黄河文学奖，第十五届滇池文学奖。现居兰州。

目　录

总　序

袁　鹰

　　中国现代文学发轫于本世纪初叶，同我们多灾多难的民族共命运，在内忧外患，雷电风霜，刀兵血火中写下完全不同于过去的崭新篇章。现代文学继承了具有五千年文明的民族悠长丰厚的文学遗产，顺乎20世纪的历史潮流和时代需要，以全新的生命，全新的内涵和全新的文体（无论是小说、散文、诗歌、剧本以至评论）建立起全新的文学。将近一百年来，经由几代作家挥洒心血，胼手胝足，前赴后继，披荆斩棘，以艰难的实践辛勤浇灌、耕耘、开拓、奉献，文学的万里苍穹中繁星熠熠，云蒸霞蔚，名家辈出，佳作如潮，构成前所未有的世纪辉煌，并且跻身于世界文学之林。80年代以来，以改革开放为主要标志的历史新时期，推动文学又一次春潮汹涌，骏马奔腾。一大批中青年作家以自己色彩斑斓的新作，为20世纪的中国文学画廊最后增添了浓笔重彩的画卷。当此即将告别本世纪跨入新世纪之时，回首百年，不免五味杂陈，万感交集，却也从内心涌起一阵阵欣喜和自豪。我们的文学事业在历经风雨坎坷之后，终于进入呈露无限生机、无穷希望的天地，尽管它的前途未必全是铺满鲜花的康庄大道。

绿茵茵的新苗破土而出，带着满身朝露的新人崭露头角，自然是我们希冀而且高兴的景象。然而，我们也看到，由于种种未曾预料而且主要并非来自作者本身的因由，还有为数不少的年轻作者不一定都有顺利地脱颖而出的机缘。其中一个重要的原因，乃是为出书艰难所阻滞。出版渠道不顺，文化市场不善，使他们失去许多机遇。尽管他们发表过引人注目的作品，有的还获了奖，显示了自己的文学才能和创作潜力，却仍然无缘出第一本书。也许这是市场经济发展和体制转换期中不可避免的暂时缺陷，却也不能不对文学事业的健康发展产生一定程度的消极影响，因而也不能不使许多关怀文学的有志之士为之扼腕叹息，焦虑不安。固然，出第一本书时间的迟早，对一位青年作家的成长不会也不应该成为关键的或决定性的一步，大器晚成的现象也屡见不鲜，但是我们为什么不在力所能及的范围内尽力及早地跨过这一步呢？

于是，遂有这套"21世纪文学之星丛书"的设想和举措。

中华文学基金会有志于发展文学事业、为青年作者服务，已有多时。如今幸有热心人士赞助，得以圆了这个梦。瞻望21世纪，漫漫长途，上下求索，路还得一步一步地走。"21世纪文学之星丛书"，也许可以看作是文学上的"希望工程"。但它与教育方面的"希望工程"有所不同，它不是扶贫济困，也并非照顾"老少边穷"地区，而是着眼于为取得优异成绩的青年文学作者搭桥铺路，有助于他们顺利前行，在未来的岁月中写出更多的好作品，我们想起本世纪 20 年代和 30 年代期间，鲁迅先生先后编印《未名丛刊》和"奴隶丛书"，扶携一些青年小说家和翻译家登上文坛；巴金先生主持的《文学丛刊》，更是不间断地连续出了一百余本，其中相当一部分是当时青年作家的处女作，而他们在其后数十年中都成为文学大军中的中坚人物；茅盾、叶圣陶等先生，都曾为青年作者的出现和成长花费心血，不遗余力。前辈们关怀培育文坛新人为促进现代文学的繁荣所作出的业绩，是永远不能抹煞的。当年得到过他们雨露恩泽的后辈作家，直到鬓发苍苍，还深深铭记着难忘的隆情厚谊。六十年后，我们今天依然以他们为光辉的楷模，努力遵循他们的脚印往前走去。

　　开始为丛书定名的时候，我们再三斟酌过。我们明确地认识到这项文学事业的"希望工程"是属于未来世纪的。它也许还显稚嫩，却是前程无限。但是不是称之为"文学之星"，且是"21 世纪文学之星"？不免有些踌躇。近些年来，明星太多太滥，影星、歌星、舞星、球星、棋星……无一不可称星。星光闪烁，五彩缤纷，变幻莫测，目不暇接。星空中自然不乏真星，任凭风翻云卷，光芒依旧；但也有为时不久，便黯然失色，一闪即逝，或许原本就不是星，硬是被捧起来、炒出来的。在人们心目中，明星渐渐跌价，以至成为嘲讽调侃的对象。我们这项严肃认真的事业是否还要挤进繁杂的星空去占一席之地？或者，这一批青年作家，他们真能成为名副其实的星吗？

　　当我们陆续读完一大批由各地作协及其他方面推荐的新人作品，反复阅读、酝酿、评议、争论，最后从中慎重遴选出丛书入选作品之后，忐忑的心终于为欣喜慰藉之情所取代，油然浮起轻快愉悦之感。"他们真能成为名副其实的星吗？"能的！我们可以肯定地、并不夸张地回答：这些作者，尽管有的目前还处在走向成熟的阶段，但他们完全可以接受文学之星的称号而无愧色。他们有的来自市井，有的来自乡村，有的来自边陲山野，有的来自城市底层。他们的笔下，荡漾着多姿多彩、云谲波诡的现实浪潮，涌动着新时期芸芸众生的喜怒哀伤，也流淌着作者自己的心灵悸动、幻梦、烦恼和憧憬。他们都不曾出过书，但是他们的生活底蕴、文学才华和写作功力，可以媲美当年"奴隶丛书"的年轻小说家和《文学丛刊》的不少青年作者，更未必在当今某些已经出书成名甚至出了不止一本两本的作者以下。

是的，他们是文学之星。这一批青年作家，同当代不少杰出的青年作家一样，都可能成为21世纪文学的启明星，升起在世纪之初。启明星，也就是金星，黎明之前在东方天空出现时，人们称它为启明星，黄昏时候在西方天空出现时，人们称它为长庚星。两者都是好名字。世人对遥远的天体赋予美好的传说，寄托绮思遐想，但对现实中的星，却是完全可以预期洞见的。本丛书将一年一套地出下去，十年二十年三十年五十年之后，一批又一批、一代又一代作家如长江潮涌，奔流不息。其中出现赶上并且超过前人的文学巨星，不也是必然的吗？

岁月悠悠，银河灿灿。仰望星空，心绪难平！

1994 年初秋

序

有灵性的树和带着光边的投影

施战军

鬼鱼的中短篇小说的量已经积攒得不小，收在《仙人》（入选作家出版社"21世纪文学之星丛书"2019年卷）这个集子里的只是一小部分，属于林地中的一小片，树也不是一种树，又都长势喜人。这并不是关键的，关键在于他的小说的树林下面有厚厚土层，土里水分养分丰足，生物微生物也跟树根一样活得欢实。

他的许多小说，取名常别出心裁，描写上常出现未必说得出来但动作上品得出来的"势语"，这些都很有意味地参与了文本的建构。人物在平凡日常中的预计和不测，让人生的路就像一篇文章写了又改，而初稿与改稿间，把鼻涕虫弄到盐堆（《蛞蝓》）、拔牙掺和进了"人生事故"（《龋齿》）这类事体就成了故事的寓指。短篇小说大概离不开"戏精"般的存在，像是一丝风来，树傻乎乎地呆立着，偏有一小撮叶子晃了晃，正襟危坐神情端庄之下瞬间来上的挤眉弄眼，成了活的和多的小说灵气的表征。

"仙人"是书名，也是其中的一个小说的题目。这个作品可以从两方面来打量。

一方面，老厂、宿舍、求仙、闹事、生计以及"我"的成长，厂子与小城内外确切的信息和可能的故事饱胀得像一部年代大戏，上班的不得不转岗、上学的也不听吆喝，冲动求安妥、禁锢寻冲破，旧的正在过去、新的尚未到来……另一方面，用了接近中篇的篇幅，其实还是一个短篇——看待时代、人物的预设趣味稍显外露了那么一点点，在欲望和迷信跟真情和真相之间，本应该是一个变幻莫测的张力场。如果以聪明的喜剧闹剧淡化了对浑浊悲苦的体察，那些不可思议的迷惑与随流磕碰的来由也就被省略了或者故意忽略了，让本该更多义的指向定型于较小的认知范畴。前一方面对写作容积的拓展足令我们赞赏，结结实实又不避杂乱的时空，给时代"本事"留下确凿的轮廓线条，这并不容易，其中的水塔、气功、孔雀将二十年前的生活本相化入了作家对风俗史的审美记录，气盛之心怦然，老到之笔俨存；后一方面说的是阅读期待，希望老到之笔赋形于老辣之思，这个真的太难，不能对作者的每一篇都有此种苛求。

鬼鱼的其他小说比如《高壁寺》《捕梦网》《角儿》《春去也》《美好的事物无法久存》虽然各有千秋，但文本上也存在类似的矛盾。这也许是如今青年作家在对素材的艺术处理上出现的普遍性的待解的困境。

在我的阅读范围里，他最结实、耐看的小说是《端阳》（《人民文学》2019 年第 3 期）。虽然并没有收在这本集子里，

但我忍不住想谈谈。复杂情感的绞结，不能不让我们联想到鲁
迅的《故乡》，但是这个中篇多出了比短篇应该多出来的许多
活态物事。

　　在《端阳》里，苦乐年华杂花生树，人情世故烟熏火燎。
给家人、乡亲看的婚事，拖入回乡随俗的流程，再有出息的后
生也得如苔藓似地锦，居于土皮上草木间；两个年轻人又仿佛
疲惫不堪但又决不气馁的树灵，顽固地努力着让所顾所行包容
又溢出繁琐的世情，感恩、妥协和愧疚又不乏明察的心绪，搅
拌在一起，以爱为底，仁忍成为巨大的支撑力，带着光边的投
影，温润的色调试图拂过家乡的日夜。

　　这种不是仅靠新异题材和陌生化叙述技术取胜，而是用纯
正厚朴的情感融入文本并推动文本的完成，构成了鬼鱼非同一
般的辨识度，他具备在文学正典的长路上"深思高举"、出类
拔萃的素养。

　　"鬼鱼"这个笔名，或许藏有秘密。把1990年生的鬼鱼
跟比他大上一轮以上岁数的作家当初起的一些笔名（比如"鬼
子""鬼金"）比较一下，似能揣摩到某种嬗变之痕。上世纪
90年代那时候，"我"之个性为大，如今呢，大致是"我与一
切"执两用中，因而"鬼鱼"这样的笔名隐隐地存在个性之
"我"也要同"万物"互认、密谋、共话的联想，人群、各种
生灵，不管是活着的还是故去的甚至是想象中的，古老的"物
我为一"，正在现时中以对"现实"的情境感受和对"未来"
的深长试探，复魅在这一代文学新人对文学的整体重建的写作
路程中。写实也好，幻想也罢，他们的表达，在扩容了的天人
之际，不再以消沉、鬼混、满拧、作死的惯性滑行形象为个
性（其实面孔都长得差不多）的标签，而是更多寻找和发现生
命的余地，甚至不惜看似软弱认怂（具有"失败青年"的假
面），不再跟"代际""性别""你我""今昔"一味较劲。包

括面对传统与现代，他们现出了冷静观之的可能性端倪，既不
是执着"道统"的唯一性排斥现代，也不是为了"现代性"的
合法性批判传统，其实是对生命观（不仅仅是人际观察和历史
判断）的认知经历过正反合的结果。

　　不管上面说的是不是那么回事，也不管谁乐意不乐意，事
实是，前浪英勇后浪攒劲，大戏换场在即，鬼鱼们的主角生涯
已经开始。

高壁寺

　　和棠宁分手近一年后，我索性回了兰州。尽管还有一年才毕业，但一想到在巴掌大的学校冷不丁就会碰见她，或者她和她的新男伴，我还是对自己使狠道：回！当时做这个决定，就像在头顶竖起一柄刀，凌空挥下，这个"回"字便是霍霍风中的果敢和韧劲，甚至还带着一丝慷慨悲歌的决然之气。

　　回来不久，我就找到了居所，在山上，是一座安静的院子。院子周围有一片弧形的菜地，市场能买到的蔬菜，这里多数都可找见。它们的主人就住在山下的闹市，自称是医生，她让我叫她徐姐。徐姐每三天上山来摘一次菜，她告诉我，她种的菜不施任何肥料，能抗癌。我笑笑不置可否。当初她在网上发布招工信息，我就是看中了山上的寂静才联系的她。活儿并不多，只是除虫和浇水。

　　这片山叫华林山，从闹市上来就一条路，两边都是棚户区私搭的"小炮楼"，高高低低，顶上一律是蓝色或绿色的波浪纹石棉瓦，大约延伸三百米，前方会突然变得开阔起来，山坡上零星点缀着几家像我住的这样的院子。若是再往前走，出不了一公里，就会看见一座偌大的公共墓园，而在墓园西侧，殡仪馆的烟囱少有间歇。我曾远远地盯着它看，最终发现，那些或浓或淡的烟，腾升以后全都变成了一疙瘩一疙瘩的灰云，像烂透了的棉絮。

至于墓园深处是什么，我就不知道了。平时我出门走得并不太远，因为依旧陷在和棠宁分手的痛苦中无法自拔，整日都蔫耷耷的。我也清醒地明白再这样耗下去将会整个儿地毁了自己，却还是忍不住钻牛角尖。难道我还不够爱她吗？我追问山上的朝阳和落日，追问树间的鸟鸣和风声，追问墓园的烟雾和灰云，直到把自己折腾到筋疲力尽，仍旧得不到这世间的任何指点。

母亲从甘州打来电话，我骗她我在学校写论文，假期不回家。她不发表意见，只是问我身上的钱够不够。从本科到硕士，她对我的关心"专一"极了，除了问钱够不够还是问钱够不够。她年轻的时候因为没钱吃够了世间一切苦，但她不明白我的痛苦并不是用钱就能解决的。棠宁一再出轨的男人中没有一个是多么有钱的，没办法，和更多的男人上床，就是她所理解的爱。

我极少下山去，除了洗澡，生活用品都是托徐姐从市区带上来。她比我大十来岁，脸如银盘，头发收拾得一丝不苟，手腕、脖颈、指间、耳垂挂满了绿莹莹的玉饰，看上去端庄富态极了。有一次下山洗澡回来的路上，我正好遇见她开车上山。她打着喇叭将头探出窗户邀我上车，后座上，一双凌乱的黑丝袜盘成了麻团，很多地方都开着蚕豆、鸡蛋大小的窟窿眼，一股混合着烟草气息的香水味若有若无，跟她白白净净的风格很不搭调。我的心在怦怦跳动，整个人慌作一团，脸热得流虚汗，但从中央后视镜中看，她倒是安之若素。

　　出版公司发来邮件催稿子的进度，字间透出的语气很不客气，甚至用了"好自为之"这个词。我知道是什么意思，一切都在合同上写得很清楚，作为枪手的我如果不想违约，就必须得撸起袖子加油干。这是一本感悟式游记，写去哪里旅游不管，只要每篇文字的落脚点能跟"佛意"扯上关系就行，策划编辑早就告诉我，这就是当下游记类畅销书的卖点。我想真是可笑。将来书出版上市了，有谁能够想到写尽了"看淡生死成败"的真正作者居然是一个连情感疙瘩都解不开的可怜人。

　　有几个夜晚，我失眠在外面看星星。黛蓝色的天空中，星星并不明亮，也并不多，要仔细数是可以数得过来的。远处的墓园传来犬吠，附近的山坡上霎时升腾起几团明晃晃的火光。我以为是手电或者火把，将它们误认为寻路的同伴。但近了才发现，它们根本没有人举着，就那么游动着朝我涌来。山间的清风让我寒毛参起，我拔腿折进院子里窝被子蒙住头，却整晚感觉床边站着一群不说话的陌生人。

　　第二天，我再次朝着夜晚的方向看去时，那里除了一片杂草、庄稼和几棵树之外，就光秃秃的再什么也没有了。一轮红日照在山坡之上，除了穆静，就是荒凉。我尝试着往前走，沿着细小的田埂和弯弯曲曲的水沟，走了有七八分钟，终于走到了那片区域。举目四望，远方的风景和足下的几乎一样，我怀揣着探寻的目的逛了一圈，竟然发现了几片带有鸟兽图案的瓦当和一截残碑，被烧焦的木头斜插进土中，如高高扎起的人骨。碑文上除了"高""寺"两个字尚完整外，其他的都已模糊不可辨认。

　　这里原来有一座寺院吗？看着满地的杂草和庄稼，我怎么也不相信。残碑只拍了照片，瓦当却是可以带回来的。浇地的时候，我用清水洗干净瓦当上面的尘埃和泥垢，待一一拂拭干，可清晰看出上面的图案是仙鹤和麒麟。

徐姐再次上山来，我把夜晚看见鬼火的事情告诉她。"没关系，害怕你可以走。在你之前有好几个人都是因为害怕离开的，"她又补充，"我也害怕。"

我搓着手解释："我不害怕，我是想知道有鬼火的那地方以前是什么。"

"除了庄稼还能是什么？"徐姐反问我。

"是不是还有其他的什么？"我问。

"你指的是什么？"徐姐又反问。

我赶紧拿出瓦当和照片给她看："喏。"

徐姐揣饬了一番问我："你发现了什么？"

我抛出自己的疑问："那地方以前是不是有座寺院？"

"寺院？"徐姐仰着头想了想说，"好像吧。"

"叫什么名字？"

"这就不大清楚了，等我下山给你问问别人。"

我实在压制不住对棠宁的思念，尽管她是个不折不扣的荡妇。分手以后，我就删除了有关她的一切联系方式。我曾打过她，但她说并不怨恨我。她知道自己做得不对，可没有任何办法。"和更多的男人做爱，是天生的，我不能控制。"她哭着告诉我。有时候回想起来，我觉得她其实比我要可怜；但有时候，我又会彻底否定这种想法。

发现碑文的第二天，我突然发了疯给棠宁写血书。白纸上"好好活着"四个拳头大的血字，触目惊心，我并不想死，只是想告诉她我活得有多苦。这种痛苦一直持续到了夜晚。而在夜晚，我又看见了鬼火。我屏住呼吸看着它们，可它们并没有动，就待在原地，像被拴住了的蜡烛，亮了一段时间后就陆续熄灭了。不知为什么，在害怕中我居然产生了一丝失落。

觉睡得仍不踏实，梦中，我看见棠宁和很多男人交欢。惊醒后，头痛欲裂，我再也无法进入睡眠。

次日清晨，我再一次去了那片荒地，山上寒凉，露水打湿了我的鞋子和裤管。观察了一圈后，我惊异地发现足下的土地是周围唯一的一片荒地，而其他地方，不是田地，就是菜地。除此之外，我还发现了几片不同图案的瓦当，也是鸟兽，但我并不认识那到底是什么动物。

太阳出来，鞋子和裤管很快就被晒干。头顶有乌鸦在盘旋，自住到山上来，我已经不再讨厌它们的鸣叫。我想把血书寄给棠宁，但回到院子里看到结了痂的黑乎乎的字，又感到恶心不已，也不知出于一种什么考虑，在混沌中，我竟莫名其妙地将它叠起来了。

我感觉像活在虚象中。自己都觉得自己可笑。

但第二天，我确乎像个疯子一样，又冲下山将血书寄出去了。

两年前的秋天，我离开待了四年的兰州去千里之外的另一所学校。它坐落于一个因为煤矿和雾霾而著名的城市，任何时候夜观天象，头顶都笼罩着庞大而浑浊的橙红色，仿佛地面上燃烧着熊熊不灭的大火。

班主任告诉我们可以自由选择座位，出于一向的习惯，我抱着一本小说集选择了教室的最后一排，是特德·姜的《你一生的故事》。棠宁也在那里，但她抱的是 iPad，在看一部我不知道的电影。

在教授的滔滔不绝中，我看完了《巴比伦塔》，它将我完全带上了那座通向天堂的塔。叙述中，瑰丽而又奇异的想象让我着迷。"赫拉鲁穆真是个伟大的战士！"我赞叹地合上书开始发呆，震撼的作品总是叫我感到虚无。身旁的棠宁却在哭泣。

"贝蒂死了，"她说，"是佐尔格杀死的。"

　　我不懂棠宁在说什么。她的上身前倾在桌子上，眼泪顺着鼻梁滑落进了微露的乳沟之间，我产生了眩晕。那种感觉就像是喝醉了酒在春天的田野里奔跑，太阳照着我，没有方向，风的方向就是我的方向。就是这道沟，后来让我知道了贝蒂和佐尔格分别是让－雅克·贝奈克斯导演的电影《巴黎野玫瑰》中的女主和男主。对于尚没有过性体验的我来讲，贝蒂和棠宁二者中的任何一个，都是致命的诱惑和引逗。就像干瘪的植物急需水源和阳光一样，在接下来的几天里，我总是对棠宁胸前的那道乳沟充满憧憬。那里藏匿着无尽的雨露，它让我想到了一个蠢蠢欲动的词语：万物生长。

　　中秋节的夜晚，班里举行迎新联欢会，先是聚餐，然后是到 KTV 喝酒唱歌。就是在那一次，我才知道棠宁本科所学的专业竟然是声乐。在呼喊中，她倾心而唱的一曲《想你的 365天》将逼仄房间里的热烈气氛推向了高潮。昏暗的灯光里，大家在摇骰子，玩真心话大冒险，手拉着手，肩并着肩，脸贴着脸，嘴对着嘴。有一个男生喝醉了，嚷嚷着要给大家表演一分钟单手解胸衣，立刻就有几个喝高了的女生把自己的上衣慷慨地撩了上去。

　　我在角落里看见棠宁举着手机出门去了。隔了一会儿，我追出门的时候发现她正靠着走廊的软包墙壁上在无声地流泪。地上铺满了五颜六色的气球，我鼓起勇气拾起一只金黄色的捧到她面前问："像不像一轮圆月？"

　　棠宁盯着我看，破涕为笑。

　　我们和同学们不辞而别，街道两边的桂花香浸透了整座城市。橙红色的夜空中并不能看见月亮，但我却觉得皎洁的月光照耀在了我的心坎上。我们从学校的北门回来，那里有一片偌大的叫作"毓秀湖"的水塘，湖上没有桥，我们必须要绕过它才能到达去往公寓的小路。于是，在无声的行动中，我们便踏入了水塘旁的那丛竹林。后来回想起来，那种"无声"似乎还等同于"默契"，更裹挟着一种"迫不及待"。

刚一踏入竹林，我们就抱住了对方。那完全是酒精发酵的结果，像是体内蕴藏着一个暴徒，他在黑暗中教唆我咬住了棠宁的嘴唇。这种出于天然而又朴素的行为，不带任何技巧，如果没有棠宁的教导，我根本不懂得舌头会在接吻中给人带来意想不到的愉悦和欢乐。

但我并不满足于此。此前那道让我眩晕过的乳沟一直在我的生活中闪回，我时刻都觉得它已暗自向我抛出了橄榄枝。就在这样的意念之下，我毫不顾忌地将食指放在了棠宁外衣的拉链上。那是件粉色的时尚运动装，拉链卸开的瞬间，那道乳沟，不，那道深沟联并伏起的山岭喷薄欲出，它们仿佛猝然骤现的一面镜子，在黑暗中照见了贪婪的我。

当我哆嗦着将食指插进沟底时，棠宁一把攥住了我那只不安分的手。她明明睁大眼睛瞪着我，但声音里布满魅惑："讨厌，没见过啊？"

我摇摇头，像一只呆鹅。

棠宁却撇着嘴巴将我那只不安分的手直接塞进了她鼓荡的胸衣。我觉得那绝对算是个启蒙，因为那一刻，我感到灵魂出窍了。

在那片竹林中，我几乎是按照棠宁手把手的指点才勉强找到了那道众妙之门。我知道，在这个时候我本该一鼓作气冲进去，但结果并不尽如人意，因为在尚未叩门之前，我居然因为听到了竹林外的脚步声而"再而衰三而竭"了。

棠宁就像一位诲人不倦的导师似的缠上了我。那个情事未竟之夜，她已经表现出不折不扣的"长辈"风采来，从竹林走出，她挽着我的胳膊直接将我带进了一个幽闭的巷子。风拂起了她弥散着茉莉花香的长发，我听见有阵阵铃声入耳，像是从远古穿透时空而来。当天晚上，棠宁在酒店主动将自己剥了个精光。第二天早上醒来，我又听到了余音绕梁的铃声。我下意识地一把扯开窗帘，一座寺院就赫然出现在了眼皮底下，院子里，沙弥洒扫，余香袅袅。转过身，棠宁还在睡，她的脸颊浮现着一片灿烂的潮红，大腿根部的蝮蛇文身正对我虎视眈眈。

我决定跟棠宁正式确定关系。尽管酒店的床上也是个不错的地儿，但我认为我还是需要一个庄严的场合。被我吵醒的棠宁再一次跟我缠绵，她翻身上来，将胳膊肘撑在我耳边的同时又将一颗乳头准确无误地喂进了我的嘴巴。她可真是个叫我沦陷的尤物。那时我并不知道，其实并不只是我，在众多的为她所倾倒的男人们中，谁都觉得棠宁是个尤物。

我在佛陀的注视中向棠宁表白，我认为寺院是一个足以比任何地方都庄严的场所。但棠宁显然并不在意，她告诉我，她想要自由。

我说："跟我在一起并不会限制你的自由。"

棠宁点了三炷香跪拜在佛陀的面前对我笑语嫣然："可我想要的是极度的自由。"

我不死心。我并不是一个在性关系上随便的人，要真是那样，本科阶段我就会变成一个风月场合的老手。但棠宁却再也不愿过多地跟我解释了，她几乎是像一只兔子一样欢快地跳着走出寺院的。寺院的山门右侧生长着一棵巨大的柿子树，那满树青绿色的柿子多么像我不明不白的情事呵。我踩着柿子树投射到地面的阴翳追过去，棠宁已经远去了。而在身后的斜上方，我看见这座寺院山门的正上方悬置着一块黑色木匾，仰视中，篆书的"大云寺"格外流畅。

三天以后，徐姐并没有按照往常的时间上山来摘菜。我一直等到傍晚也不见她的身影，我站到屋顶打电话。她告诉我，她病了。

"浑身都软，像一摊烂泥。"她的比喻真是形象极了。

我顺口关心："要不要紧，要不我去看看你吧。"

徐姐说："不用了，我自个儿缓两天就好了。"

结束通话，我才羞报地感到自己好像说错了话。我和徐姐的关系应该还没有到"我去看看你"的地步。

日暮下，山下的高楼大厦像是排列整齐的岛屿，身上披满了万丈金光。又到了去山下洗澡的日子。我从屋顶下来，刚刚进屋取了个洗漱用品的工夫，整个大地就迅速进入到了漫天霞光的灿烂中。就连墓园那边的殡仪馆烟囱里涌出的烟雾看上去都像是镀染了几层彩色的云朵。

走在田畴中央的土路上，我又想起了残碑上的那两个字来："高""寺"。这世间要是真有一座叫"高寺"的寺院，也确乎是诡异的事。光是这名字，就有一种不可言说的诡异。大云寺得名是因为武则天从《大云经》中找到了女人称帝的依据，叫天下和尚全部唱颂大云，为自己造势。倘若真有"高寺"，又会有怎样的过往？

母亲是第一个知道我和棠宁分手的人。那时，我天天在朋友圈发表厌世言论。她打电话问近况，我说想要到外面转一圈。母亲问："外面是哪里？"

我想了想说："祖国山河。"

母亲问："发生了什么事？"

我在哭："我们分手了。"

母亲又问："棠宁吗？"

我说："嗯。"

母亲的回话慢条斯理："分就分了。"顿了顿又嘱咐，"你还年轻，别胡来。"

我冲手机喊："要不是你早告诫我没打算和人家姑娘结婚

就不要和人家上床，我现在也不至如此！"

　　母亲挂了电话。一会儿，她在微信上发来一万块钱，又留下消息："在外面注意安全。"

　　我在纸上将要去的地方一一列出来，全部是黄河经过的。我甚至做好了徒步沿着黄河旅行的准备。但最终，我哪儿也没有去，不要说祖国山河，就连那座夜空是橙红色的城市我都没有出去过。对母亲而言，我的安全高于一切。我觉得祖国山河之于我是"外面"，但之于母亲，只要不在她身边，无论我在哪里都是她的"外面"。

　　下山到闹市并不很远，在路上也鲜有遇到上山的人。路边的"小炮楼"晾衣绳上挂满了颜色鲜艳的裤衩和胸衣，据说这一带住了很多进城务工的青年男女和假期考研的学生。山下就是雷坛河，聚集着兰州三分之一的洗浴会所，胭脂水粉和精油浴液充斥着每一个下水管道，香精味道浓郁四溢；但在明清两代，这里是声名远扬的法场，成群的犯人被押到这里接受刑罚，手起刀落，身首异处。

　　门上挂出告示，我前几次洗澡的这家主人有事外出了，暂停营业。在一个中高档洗浴会所聚集地寻找一家大众澡堂何其困难，穿着粉艳的女人在巷子里倚门而笑、美目盼兮，但我并未投其所好。

　　我沿着巷子一直走，天愈黑，灯愈红。巷子深处，人影绰约。有一个身着黑色披风的女郎向我发出寒冷的目光，她双手交叉立于墙下，横眉竖眼，像极了一位古代的女侠。倘若在她怀中再添一柄刀剑，我绝对会认为自己身处古代。我经过时，她轻松地一个旋转动作，也不知用了什么功夫，我的眼前就变得模糊起来了。脚下的路并不平坦，刚迈出一步，我一个趔趄差点掉入什么坑中。

　　"官人，跟你商量个事儿，"她对我的称谓让我呆若木鸡，

"你要是能从我的手中取回眼镜，我便放你走；要是取不走，就得跟我上楼去。"

她像是逼我押下"赌注"。没有了眼镜，一切事物在我眼中都变幻成五颜六色的圆点。我不作回应，伸手去抢，但她的旋转动作真是轻柔极了，仿佛在打太极，我连她的披风都够不到。

"咯咯咯，"她的笑声仿佛是能浮起花纹的波浪，"官人你输了！"

像是被侮辱后的判词，这不是我想要的结果。我用手指着她喝道："拿来！我不玩！"

"看你看你，着急了。"她依然轻佻不断。

"拿来！"我几乎是气急败坏地在吼。

"咱们是有约在先的，"她伸手来拉我，"取不走得跟我上楼去。"

就在她近身触到我手背的时候，我反手将她胳膊一把扯住，然后用力顺时针一拧，她便嗷嗷地背对着我弯下了腰来。

"疼疼疼！"她在乞求。我一把取过眼镜戴上，又朝前一推，她便不偏不倚地一头撞到了墙上去。看来，本科阶段选修自由搏击这门课的确让我受惠不少，此前，我还以为只有在"教训"棠宁时它才发挥了作用。我得意洋洋地看着同样被"教训"的"女侠"，甚至有种征服世界的快感。

"神经病啊，打女人！""女侠"揉着受伤的头顶对我怒目，披风被穿堂风掀开，她里面居然什么都再没有穿。就像两年前我第一次看到棠宁裸露的胸部便感觉到被一面光滑的镜子反射出贪婪一样，这一次，我在陌路"女侠"的裸体上照见了自己的怯懦。

我逃跑了。

出事的第二天，院领导就知道我飞起一脚踹到棠宁的心窝将她踹进了医院。我曾对找我谈心的班主任撂下狠话："只要不杀了那娼妇，我认为我对她做什么都不为过！"

班主任慈眉善目地看着我，侍弄着他的茶盘，一杯接着一杯地请我喝茶。那一整个午后，我们基本没说什么话，无数杯茶水下肚直憋得我岔气。但我并没有去过一次卫生间，我觉得沉默就是我和班主任之间的一次暗自较量，谁先弄出动静，谁就先输。晚饭时，班主任说要回家给妻子做饭。我们起身，出门时，他像是毫不经意地轻言淡语："有种的男人不打女人，哪怕她犯了滔天大罪。"

棠宁对私生活的随便当然不能以罪论之，相比起身着披风的"女侠"来，她表现得简直端丽太多了。

我在出巷子约三百米的地方找到了一个大众澡堂。那里靠着南滨河路，从路上走过去，便是奔流不息的黄河。上游地界一直在下暴雨，刘家峡水库不得不放水泄洪，新闻里说，被山洪冲毁的河道中央漂浮着大量的自行车、摩托车和轿车。黄河之水天上来，但我洗澡用不了那么多，澡堂的一个淋浴头足以将我身上的尘埃悉数冲走。我还是那个干干净净的白衣少年吗？我想起大一时候的一个漂亮女同学在溽热难耐的夜晚给我发的短信："我想把处女膜给你。"直到大四毕业，我连她的手都没拉过。可是在将棠宁踹进医院一周后，我就通过中间人在当地一座大专院校找了个援交女。尽管我是带着无尽的悲痛命令她唱了一晚上《想你的365天》，但我依旧觉得在精神上狠狠地凌辱了她。

澡堂的气味让我感到恶心。一种腥膘臭填满了口鼻，勉强将身体冲了几遍，我就匆匆逃走了。站在澡堂门口，有巨大的凉风从路对面涌来，像是潮水向岸边扑，我觉得这是黄河对我布下的谕旨。

那座城市当然也有河，是黄河的支流。表白失败不久，我们几个同学相约到郊外秋游，河边有一座人工营造的长数百米的假山，中间空心，黑乎乎的，又弯曲，像一座迷宫，大家嘻嘻哈哈地钻进去，玩起了捉迷藏。假山确实长，很快，我们就和大家失去了联系。我拉着棠宁一直不停地往前走，终于在黄昏的时候，我们重见天日。从假山里出来便是通向对岸的桥，看上去，它好像一直延伸到了对岸的农田里。我自告奋勇要为棠宁烤玉米吃，桥当然不是问题，然而当我带着她兴致勃勃地从桥上冲到对岸时，便不觉满面羞愧起来——我误将庞大的芦苇荡认作了玉米地。棠宁的嘲笑声让我无可奈何，我追着她想让她闭嘴，但在追上时却莫名其妙地解开了她的胸衣。棠宁的表现彻底惊诧到了我，她索性弯下腰，从短裙里扯掉了丝袜，折了一根芦苇高高举着它，像举着一面旗帜。

两个被情欲冲昏脑袋的男女在落日下的河边极度放纵。棠宁仿佛对"外面"情有独钟，后来，我们还在楼道、湖心亭、露台、操场和校医院的大树下挑战道德底线，每一次，她总乞求我用最肮脏的词语詈骂她。当那些混杂着人体器官和动物粪便的组合词语从我嘴巴里蹦出来时，她都像是得到了最满足的褒奖。这让我费解不已，图书馆和网上的资料并不能清楚明白地告诉我她要求我这样做的标准答案。

如今，相隔千里之外的这座城市，黄河浩浩汤汤。夜幕下的水流暗含情绪，独自面对不堪的过往，我却又觉得对不起棠宁来。毕竟，从某种意义上来讲，她于我有无法回避的"启蒙"之恩。

就像她在大云寺旁边的那个酒店对我所言——"可我想要的是极度的自由"，自古以来，自由与启蒙都暧昧不清，既然我不能将她从"启蒙"中剥离出去，又何必挂怀于将她圈定在"自由"中呢？

到下一个第三天，徐姐还是没有上山来。我又打电话过去，她的语气有些喘。我问："徐姐病还没好吗？"

她答道："你姐姐我已经软到瘫了。"

我觉得她的回答很奇怪，又问："徐姐你没事吧？"

徐姐说："有事没事你来看看不就知道了嘛。"她像是在撒娇，我身上的鸡皮疙瘩掉了一地。不知怎么的，我脑海里忽闪忽闪的竟全是她车上的那双大窟窿小眼睛的破丝袜。

我只得匆匆挂断了电话。

这一天，山上刮起了大风来。虽然是山，山顶四周倒还平坦，呼呼的声音灌满了院子，吹得窗户都嗡嗡颤动。我在屋里闲翻了半日书，可是并没有看进什么去。正午时分，风似乎小了一些，我走出院子，看见整个世界仿佛被尘埃遮蔽了。山上一片浑黄，山下也一片浑黄，空气中飘荡着呛人的浓重的土腥味，但我总感觉那呛人的东西是从殡仪馆的大烟囱中冒出的骨灰小颗粒。

我决定再到出现鬼火的那片荒地走一走。戴上口罩穿梭在庄稼和菜苗的一片"飒飒"声中，我恍惚感觉自己像个将军，那成千上万的绿色植物，都是为我厮杀呐喊的战士。

传说，我的外曾祖就是一位民国时候的将军，骁勇善战，但无恶不作，五毒俱全，光是小老婆就有四个，整日过着荒淫无道的生活。解放前，他终于享尽了荣华，病死在烟馆。为此，外祖父一辈子都活在命运布下的牵连中，从青年到中年，他几乎每日都在侍弄临近黑河的一处园子。母亲说，外祖父的园子里什么都有，小麦和玉米是最基础的植物，核桃、无花果也属平常，柿子和青梅算特色，最不可思议的是，他居然能培育出橘子和香蕉。要知道，甘州已是祖国西北的边陲，那个园子，还远在甘州边陲的乡村，而外祖父，从没上过学，几乎连一个字都不认识。有一段时间，整个甘州都在传说外祖父的奇事，人们把他吹捧得神乎其神，可那并没有给他的处境带去任何有效的改观。人言中，他依旧是"那个恶霸的兔崽子"。晚年，外祖父放弃了所有的果树，只在园子里修建了一个极小的院子，一直过着枯寂的生活。等我出生后，园子已经衰败不堪，各种果树不仅不挂果，连花也不开了。我五岁第一次进那园子时，唯一的小路已被枯叶覆盖，到处弥漫着腐烂的味道，乌鸦就在树顶站立，像一个个冷面的哨兵。外祖父也冷面，脸上布满了黑斑，宛如一尊坏了的雕塑，怵得我不敢上前。外祖母笑着戏说流传在甘州一带的民谣："外家狗，吃饱了顺墙走。"我五岁了，已经知道"外家狗"是"外孙"的意思。不久，外祖父就去世了。而那时，母亲在一所乡间的学校工作了七年，身份仍是一名民办教师。三年后，母亲辞职推着一辆男式自行车沿街叫卖起了冰棍。同年，外祖母也去世了。按照遗嘱，她和外祖父合葬在了园子里，两个棺材紧紧相挨，又用同一块苏杭绸缎的大红被面盖住。那一年中元节，我跟母亲去上坟，待清除掉园子里的枯枝败叶，月亮都升起来了。月光下，我们刚跪倒，偌大的坟头上骤然冒出一团火焰，母亲大叫一声搂住了我，那火焰仿佛被惊吓到了，抖了几抖，居然幽幽地灭了。母亲把所见讲给父亲听，父亲说，那叫鬼火，是人死以后的灵魂。

荒地上开阔如初，风卷着野草，像要从地皮中将其扯出来一般，各种隐藏的事物都开诚布公地将自己暴露。一瞬间，我感觉从前与棠宁的爱恨情仇都不再具有意义，何必呢？你看，在苍茫的天地之间，人是何其卑微的生物啊。那些情绪根本不值一提。我把自己放置在这片荒地上，就像放置在一个具体的词语上，叫"辽阔"也行，当然，要是"亘古"也说得过去。我想我是早应该来到这么一片荒地，早应该接受沙尘的洗礼，接受自然的点化。有一瞬，我甚至感觉脱离了原来的空间，让自己与周围的山川和田园建立起了一种别样的联系。

风彻底停了。荒地上又出现几块瓦当，但图案照旧。横七竖八斜插进土地的黑焦木头也照旧，我始终觉得那就是人的骨殖，胳膊或者大腿。我再一次去看了那块残碑，荒地里有棵被吹折的玉米秆，用它拂去残碑上的尘垢后，又一个模糊但可依稀辨认的汉字出现了——壁。它让我变得兴致勃勃起来，荒地上找一块布头并不容易，但猪耳草到处都是，随便一抓便是一把。这些叶肥浆多的植物，简直就是天然的蘸水布头，拿着它们将残碑仔细揉搓清理一番后，我期待更多的信息被解读。但揭掉猪耳草的刹那，我才懊悔地意识到自己有多么愚蠢。我错误地估计了残碑的质量——那些被期待的文字连同"高""寺""壁"三个字，全部化成了绿色的粉末。它，整个儿毁在了我的手中。

在漫天浑黄的失落中，徐姐又打来电话。

"你不是想知道那座寺院的名字吗？"她一字一字地问，生怕我听不清楚。

"什么？"

"你先答应我一件事。"

"什么？"

"你先答应我。"

"出格的事我不干。"

"不答应我就不说了。"

"那你说。"

"你下山来一趟我家。"

"有什么事就在电话里说吧。"

"你刚答应过我。"

"你让我答应你的事就是去你家啊？"

"你以为呢？"

"可是我不知道你家在哪儿。"

"你不是来过吗？"

"徐姐你没事吧？"

"反正我看见你来过。"徐姐的话让我实在摸不着头脑。

"好吧，"我冲着电话有些毛躁，"但是你不说你家在哪儿我可真去不了。"

"就雷坛河的这个巷子。到了打电话。"

徐姐的话让我如梦方醒。我想，她隐约其辞地把话不往明白里说，肯定是对我产生了误解。巷子里除了能洗浴，还有诸如被我"征服"了的"女侠"，徐姐必定是在我不知情的时候看见了我，然后在内心对我下了定论。

——所以，这是她对我"撒娇"的理由吗？我的眼前不由得再一次闪烁起了她车里那双被盘成麻团的破洞丝袜。

下山的路上，我一直都处在一种惶恐不安的状态中。没多远的路，我却整整走了一个小时。到山下，街上到处都是戴着各色口罩的行色匆匆的面孔，只露出两只或明亮或黯淡或高兴或悲伤或振奋或疲倦的眼珠子来，像批量制造的机器，与这世界隔阂，与我也隔阂。

又来到那个巷子，路过原先被劫持眼镜的地方，我恰巧又遇见了那位"女侠"。这一次，她的披风没了，取而代之的，则是一身豹纹的装束，豹纹皮裤，豹纹马甲，豹纹高跟鞋，就连棒球帽也都是豹纹的。她浓妆艳抹斜倚在墙根，翘翘的睫毛一眨不眨，简直就是一头庄严的豹子。由于戴了口罩，她并没有认出我。安静的时候，她是多么令人敬畏啊，我突然由衷地钦佩起她来。在我眼里，此刻的她就是如风如云如山川河流一样的存在，也是我想在与棠宁关系中所梦寐达到的那种"庄严"——我们的爱，必须光明正大，必须接受万人祝福。这头豹子猛烈地震撼了我。我想，假如有一次重新选择的机会，在两年前聚会酒醉的那个夜晚，我绝不携着棠宁与同学们不辞而别。

我在更大的失落中给徐姐打电话。

"徐姐，我到了。"

"告诉我你的具体位置。"

"我不知道自己在哪儿。"

"那你身边都有什么？"

"一只豹子。"

"豹子？"

我目不转睛地盯着眼前这位面无表情的女郎说："嗯，一只庄严的豹子。"

"是个豹纹女郎吧？"

我不由得笑了，看来徐姐真是住这里没差了。

徐姐下楼来接我，紫色睡裙大风鼓荡，这使她看上去像个装在气球里的人。我站在她对面，看见我以后，她捂着胸膛向我碎步跑来，仪态和马戏团里的小丑相像极了。她一上来就抓住我的胳膊拽着走，什么话也不说。我认为她并不像个"全身都软"的病人。她的睡裙呼呼作响，鼓风机一般，没走几步就从肩膀上滑落了，黑色的肩带露出来，凹进雪白的肉里，像根镶嵌进去的绳子。我别过脸故意不看，徐姐却停下来喷怒道："小心看路！"浓重的酒气从她的口腔喷涌出来，我一个深呼吸，差点跌倒了。

所有被封存的记忆都从这口酒气中得意释放，一年前，我就是在一个哥们儿喷面而来的酒气中亲耳听到他说棠宁与他睡过的。

"像蛇一样的女人。"

"可惜是个烂货。"

　　我被这挑衅的言辞击中，想也没想就举起手边的酒瓶敲到了他的脑袋上。

　　理智已经完全被耻辱所俘获，朋友们没劝住我，当夜，我就又举着那个敲碎的酒瓶子冲进了棠宁所在的公寓。宿管阿姨来阻拦时，我已经踢开了棠宁的宿舍，真的是踢，因为门开的时候，我看见铁片材质的门闩一下子蹦到了地面上，发出清脆的撞击声。包括棠宁在内的四个女生全都站起来对我侧目而视，当八道强光扫射到脸上时，我感到了一种万人瞩目的紧张。敷着面膜的棠宁往前迈了一步，看见我的模样后，撕下面膜，沉默不语。她们的胸衣个个薄如蝉翼，睡袍无一例外地豁开，好似私密沙龙上的贵妇。这阵势活像一道镇尺，将我定定地镇在原地一动不动。有那么几秒钟，我甚至为自己的鲁莽和无礼而由衷地感到愧疚。手中的半只玻璃酒瓶在瑟瑟发抖，楼道里有急促的脚步声逼来，夹杂着粗狂的问询声，我知道，此时我必须制造点什么动静出来，哪怕背负一世骂名，否则，我就真不配做个男人。于是，赶在宿管阿姨抓住我之前，我举起酒瓶仿佛举着一柄长剑一样指着棠宁的心窝大吼道："娼妇！"

　　在那种情况下，我想，无论是谁，都不会显现出绅士风度来。我的话立刻点燃了其他三个女生的怒火，她们暴跳如雷地捞起手边的家伙什儿一点也不甘示弱地冲我还口：

　　"说什么呢！"

　　"神经病吧！"

　　"耍流氓啊！"

　　后来想想，这一切都是命运编就的网，摆好了，就等着我们往里面钻。当夜，要是棠宁也像她们如此，我或许就此找个台阶偃旗息鼓了，毕竟，在我那个哥们儿爆料之前，早有棠宁生活不检点的流言蜚语传进我的耳朵，我也一直都在尽量假装做出着被蒙在鼓里的姿态。我原以为，这便是我所理解的

爱——终有一天，她会从我沉默的宽宥中认领这份旷日持久的
"感化"。但——面对面的羞辱是多么令人绝望啊，哥们儿的
那句酒后之言简直就是毫无保留地扯掉了我的面具，而在我预
谋着旷日持久的"感化"时，那面具已浑然不觉地长在了我的
脸皮上。哥们儿那一扯致以我的疼痛，不啻于撕心裂肺。

　　我就等着棠宁发火呢，她发了火，我才有理由熄火。但面
前的她"表现"得实在是稳重极了，那不屑一顾的神情近乎够
得上"庄严"二字。我从未想过所求之不得的那个词语竟会以
这样的方式呈现，一瞬间，这世间所有的邪恶都在我体内膨胀
了，于是我飞起右脚，毫无保留地踹进了棠宁的心窝。

　　世界在疾速摇荡，床在摇荡，桌子在摇荡，灯在摇荡，所
有人都在摇荡。跌倒的棠宁没有叫唤一声，钝物坠地的回响久
久在耳边盘桓，直到被宿管阿姨拖走，我也没见棠宁抬起过头
来，她蜷缩着，双手抱心，和曾躺在我怀里的姿势无异。她说
过，只有没安全感的人，才会那样。

　　徐姐也向我坦白她没有安全感，否则，绝不住在雷坛河吵
闹的巷子中。

　　"这里脏是脏，但人气旺。我才不想一个人孤苦伶仃地过
日子。"

　　轻飘飘的话里透露出她是单身的秘密。那么，三室两厅的
房子对她来讲足以称得上是"辽阔"。起初，我并不认同她的
说法，但看到她将所有的私人物品都堆放在沙发床上时，我才
对她所言的意思稍有领略。毕竟，我孤身守着华林山上的院子
也不是一日两日了。

　　我并不想打探徐姐的私人生活。扔在沙发床上的精致胸衣
和放在车里的破黑丝袜是一样的，它们都是这个独身女人的证
据。但它们到底指证了什么？这一刻，我想到的是棠宁在大云寺
里跪拜佛陀时对我说的那句话——"可我想要的是极度的自由。"

我不关心徐姐的自由，我只关心残碑上那个寺院的故事。

"徐姐，那到底是个什么寺院啊？"我拣了可容我身的沙发一角坐下问道。

"它对你至关重要吗？"徐姐拨开她的那堆私人物品坐到沙发床上反问我。

"也不是，但就是想知道。"我说。

徐姐站起来，一步三晃地朝我走来。到跟前，突然两脚岔开在我并齐的双腿边站立，然后直勾勾地看着我问："有你姐姐我重要吗？"

我的双腿跟着心头一颤，下意识地收紧了脚尖。"徐姐，你答应过我的。"我不去看她，但说话的气韵已然短了半截。

"我答应过你什么啊？"

"我已经来你家里了。"

"哦，对哦，"徐姐作势般地软瘫在我身边，慢慢将头靠上我的肩膀，紧紧抱住我的胳膊说，"我还是个病人呢。"

我僵着上身转头去看徐姐，但她已经把眼睛闭上了。

实质上，整个下午，我和徐姐都是在一动不动的"对峙"中度过的。她靠着我的肩膀，而我，靠着沙发。我们就像一尊失败的雕塑，刻板而古怪。窗外时不时就会响起一个老头的吆喝声，"桂花糯米藕——蜜汁糯米藕——"。我不知道他为何只在这个巷子里吆喝，而且一吆喝就是一下午，但我想，面对这样的尴尬遭遇，就算他吆喝到明天，我也没意见。

期间，有人敲门，像对暗号一样，先是轻微的"当——当——"，继而是"当当——当当——"，节奏都很缓慢。我没动，徐姐也没动。得不到反馈，又"当当当——当当当——"，下手重了许多，但节奏依然缓慢。我再次转头看徐姐，征求她的意见，但她更紧地抱住了我的胳膊。后来，声音就消失了。

再后来，就是更加漫长的静坐。徐姐似乎发出了鼾声，轻淡又均匀，有微细的汗粒不停地从她额角渗出，涔涔地，我感觉我们两人都是条湿漉漉的鱼。溽热不断发酵，像无边膨胀的气球，有好几次，我差点就忍不住翻身把徐姐压在沙发上了。我曾反复与内心深处的另一个自己进行和解——

这应该没什么吧。

是的，很常见。

棠宁也这样过。

但头顶适时炸响的一声惊雷还是将我打回了原形。黑暗已经蔓延进窗户，远处的霓虹格外显眼。这绝对是上天发出的某种警示，它提醒我，我是时候回到山上去了。

我决定抽回我的胳膊。动了一下，但徐姐丝毫不松手。我又动，她反而将我拽了回去。我斜视着这个自称"孤独伶仃"的女人，黑暗中，她双眼紧闭，额头像镀上了一层夜光，熠熠生辉，我眨了眨眼睛，怀揣着一种"庄严"的态度，轻柔地吻了上去。

当碰触到额头的那一刻，我感觉嘴唇被滚烫的热浪灼伤了。再抽胳膊，徐姐就放过了我。我毫不费力地站了起来。

出了楼，雨已经将墙面打湿了。湿重的土腥味暗自弥漫。化身"豹子"的"女侠"鹤样立在门洞中，像一尊光彩夺目的门神，而她的脸庞，暴雨如注。

这夜过去，我再也没见过徐姐。毕业论文有了大概的框架，但还需要查阅大量资料，山上网不好，可我并不想下山去。出版公司又发来邮件催稿子，说下月上旬如果还交不上，违约结果就严格按照合同上的条款执行。我对墓园深处仍念念不忘，想象着那里应当有另外的洞天，但每一次试图往那个方向走去，就感觉胸疼得要命。我曾和棠宁一起去过秦二世胡亥的墓前，那正是清明时节，西安城一片草长莺飞。我们为胡亥墓的硕大惊叹不已，不敢想象里面居然葬着两千多年前的皇帝。为此，我们都有点激动，趁机会，我拉着棠宁的手再一次表白："百年后你愿意埋在我家祖坟吗？"

棠宁面向胡亥墓兴奋不已："要是有这么大，我当然愿意。"

我保证："只要你能愿意，再大都不是问题。"

和煦的阳光下，我们手挽手，肩并肩，好像真的走向了天荒地老。可从西安回到学校没多久，我就将她踹进了医院。

分手后的一年里，其实我与棠宁还有过几次接触。

那段黯淡的日子，简直度日如年。看了很多书，道理都懂，但我仍旧学不会做个旷达的人。微信朋友圈里，我天天发厌世言论，指桑骂槐地说棠宁私生活混乱。那真是一场不折不扣的噩梦啊，我在地狱中煎熬、变态、作恶。

一天，公寓的院子里来了一个男生，靠着一棵柿子树朝着对面的公寓高声呼喊一个女生的名字。大家的指指戳戳中，我看到女生所在的那个宿舍窗户紧闭，灰色的遮光帘像一道不可近身的神符，逼得那男生拿出刀子自残，只求见女生。但直到那男生甩着血淋淋的胳膊晕倒在柿子树下，被呼喊的女生都没有出现。那一天，我被魔鬼附体，恶意虚构了"女淫乱男自杀"的故事版本，在朋友圈影射棠宁。当天，她就托同学带话，要在大云寺见我。我感觉自己会先到，但赶过去时，棠宁已经在等我。

她开门见山道："我骗了你。"

我不说话。

棠宁又说："我并不愿意埋在你家祖坟，哪怕它是全天下最大的皇陵。"

我还是不说话。

棠宁继续说："我要遗世独立，羽化登仙，挟飞仙以遨游，抱明月而长终！"

我实在忍不住说："仰望星空的时候也要脚踏大地。"

寺院里有钟响，余音绕梁。在悠长的尾声中，我清晰听见棠宁说："所以我并不信佛，因果报应也不信。"

我还在回味话音，但她已经走远了。

我不相信棠宁的话，倘若不信佛，我们第一次来大云寺时，她就不可能跪拜佛陀。几日以后的一个清晨，我守在校门口，将不知夜宿何处归来的棠宁堵了个正着。她的脖颈间有两块殷红的瘀血迹象，明显是吻痕。我指着那地方故意讽刺她："你受伤了。"

棠宁毫不掩饰："这是爱的印记。"

我叹了口气，想起来堵她的目的："你不信佛陀，为何跪拜？"

棠宁反问："我没跟你讲过吗？"

我一脸茫然。

她说："因为我祖父和父亲都是出家人啊。"

我从未听过棠宁的祖父和父亲都出了家。在我惊愕的神情中，她撇开我径直朝她公寓的方向走了。我想，我一开始就错了，把棠宁想得如同我们的情事那样简单。我一点都不了解她，之于我，她简直就是一座庞大而幽深的迷宫。而我，似乎从未见识过这迷宫的钥匙。

残碑上的寺院让我牵肠挂肚。我觉得上天绝不可能平白无故丢给我三个字，因此，我近乎抱着一种"解卦"的神秘主义心理，排列组合般将三个汉字任意搭配着查询起来，"高寺"倒真实存在，但远在新疆焉耆城西北，且不是佛教寺院；"壁寺"和"壁高寺"均查无此地；而输入"高壁寺"，跳跃出的一段文字几乎叫我不知所措——

与正宁路 289 号（原兰州市百货公司）一墙之隔

的高壁寺，始建于明朝永乐年间，嘉靖十五年重修，原貌坐南向北，山门之上为戏楼，寺内大殿分三座，前为正殿，供关圣帝君，中为佛殿，供释迦牟尼，后亦为佛殿，供布袋和尚。院内建东西陪殿，分金刚殿、财神殿、三宫殿、菩萨殿，有钟楼一座，位于东西陪殿中央。志书记载，寺内各大殿、陪殿和戏楼均有楹联，其中，戏楼上的为清代兰州籍画家唐琏所作，内容是"今世观古人勿当作镜花水月，新声传旧事须认为暮鼓晨钟"，横批"额日神听和平"。然而，现处于闹市的高壁寺，已如"天井"被淹没在四周的高楼大厦之中，寺内房屋均租给附近做生意的小商贩。院内垃圾遍地，电线纵横交错，厨房、厕所乱搭乱建。由于寺院所处地势比正宁路低近一米，造成雨水倒灌，污水一直无处排放，环境十分恶劣。除了土墙和大梁，寺院原有风貌已荡然无存，看不出文物迹象。曾有记者随机采访了一些路人，几乎没人知道高壁寺。一九九九年，市文物部门提出对寺院进行异地复建保护，选址华林山，奠基完动工后，离奇发生造成十九死七伤的巨大火灾，火灾原因未公布，后该工程不了了之。近期，市文物部门再次提出以原地开发和保护的方式修缮高壁寺，再现这一古建筑群六百多年前的辉煌，但多名专家实地考察后皆惋惜表示，由于破损程度极为严重，该寺已没有修缮的价值和可能。

这段文字的发布时间和我刚来兰州那年吻合。后来，我始终也没查出"额日神听和平"是什么意思，但偏执地认为它吉祥极了，光从读音上，就觉得是这世间最善美的词。在那本感悟式的游记中，我必须要把它写进去。我想好了，哪怕高壁寺现在已坍塌成灰，我也要去见一面。

次日出门前，我突然接到一个陌生电话，声音传来，我一下听出对方是棠宁。她说在兰州，我愣了一下问："什么？"

"在雷坛河，你在哪儿？"

当这个地名蹦出来，我断定她所言非虚。我想，应该是那份血书把她从千里之外呼唤来的，很奇怪，当初寄血书时我还对她耿耿于怀，反而她来了，我竟心静如水。

"我去找你。"我说。

"还是我去找你。"她说。

我出院子，伫立在门口，等了约半小时，看见山坡上逐渐冒出一个人头来。接着是肩膀、胳膊和双腿，等到那双脚完全囊括在我的视线里时，我看清楚来的人就是棠宁。她不急不缓，徐徐地迎上来，待站立在我面前，我才后知后觉地意识到着一身水红色连衣裙梳丸子头的棠宁是这山上最光彩照人的风景。

我说："你来了。"

棠宁说："来看看你。"

在对视中，她又建议："不如带我四处走走吧。"

我说："先带你去休息一下。"

她摇摇手："我最近睡眠质量很差，白天累一些，晚上才会好点。"

我看了看山下正宁路的方向，又看了看远处的墓园，犹豫着。

棠宁问："怎么了？"

想起两年前携带棠宁与同学们不辞而别的那个夜晚，这一次，我干脆把选择权交给她："山上有一片墓园，山下有一座寺院，我都没去过。"

"先去墓园吧。"她的话干脆利索。

我们从菜畦中央的大路出发，绕过了原先发现残碑和瓦当的那片荒地。天空出奇湛蓝，风漫过额头，万物都摇曳生姿，呈现出与这个季节并不相符的生气。墓园并不规整，但干净素洁。我们一直朝墓园深处走去，高大笔直的翠柏散发出特有的芬芳，这味道让我气定神闲，感觉全身如飘扬的草芥一样轻松。

墓园真大啊，我们一直走，一直走，走了很久，却怎么也抵达不了边界。

我们再次肩并肩，就像在胡亥墓前那样。持续不断的脚步声中，棠宁若无其事地说："我怀孕了。"

我心底当即掀起一圈涟漪，但很快就又恢复平静。

"恭喜你。"我停下来，看着她的背影说。

"我准备挨个向被我伤害过的人当面道歉，"棠宁转过身朝我鞠躬，"对不起。"

一瞬间，猛烈的阳光从翠柏间凛然刺出，如一道律令，让万物显形。晕染开来的光影在棠宁的身后静止，抬起头来，眼前的她庄严得宛如一尊让人感动的菩萨。我望着她，以从未有过的虔诚慢慢地说："额日神听和平。"

角 儿

角儿退休的那天，凌晨四点就醒了。夜里，他梦见自己在细雨蒙蒙的河边钓鱼，然后被一张从河中突如其来的血盆鱼嘴咬去了半截身体。醒来后，他就再也没有进入到睡眠中。

剧院要为他举行一个隆重的欢送仪式，而作为主角的他，需发表一段讲话。前一天晚饭后，为了保证能有一个质量良好的睡眠，他早早就洗漱完进入了卧室。妻子为了不打扰他，连收拾碗筷时都踮着脚走路，到厨房关闭了门后，又将它们一件一件放在水池慢慢清洗，尽量避免发出任何一点儿声响。干完这些，她放弃了往日里一直追的韩剧，提着一双鞋子光脚走出了门外。站在楼道里，她才敢穿上那双鞋跟不足三厘米的鞋子。她的目的地是小区附近的文化广场，那里，从早上六点到晚间十二点，一直都有人锻炼身体。晚间八点到十点，是一天当中人口最稠密的时段，有六七个团体聚集在那里跳各种舞蹈；十点以后，人们陆续离开。那时，他应该早就睡着了吧，这样想的时候，她就又踮着脚走到了电梯跟前摁下了向下的按键。

她回来的时候是十点半，脱了鞋，刚打开门，她就发现角儿正坐在沙发上目视着电视机中的一档讲述文物修复的纪录片节目。

"我做了一个噩梦，"角儿看着妻子说，"梦见自己被一辆小汽车撞死了，你来给我收尸时，躺在血泊中的我却变成了一具无头女尸。"连续一周以来，他都被相同的噩梦缠身，不是飞机失事，就是跌入悬崖，要么就是被一头莫名其妙闯入市区的犀牛踩个稀巴烂。

"我可能真的要死了。"角儿沮丧地对妻子说。

"没事的，"妻子为他倒了一杯柠檬水，把它放在距离他手边最近的地方，然后坐下来温柔地拍拍他的肩膀道，"你什么事也不会有的。"

"那最近为什么总是被噩梦缠身？"他像是自言自语，又像是在询问妻子。

妻子迟疑了一会儿，轻轻说："你就是太留恋舞台了。"

他没有说话，举起右手放在自己的眉心，用中指尖缓缓地摩挲着。电视中是一位枯瘦的老者，身着酒红色的中山装，正襟危坐，对着记者的镜头说："现在真正打骨子里爱这门手艺的年轻人少之又少，简直比大熊猫还稀有。我修了一辈子钟表，什么珍奇都见识过了，但临退休的最大遗憾，是这门手艺的后继无人。钟表不走，不是机器坏了，而是时间坏了。"

妻子愣了一下，又拍了拍他的肩膀道："演了一辈子，该休息了。你弟子众多，也到了把舞台交给他们的时候。长江后浪推前浪，咱老了嘛，就得服。"

角儿没有接话，放下右手，又换了左手中指在眉心缓缓摩挲。水杯中升腾的那股淡淡的柠檬味钻进鼻孔中来，让他感到了一丝的放松。他举起杯子凑到嘴边刚要喝却又拿开对妻子说道："再给我一片安眠药。"

他的声音像是恳求，疲惫中略带感伤。妻子从中察觉到了一种不安的气息，便对他撒谎："没有了，昨晚你吃完了最后一片。"

"去取吧，"他用握过杯子的那只手握住妻子的手说，"它们在我心中都有数的，至少还剩两片呢。"

"不该再吃了，对身体不好。"

"这是最后一次。剩下的那一片，我保证，会让它永远剩着。"

妻子不再说话，起身的时候，她才感觉角儿的手心冰凉得可怕，像是死人的一样。但这个不祥的念头只是闪现了一下就立刻消失了，她认为自己不该这样想，否则就是在诅咒角儿。等她取来了安眠药，角儿已经不在沙发上了，她驻足在偌大的客厅里寻找时，却发现他正端着那杯柠檬水站在黑漆漆的书房里朝她摆手示意："今晚我继续睡书房。"

安眠药很快就发挥了作用，刚躺下不久，角儿就失去了意识。但是夜里，他又经历了噩梦，这次，他梦见自己冒着蒙蒙细雨坐在河边钓鱼，鱼上钩后，拉了几次都不动，他站起来，举着弯曲的鱼竿不住地往身后的路边退去。骤然间，一张血盆大嘴从水面冲了出来，牙齿森白，舌头猩红，他还没弄清楚那是什么鱼的嘴巴，就被凌空叼走了。接着，鱼头一甩，他整个人就被拦腰咬断成了两半，上半身在鱼嘴里，下半身，则瘫在河边，姿势扭曲地朝路边爬去。

鱼嘴剧烈的甩动将他从梦里甩到了现实中。醒来时，他发现自己正满身大汗地瘫在床上，姿势扭曲，像极了梦境中朝路边逃命的那下半截身体。他喘着粗气，伸出双手抹去额头的汗水，翻身拿过枕边的手机看到，上面的时间正好是凌晨四点，一分不多，一分不少。关闭手机后，屋里是深不可测的黑，除了自己节奏凌乱的呼吸声，他再也听不到任何响动。他静下来，尽量让自己与这黑暗和安静融为一体。有几次，他隐约听到了自己的心跳声和眼皮的眨动声，但再仔细捕捉时，却发现它们倏忽不见了。

时间尚早，剧院规定上班在早上九点，他想再睡会儿，至少得到六点，他闭上眼睛，却怎么也无法再进入睡眠中了。就这样躺着，也不知道熬了多久，直到他听到窗外传来了密密匝匝的沙沙声，声音由远及近，由轻到重。刚开始，他以为是什么虫子在爬来爬去，后来，当一些寒意渐渐蔓延到鬓角的时候，他终于意识到那是在下雨。雨声不断，听动静，应该是小雨。耳边的雨声让他忍不住回到了梦境中细雨蒙蒙的河边，但一想到那张迎面而来的血盆大嘴，他就禁不住战栗起来。现实与梦境的重合让他觉得这其中必定有暗合的关联，不然呢？他又翻了个身，拿过手机准备查一查这个梦到底预示着什么。当屏幕亮起来的时候，他看见上面显示的时间是凌晨五点半，还是一分不多，一分不少。

手机上，有关这个梦境的解析有很多种。如果梦见鱼，则要发财，因为"鱼"与"余"谐音；如果梦见钓鱼，则意味着能抵挡诱惑；如果梦见河边钓鱼，要注意人际关系；如果梦见鱼吃人，则预示着在财运、爱情和事业方面都危机四伏，是个大凶之兆。

放下手机，他在心头仔细盘算起来。首先是财运，干了一辈子演员，荣誉倒是获得了无数，但金钱方面，兜真是比脸都干净；其次是爱情，妻子是一名大学老师，早就退休了，跟他厮守了大半辈子，都这个年纪了，能出现什么意外呢？最后是事业，这才是他最担忧的。目前，他是剧院的副院长，声名在外，弟子众多，人生该有的鲜花和掌声，他都有了。但唯一让他担心的是院长，这个比他年纪整整小了一轮的人。院长并不是表演出身，但在行政方面是一把老手，之前的几年间，他们在绝大多数的问题上都存在严重的分歧，比如在年轻干部的任用方面，他当然要提拔自己的弟子们，可院长则坚决不同意。起初先是讨论，之后是争论，到后来，他直接拍了院长的桌子。桌子上放着一盆素雅的兰花，是院长从故乡的悬崖峭壁上挖回来的，价值不菲，据说还找一位神秘的法师开过光。院长视它为护身符，一直当神仙供着，精心呵护，就差烧香跪拜了。就是他这一巴掌下去，没过多久，兰花就死了。他曾在私底下找上级领导，他们有着多年的交情，一场酣畅的酒后，上级领导拍着胸脯表示，一定让他满意。不久，弟子们果然如他所愿悉数被提拔，这本该是令人高兴的，但当这个好事伴随着他一巴掌将院长的兰花震死的消息一同传来的时候，他还是觉得自己做得有些过分了。有好几次，趁着院长不在的时候，他都悄悄透过门上的玻璃沉默地向着空荡荡的桌子望去。他考虑过道歉，但一想到自己日渐老迈的年纪和遐迩皆闻的名气，他就张不开嘴了。后来某一天，当他再次将目光从门上的玻璃投射到桌子上时，他发现那块空荡荡的地方已经摆上了一盆绿油油的俊逸的文竹。他错误地以为这个是心安的信号，在一天早上上班的路上，他主动跟院长去打招呼，结果院长头也没抬地就从他身边擦肩而过了。从那天起，他们再也没说过一句话。如今到了退休的时候，日后，那帮被提拔过的弟子们该怎么办呢？解梦后的整个早上，角儿都在为这件事而忧心忡忡。

妻子推门进来的时候，雨还在不停地下着。屋里依旧黑漆漆的，到处都充斥着一股消失好久的食物的霉味，她盯着床看了好几眼，都没有发现角儿。她以为他不在，刚准备把端着的燕麦粥放到桌子上去开灯，就听见有一个苍老的声音从床底上升到了她的耳朵里来："我的腿不听使唤了。"

　　因此在那个细雨蒙蒙的天气里，角儿是坐着一副轮椅去参加自己的退休欢送仪式的。这是一副黄颜色合金质地的轮椅，可高、可低、可坐、可躺，如果角儿有耐心的话，它还可以被折腾成一辆小轮的自行车。这个变形金刚一样的家伙是多年前角儿亲手从一家医疗器械广场精心为自己的母亲挑选的，那时，正是他母亲中风的第一天。从夜晚醒来后，老人家就口眼歪斜，卧床不起了，蔫耷耷的，仿佛一根被霜打过的瓜藤。他曾带母亲去过国内最好的医院治疗，可老人家的身体不但没有康复的迹象，反而江河日下。也是一场雨后，母亲终究没能挨过去，将一辈子的肉身永恒抛弃在了坐上轮椅的第四个年头。葬礼当日，本来妻子要把这副轮椅烧掉，但被他阻挡了。"天堂没有疾病，她不再需要了。"角儿说。留下来的轮椅一直被折叠起来放置在阳台的储物架上，多年过去，它早已布满了厚厚的一层灰尘。妻子曾抱怨过把这家伙放在家里不吉利，但他总是肯定地说："没有什么不吉利，那就是一辆自行车而已。"如今，当妻子把轮椅从储物架上取下来将他安放上去的时候，他似乎闻到了一股宿命的味道。这味道冲破厚重的现实和远去的记忆，像一发子弹一样，精准无比地射向了他母亲去世的那个雨天。

　　突发了这样的事情，妻子第一时间联系了远在外地的女儿。接着，她又想打电话给剧院，准备告诉他们角儿不去参加退休欢送仪式了。当然，她知道角儿是坚决不会同意她这么干的，因此她只好背过身去。仿佛如有先知一般，当她还没有把号码拨完整时，角儿的一只手就突袭了她，将她手里的手机一把夺过去迅速关机了。"你别再想替我做主！"角儿梗着脖子，粗鲁地向她咆哮着。

　　"你的脾气真是越来越坏了。"妻子委屈地为自己的行为强辩了半句，再说话时，她就哭了，"我当初就说它不吉利，你非要留下来……"

"好了好了，"角儿不耐烦地挥着手说，"我只是一时站不起来，又不是从此就瘫痪了。"

"你又不肯去医院，谁知道究竟是怎么回事。"妻子打着哭腔道。

"就是真瘫了，一时半会儿也死不了。哭什么哭，哭丧啊！"

角儿这样说的时候，妻子就不再说什么了。她走过去，握住轮椅的把手，将他推到客厅，又找出一条紫色的牡丹图案毛毯，叠得整整齐齐后盖在了他的腿上。她在做这些的时候，眼泪还在啪嗒啪嗒往下掉，容颜就像残败的花瓣。角儿想到妻子从二十岁的时候就铁着心跟了他。那时候，她可真是倾国倾城的容貌，有那么多人把她当做梦中情人，即便迈入中年，还有人给她写情书表明心迹。如今过去这么多年，她一直不离不弃，想到这里，他不禁感动得红了眼眶。看着她忙碌的身影，他忍不住想把睡梦里被血盆鱼嘴咬掉上半身的事告诉她，可是当轮椅被推出门后有几滴雨从楼道的窗户迎面被风吹落到他的脸颊上时，他突然改变了主意。看她这么可怜，还是不要折磨了。角儿想。

进入电梯，角儿习惯性地将按键摁到了负二层，但很快，他就想到以这副鬼样子是不能开车去剧院了。妻子没有驾驶证，也不会开车。他曾劝她学，但被拒绝了。"上班这么近，我学它干什么？"妻子的理由的确无懈可击，她上班所在的大学和小区就隔着一条马路，从下楼到进校门，连十分钟都花不上。妻子也注意到他们该去的地方应当是一层，于是，她迅速将按键换了过来。

起初，电梯停到一楼后出了单元门，他们并没有意识到没带伞。直到看到湿漉漉的地面和对面楼上的落水管不断有雨水哗啦哗啦往下淌时，他们才异口同声地惊叫起来："呀，忘带伞了！"

不得已，妻子只得再上去一趟，她本来要和他一同回去的，但他不高兴地拒绝了她的好意："放心吧，我又不是三岁的小孩子了，不会丢的。"

妻子撇撇嘴，只好把轮椅停靠在雨廊下面，反身走了。不多会儿，她就拎着一柄巨大的黑伞回来了，那也是多年的旧物了。木制的伞柄几乎有她半个手腕那么粗，伞撑开，可以宽松地为三个人遮挡雨滴呢。她举着它，再次来到雨廊的时候，发现角儿正俯下身子引逗一只土灰色的老狗。狗真的很老了，靠着墙根，耷拉着耳朵，小半个身子都湿透了，也不挪动一下位置，连尾巴都懒得摇一下。但等到她走近时，才发现角儿并不是在引逗，而是拍着它的头部，打算让它站起来。

"起来！"他发出命令，老狗并不理会。

她站在他的身旁说："别拍了，小心咬人。"

角儿见拍它并不管用，只好直起腰来，叹了口气说："它这么傻，连雨都不会躲，哪里就会咬人呢？"听上去，他的声音似乎又苍老了几分。

她不再说话，一只手撑着伞，一只手握着轮椅把手，将他慢慢推走了。走了几步，他们忽然听到背后"扑扑扑"有什么动静，转身去看时，才见那只老狗站起来翻抖掉身上的雨，又闲庭信步地进入漫天的细雨中，一步一步沉默地朝着与他们相反的方向渐渐远去了。

角儿呵呵地笑了起来。妻子不明白他在笑什么，于是她边推着轮椅走，边问他："你笑什么呢？"

"没什么。"角儿说。

妻子不再说话，专心地看路，出了小区门，刚好是八点整。他们来到马路边打车，经过的出租车很多，但没有一辆是空的。也有只载了一个乘客的车远远地就朝他们冲过来，但在接近时看到他们的状况后，就又无一例外地加速开走了。路面的雨水溅到他们的鞋上，留下一个一个褐色的印迹。

"他们都在嫌弃我是个累赘。"角儿淡淡地说着，语气不温不火，妻子听不出来他是生气还是不生气。

又等了一会儿，终于有一辆出租车肯停到他们眼前。车并不是空的，下了一个姑娘后，司机主动打开了后备厢。之后，她和司机费了很大一些功夫，才把角儿抬到车厢里去。坐稳后，她本想开口感谢司机，但司机却说："真是谢谢啊，今天是我上班的第一天，你们也是我遇到的第一对衣食父母。"

"刚才不是还下来了一个姑娘吗？"她问道。

司机哈哈笑起来："她是我妻子，说我第一天上班，非要陪到遇见第一个乘客她才下车。"

"把她放在路边可以吗？还下着雨呢。"她担忧道。

"没关系的，我家就在附近。我把车从车行开出来，一路上谁也没拉，直奔家里而来，我们有约定的。结果没走多远，就遇上了你们。"司机解释。

她若有所思地"哦"了一声，就不再说什么了。路上有点儿堵车，走不了多远，就得停一会儿。就这样，走走停停，停停走走。快到剧院的时候，已经接近九点了。

到剧院门口，她让司机摁喇叭，但似乎并没有谁把他们认出来。保安从岗亭探出头来看了一眼，就再也没动过。不得已，她只好下车去说明情况。起初，保安还不信，但等到走出来趴着车窗看到往日里被人人所尊敬的角儿在一夜之间居然真的变成这副模样时，才一脸惶恐地跑进岗亭去了。出租车进了大院内，很快就引起了围观。一时间，几乎整个剧院的人都聚集而来，里里外外把他们堵了个水泄不通。司机弄不清楚他们要干什么，当人群拥过来的时候，他警惕地把车门和车窗全部锁上了。接着，他又一脸坚定地转过身来冲他们说道："放心，我绝对不会让他们伤害到你们的！我会把你们安全送走的。"

她感激地看着司机解释道："你误会了，他们是来迎接我们的。"

司机尴尬地笑起来。车门被打开的瞬间，一对男女就捷足先登，将两束鲜花递了过来，她去收，但他们执意要往角儿怀里塞。她不明白地看着他们，他们却脸色凝重地望着角儿。

角儿瞬间就明白了他们的意思。当伸手接触到鲜花的时候，他顺便留了个心眼，果然，他只看了一眼，就发现那底部还暗藏着一张印满了密密麻麻宋体字的纸张。在纸张的第一栏上，一行加粗了的标题格外引人注目——《讨戏子周檄文》。整个剧院只有角儿一个人姓周。戏子周，还能有谁呢？他粗略地浏览了一番所谓的檄文内容，就迅速把它叠起来放进了自己的口袋。

接着，递花的那个男的对角儿说："师父，这就是个阴谋。您老还是别下来了。"

女的也附和："对啊师父。我们送您回去吧。"

妻子不知道角儿的弟子们在跟他说什么，但她猜测，在他们来剧院之前，这里一定发生了针对角儿不利的事。雨雾迷蒙中，她看见角儿的脸上仿佛挂着一些参不透的笑意，她以为看错了，再仔细看时，才发现自己并没有看走眼。她不解问他："你笑什么呢？"

"你还记得出门时我在雨廊拍的那只老狗吗？"角儿依旧神秘地笑着，"现在想想，它走路的样子多么像个曾经辉煌过的将军啊。"

我是在角儿离去世还有两年的一个秋日的晌午登门去他家

拜谒的。那时，离他退休已经过去了整整有三年时间。我带着报社的采访任务和一束鲜花敲响了他的家门，来之前，尽管社长告诉我他已经跟角儿打过招呼了，但我仍有自己的顾虑。据传言，自从退休以后，角儿就谢绝了一切打着关心的幌子而前去探听有关他消息的人。我还听说，他曾坐在小区凉亭的长凳上拿着一根鱼竿直戳过往的所有年轻男女，并指着鼻梁恶狠狠地骂他们："通通都是小人！我迟早割掉你们的舌头！"事实上，这些传言让我心生退意，直到敲响角儿家门的那一刻，我都抱着如果敲三次门还不见有人来开就迅速逃离的想法。我一直在期待着这一刻的到来，那是多么令人兴奋的事情啊，但遗憾的是，我只敲到第二次的时候，角儿的妻子就打开门将我礼貌地请了进去。

她和蔼可亲，有着大多数在她这个年龄段的女人所不具有的风韵和美丽。当初在接受社长安排的采访任务的时候，他就以一种散淡的语气跟我说过："她可是个绝世美人呢。"我不知道他说这话是什么意思，因此并没有放在心上。可是就在见到她第一面的时候，我突然明白了社长这句听似平常无奇的话里饱含着多少的遗憾和恨意。因为我来报社工作不久，就听到大家私下里说，我们的社长之所以现在还单身是因为从年轻时候就一直深爱着他的师姐。而他的师姐，正是角儿的妻子，一位在本埠某大学任教的舞蹈老师。派自己的部下来采访情人的丈夫，无论如何，这都可以称得上是一个令人心惊胆战的任务。在前往角儿家的路上，我一直对社长自称跟角儿事先打过招呼的话持有怀疑。社长对角儿妻子的心迹早已是公开的秘密，它尚且能传到我的耳朵里来，何况角儿。因此，当角儿的妻子礼貌地请我坐上她家的沙发的时候，我觉得非常有必要跟她提一提我来这里的原因。我想好了，万一她有所不快，甚至稍露难色，我就立刻准备起身告辞。然而令人没想到的是，我还没开口，她就和颜悦色地安慰我："不要紧张，我们就轻轻松松地说会儿话，有什么问题你就问。我跟我先生和你们社长很熟呢，几十年的老朋友了。"

她的话让我心安下来。在给我端来一杯柠檬水后，她就抱着我带来的那束鲜花起身去了，接着，我看见她把花纸打开，将鲜花一枝一枝取出来，精致地插到了一个浅色的陶瓮里。陶瓮摆在博古架上，呈现出一种洁净的朴素之美，我的心情一下子放松了许多。

角儿的妻子告诉我，角儿正在午休。可手表上的时间分明才到早上十点钟，距午饭的时刻都还很早呢。她似乎看出了我的疑惑，微笑着解释道："从退休那天起，他的生物钟就发生了巨变，三年来，他一直都在凌晨四点准时醒来。我们的十点钟，正好是他的午休时刻。"

"那对他的生活有影响吗？"我忍不住心中的好奇问道。

她回答："那当然，从那以后，他就总觉得我们是生活在两个世界里的人。而他坚持认为，他的那个世界的时间，要比我的早整整八分之一天。在他的手机和手表上，现在的时间是下午一点钟呢。"

于此，我突然恍惚起来，也随即产生了一个感性的想法，脱离社长安排好的采访轨道，采取一种随性的方式去完成这次任务。时间尚可以更改，还有什么不能呢？我对她说："阿姨，那我们就从周老师退休的那天谈起吧。"

"退休的那天？"她反问我，似乎又在确认。

我点点头，再一次表明自己的想法："嗯，没错，就从退休的那天谈起吧。"

她微微仰起头，开始仔细做起了回忆状。我以为时间久远，她早忘记了角儿退休那天他们所经历的的一切，毕竟她也步入了老年的界限，就算容颜可以永驻，但脑子可是会向着一块木头的方向无限靠近的。看着她这样，我突然觉得自己有点儿残酷，于是便善意地提醒道："阿姨您不用回忆得太过详细，随便从哪里展开谈都可以。我们就随便谈谈。"

然而，我的话好像对她并没有产生什么影响，她不理我，继续仰着头回忆，丝毫也不受我的干扰。我举起那杯柠檬水，将它凑近鼻孔轻轻地呼吸着，从小时候第一次接触到它时，我就发现这种清爽的味道能让我瞬间安静下来。我不再说话，而是静静地等待着她的讲述。果然，时间大约过了一分多钟，她才像是咀嚼着一片从逝去的记忆里打捞出来的陈旧的茶叶，缓缓开口向我说道："我先生退休的那天，凌晨四点就醒了。夜里，他梦见自己在细雨蒙蒙的河边钓鱼，然后被一张从河中突如其来的血盆鱼嘴咬去了半截身体。醒来后，他就再也没有进入到睡眠中。"

她的讲述有种魔幻现实主义的味道，作为一个不折不扣的马尔克斯铁粉，这让我兴致盎然。我问她："您看过《一桩事先张扬的凶杀案》？"

"什么？"她很疑惑地看着我，"电影还是电视剧？"

"小说。一个堪称世界文学大师的哥伦比亚作家的小说。"我说。

她说："我不喜欢看小说，我的休闲方式很单调，除了跳舞，就是看韩剧。"

"不会吧。"我惊讶道，"可是您刚才讲述故事的方式跟他那个小说的开头简直如出一辙。"

"那可能是艺术家之间的默契吧。哈哈哈，我这样说，是不是有故意抬高自己艺术地位的嫌疑呢？"她谦逊地笑。

"您为什么不喜欢看小说呢？"我又问道。

"可以不说吗？这是一个秘密。"刚说完，她又略带顽皮地说，"算了，都这把年纪了，说说也无妨。"

我接话："那您说。"

她说："这还跟你们的社长有关系呢，大学时候他自称第一才子，疯狂地为我写情书，贴满了整个校园，还扬言得不到我誓不罢休，此事搞得尽人皆知。我一出门就被指指戳戳，当时真是怕极了他。从此，我就远离了一切文学和搞文学的人。"

"那我们社长可真是阻碍了您进入另一种艺术世界的通途，要是没有他，说不定您会成为一位世界瞩目的作家呢。"我说。

"那可不嘛。"她哈哈大笑着，话题一转又说道，"不过我和我先生结婚以后再接触你们社长才发现，他其实是个蛮靠谱的人呢。"

"那究竟是什么事改变了您对他的认知呢？"我问。

她又笑起来："这谁能记得住呢？人老了，脑子也糊涂了。近的还行，远的就什么也想不起来了。况且，历史的细节永远无法还原历史的真相。"

"那您就继续谈谈周老师退休那天的故事吧。"我绕了一圈，又把话题拉了回来。

"自从那个噩梦中醒来，他就再也站不起来了。不过在那个早上，他并没有那样觉得，人哪能预知后来发生的事呢。我虽然抱了最坏的打算，但在心底还是存念了一些侥幸。不然这也太荒诞了，哪能梦见被鱼嘴咬断了身子从此以后就真的会瘫痪呢。我们都是信奉马克思主义的人，多少也对世界的本质有一个最基本的判断与认知吧。我劝他不要去参加什么退休欢送仪式，可他就是不听，否则，他或许真的还有机会再站起来。当然，后来很多的时候我都在想，这个噩梦可能也是某种先兆或某种暗示，它试图将我们阻止在那个雨天的早上。但现在想想，一切都是我粗心大意了，那段时间，他一直被噩梦缠身，而更为重要的一点是，那天醒来，他生平第一次向我隐瞒了做梦的事。"

自从打开话匣子后，在那个秋日的晌午，角儿的妻子就一直向我讲述着角儿退休那天的所有往事。那天发生的事儿可真是多啊，绵绵长长，一如角儿那日的午睡。角儿一直没有睡醒，我们谈到下午四点，她才完全把那日的故事讲述完。在讲述中，她并不是完全站在自己的角度，相反，在很多时候，她仿佛和角儿交换了灵魂一样，以"我"自称，谈起角儿的事，如数家珍，知根知底，好像她就是角儿本人。这又让我为之一惊，我问道："您怎么知道得这么详细，甚至连某些细微的感觉都仿佛亲身经历了一般？"

她呵呵笑起来："姑娘，你要是和一个心心相印的爱人生活一辈子，就会懂得什么叫作你中有我，我中有你了。"

我羞赧地报之一笑，正要遗憾地起身告辞时，却听到她对着关闭着的一扇门说道："都偷听了大半天，也该出来见见客了，不然，人家都要走了。"

随着门"吱呀"一声打开，角儿坐在轮椅上终于露面了。我看见，他怀里抱着一枚粉色的气球，歪着头，将它紧紧地夹在脖子和肩膀之间，那模样，俏皮极了。刚开始，我还以为这是他童心未泯的表现，但直到一股拔丝涎水从他嘴角毫无节制地顺着气球的曲面淌下来滴落到地板上时，我才意识到，轮椅上的角儿近乎是个傻子了。

这是我第一次也是最后一次见到角儿和他的妻子。两年后，角儿一个人坐着轮椅出门，过马路时，被一辆飞速疾驰的白色小汽车撞成了碎肉。不久，他的妻子也服药自杀。而我，竟成了他们生前接待过的最后一个记者。

有关角儿身亡的真相自始至终都是一个谜团。在其死后，本埠一直有传言，他的死，并非意外，而是早有预谋。而幕后的凶手，则是对他一辈子不离不弃的妻子。

　　传言说，角儿被一辆白色的小汽车撞成碎肉的那天，正好是他六十五岁的生日。清早，他的妻子就出去了，直到晌午也没有回来。期间，她打过一个电话给角儿，之后，角儿就一个人坐上轮椅出了家门，大约过了二十分钟，住在周围的居民都听到了一声巨大的刹车声响。那声响尖锐无比，就像凌空发射了一枚火箭，甚至把离那声源最近的一户人家的窗户都震碎了。之后，人们纷纷追踪溯源在马路中央看到那里横亘着一辆拖出了一条十来米长的黑色刹车印记的白色小汽车和一具被撞得七零八碎的尸体。同时，地面上还散落着一些黄颜色合金质地的圆管材料，起初，大家都以为那是小汽车上的某些零件，等到警察赶到后，他们才弄清楚，那其实是一个被撞碎的轮椅的组成部分。由于尸体的碎裂程度十分严重，一开始，根本无法确认死者身份，直到警察从现场找到了一个棕色的皮夹子，取出里面的身份证，才初步推测被撞碎的就是角儿。但这仍旧令人生疑，一张身份证怎么可以为一具难以辨认的尸体做有效的证明呢？问题并没有得到有效的解决，警察打算先带回尸体碎块，再想办法。就在法医捡拾尸体碎块的时候，一个提着蛋糕的女人冲进了车祸现场的警戒线。那时，女人刚一现身，住在周围附近的居民立刻就认出来她就是大名鼎鼎的角儿的妻子。

　　经她确认，死者就是角儿。而把角儿撞成碎块的那辆白色小汽车，则属于本埠某医院的一个年轻的未婚女医生所有。她曾被有关部门评为"十大道德模范"之一，并在领奖当日与市长握了手。作为那届评选的十个道德模范中最年轻的一个，她还代表其余的九个人上台发表了一段长达五分钟的发言，在发言中，她说过"奉献一片爱，温暖无数人"，就因这句话，她又被推荐为本埠的道德形象大使。有一段时间，本埠的所有公益广告牌上，都挂着她的照片和这十个字。但在角儿身亡的当日，驾驶着这辆白色小汽车的人却是她的父亲。发生车祸后，他没有下车也没有逃逸，就那么一直惊魂未定地手握着方向盘坐在座位上颤抖。当警察出示过证件要求他配合调查时，他满头大汗地一直在嘟嘟囔囔地重复一句话："在我的律师没有来之前，我哪里也不去。"警察也毫无办法，他们一直陪着等了足足一个小时，才见到了他的律师和女儿。相遇的那一刻，他们彼此一句话都没说，甚至连一个眼神都没有交换，他就主动打开车门走了出来。下车后，他干的第一件事情是弯腰脱鞋，警察以为他要掏出私藏的什么武器，全都警惕起来，而接下来发生的一幕，却让在场的所有人都忍不住笑起来。他们看见他扶着车窗交替着脱下鞋居然从任何一只里面都倒出了至少半碗水来。现场的严肃气氛就此而消解，很多天以后，仍在关心这起车祸事故的人才知道，把角儿撞成碎块的这个人，退休前是本埠某政府机关的一把手。

很快，这起车祸就有了处理结果，因为当事者都是本埠著名人物，事件又万人瞩目，整个司法过程几乎透明，人们也如愿看到了一个公正满意的答案。角儿与肇事者单方面的问题了结后，人们把所有的焦点都转移到了角儿与她尚在人世的妻子身上。

人们关心的问题很简单，其一，一个几近痴傻的坐在轮椅上的老人为什么要选择在自己平时的午休时间段出门？其二，在角儿妻子打给角儿的那个电话里，她究竟对他说了什么？如果说第一个问题所描述的事件足够"反常"的话，那么第二个问题所描述的事件则理应被冠以"神秘"二字。有人用哲学的思维尽善尽美地回答了第一个问题：角儿之所以"反常"地出门，是因为他接到了妻子的神秘电话。于是，所有的谜团都积压在了第二个问题上。

据角儿的妻子讲，在与她先生的那个通话中，她只说了一句话："我买了好吃的蛋糕回家为你庆生哦。"至于角儿在听到这句话后为什么要孤身出门，她不得而知。可是有一部分好事者根本不相信她的一面之词，他们在被警方拒绝了公布通话记录档案的要求后，一致给角儿的妻子安插了一个名为"招魂精"的外号，据说灵感来源于角儿在临死之前接到的那个由他妻子打来的被另一部分好事者称之为"招魂魔音"的电话。

为此，身处舆论旋涡中的角儿的妻子水米不进、昼夜不眠，大有追随角儿西去之态势。那些好事之徒指出这是她应有的报应，但角儿妻子的那些爱慕者则认为，这世界上的语言暴徒简直可恶至极，将心比心，为什么不能对这个命苦的迟暮美人给予一点人性的暖意呢？他们中的很多人都私下里写信给她，甚至还有人大言不惭地说："如果需要，我将马不停蹄地出现在你的面前。"据传，我们贼心不死的社长是最为活跃的一位，他几乎天天登门去角儿家向他的遗孀表示亲切的慰问。不久，流言蜚语就在本埠的文化圈内传播开来：孤身了大半辈子的社长终于在他的暮年等到了心目中念念不忘的女神，他几乎用一生的实际行动诠释了什么才叫作"不忘初心，方得始终"。

就在这消息不辨真假的时刻，角儿的女儿适时出现了。她痛恨极了那些造谣滋事的人，她在一封发布到新媒体上的公开信中说："一切都是谣言。我父亲和我母亲的爱情天地可鉴。我父亲的去世完全是个不幸的意外，因为就在那天跟我父亲通完电话后，我母亲又打电话给我说她正在为我父亲的六十五岁生日定做一个六英寸的小型蛋糕。"但这封公开信刚发布不久，角儿的女儿立刻就被推上了舆论的风尖浪口，有不明身份的好事者指出，她早就跟角儿断绝了父女关系，无论什么事，必然会站在她母亲那边。一个人所共知的例子是，五年前角儿退休站不起来的那天，她的母亲从千里之外打电话恳求她回家来，但被她无情地拒绝了。这个不明身份的好事者还指出，其实早在十年前，她与角儿就断绝了一切来往。导致这悲剧的原因也很简单，因为角儿生前曾专横地阻拦了她与男朋友的恋爱。当时，怀恨在心的她直接从大学辍学，并从此随同她的那个社会青年身份的男朋友一起四海为家，浪迹天涯。

好事者的爆料真实详尽，非胡编乱造，若不是离角儿生活圈子很近的人绝不可能知晓。角儿的女儿怀疑这个好事者应该是个"内鬼"，自从在角儿退休之日发生了那样的事，她早就对角儿一手栽培的弟子们嗤之以鼻。如今，这个好事的内鬼若非角儿的弟子们，还能有谁呢？

为此，角儿的女儿特意邀请本埠的记者开了一个新闻发布会。接到邀请函之后，我考虑了良久，最终还是缺席了。角儿生前，我登门拜谒与他妻子聊天六个小时后写就的那篇报道，虽然好评如潮，我也因此获得了那年本埠宣传部颁发的新闻类最高奖，但如今针对角儿妻子在舆论导向方面引起的轩然大波，还是让我懊悔不已。是我，向社会首次公布了角儿生活的那个世界的时间要比我们的超前八分之一天的秘密，正因如此，心怀歹意的好事者才明确指出角儿身亡那天出门时正是他一贯的午休时刻。于此，也就让他的妻子身陷巨大的麻烦。

新闻发布会召开之前，我怀着忐忑不安的心情给角儿的女儿发短信致歉，并诚惶诚恐地表示没有脸面再见角儿的家人。短信发出去好久，我都没有收到她的回复，为此，我一直都坐立不安。后来就在我跃跃欲试着给她打电话亲自说明时，突然收到了受邀参加新闻发布会的同行的消息。消息说，角儿的女儿就好事者诋毁她母亲的恶劣行径已经报警。她还推测，好事者虽不止一人，但十有八九是角儿的那些弟子们。

新闻发布会上，角儿的女儿还透露，她将卖掉家里的房产，携母远走，永远离开这个是非之地。她对本埠的恨意，让很多人都无法理解。她越是如此，我就越觉自身罪恶深重。那段日子，我一直酝酿着再次登门。事还未成，晴天就传来霹雳——她的母亲服药自杀了。

葬礼上，我终于与角儿的女儿见面。那日，我一直都站在角落里默不作声。事情料理完之后，我约她去墓园僻静的山巅景亭。当我表明意思后，她迎风而立，对着我们脚下的城市沉思了良久才轻轻念了一句晚唐诗人李义山那首著名的《锦瑟》中的诗作答复："此情可待成追忆，只是当时已惘然。"

此事过去很久，当偶尔回想起来，我总觉得角儿的女儿对着山岚念叨的这句诗不仅是针对我，同样也针对着她父亲。一个著名表演艺术家的一生，在他女儿的审视之下，难道只配用这么轻飘飘的一句诗来概括？后来，我又把角儿生前我去登门拜访得来的那篇报道仔细阅读了一遍，当读到角儿的妻子说的那句"历史的细节永远还原不了历史的真相"时，我突然愣住了。我当然知道"整体大于部分之和"的哲学道理，但仔细想想，角儿去世后，那些好事者的诽谤为什么都要回避他呢？我想，他的妻子之所以服药自杀，除了太爱角儿，更大的理由该是承受了太多不应承受的恶名吧。那些恶名不尽然是空穴来风，但绝对与真相相去甚远。然而，要知道真相就必须去深入挖掘细节，可我们所共知的细节一定就是真实的吗？

读者所了解的角儿形象，全部来自我那篇报道。而我所报道出的角儿，又全部来自角儿妻子的口述。我虽与角儿有过一面之缘，但他却没有对我说过一个字。为此，我寝食不安起来，得承认，我所报道的退休那天的角儿肯定并不是真实的角儿，但现在我唯一所关心的是，有关角儿退休那天的细节，都是真实的细节吗？

弄清事实真相，是一个新闻从业者应当具备的最起码的道德和良心。从角儿在凌晨四点醒来到遇见第一天上班的出租车司机的那段故事，由于当事人均死亡，已不可考。但之后的故事，还是可以再进一步挖掘的，所以，时隔多年，我不得不走访角儿退休那日与他有过交集的几个人。我罗列了一下，他们分别是第一天上班的出租车司机、角儿的一双弟子、角儿生前所在剧院的院长。

但在一开始，我就遇上了难题。本埠现有出租车车行十七个，出租车司机两万余人，在他们当中寻找多年以前载过角儿的那个司机，并非易事。但好在有公安和电台的朋友帮忙，四天后，我就见到了司机本人。对于我提出的问题，他的回答和角儿的妻子跟我讲的基本一致，但在一点上有出入。他说，当天在遇见角儿夫妻时，从车厢里走出来的那个姑娘，其身份并非他的妻子而是女友。她下车的地方离他家其实并不很近，女友因为忘带伞一路淋雨回去后就高烧不断，五天后，被医生确诊为肺炎，住了十天医院。他们之所以没走到一起，是女友的母亲嫌弃他开出租车，而对方家境相当不错，父亲是本埠某私立中学董事长，母亲是公务员。当我唏嘘地表示了歉意后，他随后说出的一段话让我至今难忘："其实后来我总觉得，正是那个瘫痪了的老头为我以后的整个生活带来了数不尽的霉运。那天我遇见的第一个人要不是他，现在也不可能还在开出租车，他毁掉了我这辈子唯一可能出人头地的机会。那时的我可真傻，竟然为了一个口头上的允诺还一直试图保护他们，直到后来又安全地把他们带走。"

司机的一番肺腑之言让我心里五味杂陈，可是谁又能提前预知自己的运势呢？即便如角儿退休那日做了被血盆鱼嘴咬断身子的噩梦也终究无法避免他无端瘫痪的命运。

接下来，我又分别走访了角儿的那两个弟子。首先是那个男弟子，因为一直有传言，当年他从鲜花底部递给角儿的那篇打印的《讨戏子周檄文》实则就出于他之手。他之所以这么干也是受院长之意想一举搞垮角儿，让角儿在四面楚歌的退休生涯中凄惨地聊度余生。那篇檄文上罗列了包括贪污、受贿、低能、浮夸、专断、通奸、谄媚、造假、结党、涉黑等在内的角儿的十条罪状，文字翔实，有理有据，条条足以置角儿于万劫不复之地。在交谈中，当我重点对此进行求证时，他一口就否决了，这个结果是我早有预料的。我说："你师父在退休后最深恶痛绝的就是青年男女，因为他在心底认定是他最看重的弟子们毁了他，所以后来才经常拿着一根鱼竿去戳小区里的青年男女。"

但他激动地反驳道："我师父之所以会变得如此糊涂只是因为一生都在盲从他老婆，他老婆说什么他都会信，不丢了性命才怪！他就是被他老婆的美色迷惑了，所以才会失心疯。"

他的激动让我有所警惕，我试探性地问："所以在你师父去世后，你用语言暴力攻击了他妻子？"

沉默了一会儿，我看见他嘴唇嚅动了好几次，似乎有千言万语要说，但他最终还是以"有个紧急的会要开"为由，结束了我们之间的对话。

不得已，我又去走访了角儿的那个女弟子。多年过去，她已放弃了表演事业，辞去工作，做起了家庭主妇，专心相夫教子。她是在角儿退休的第二年遇见了她现在的丈夫的，那是一个一年有大半年时间在外地工作的研究地理环境的科学家。他们的结合实属缘分，按惯例，每次表演完谢幕时如果没有观众给演员献花，剧院工作人员就会临时安排坐在前排的观众上台去充数，而她的丈夫，恰好被选中了。本来这事过去了也就过去了，但他却执意约她出去坐坐，舞台下，他们相谈甚欢、一拍即合，当年就领取了结婚证。我以为能从她辞职的原因中找寻出有关角儿的一些信息，但失算了，她丝毫没有提及角儿。

后来我才知道，直到我表明来意之前，她竟然一直都认为我是去采访她丈夫的。

"你不知道，我丈夫简直太出名了。只要一从外地回来，他的身边就围满了记者。有时候我都会恍惚，他到底是个科学家，还是个明星。"她一脸自豪地解释。

"不，我是专门为你师父而来的。"她在自豪中明显流露出的优越感让我很不舒服。

"哦，哦，"她失望地回答，"时间都过去这么久了，谁还能记得清那天究竟发生了什么事呢？"

我本想立刻就离开，但还是忍着心底的不快说："有传言说，在你师父去世后，你曾用语言暴力报复过他的妻子，因为你师父生前，她曾来剧院找过你的茬，理由是你们师徒之间存在不伦之恋。"

"呵呵，无稽之谈。"她冷笑着，风轻云淡。

"要不你再好好想想？"我执意想问出点什么来。

她站起来，在把我送出门之前说："到现在我还有印象的只有两件事，一是那天的雨好大，二是我第一次听见师父说脏话。"

境遇如同走访角儿的男弟子一样，我从他的女弟子这里也没能探听出什么有效的信息来。最后的访问对象就只有和角儿关系不睦的院长了，鉴于前三次的空手而归，这次我没有贸然行动，而是回家做了个详细的规划。

一周以后，我在剧院的院长办公室见到了院长。面对他，我没有拐弯抹角，而是直接让他评价一下角儿。听我说完，他一下就愣住了，显然，角儿的男弟子已然向他报告了一切，包括我提问的套路。在家里做详细规划的时候，我料到角儿的男弟子可能早就已经向院长投诚，因此绝不会让他们摸清我的底牌。

院长想了一会儿，表情严肃地说："他是一个表演的天才，一个优秀的同事，一个谦逊的前辈，一个严格的师父，一个伟大的角儿。"这倒是出乎意料，我不禁暗自叫绝，他不愧是一把搞行政的好手，官话说得滴水不漏。

当我又提到角儿的惨死时，他还是那一套官话："我们对他的去世表示深深的惋惜，他的离开，是我们剧院、我们本埠，乃至我们整个表演艺术界的巨大的损失。一颗艺术巨星就这样陨落了。而对于他妻子的死，我们也深表惭愧，我们没有尽到保护好一个伟大的角儿的家属的职责。"

真是个老狐狸精。不得已，我又回到了原来的套路，向他问了与出租车司机、角儿的男弟子、角儿的女弟子相同的那个问题——关于角儿退休那天发生过的事，你都有什么印象？

他想都没想，就用一种正儿八经的语调回答道："他退休的那天，我很早就起床了，因为剧院要为他举行一个盛大的欢送仪式，而我作为一把手，必须要讲几句。发言稿一早就写好了，但我总觉得脱稿发言才最能表达对一个老表演艺术家的尊重和景仰，因此起床后，我一直就在剧院的屋檐下边散步边默背发言稿上的内容。后来，当我走到剧院大门的时候，抬头看见那里贴着很多张白纸，因为正下着雨，天色昏暗，我并不确定那是什么，等走近后，才发现全部是一篇叫作《讨戏子周檄文》的检举揭发信。"

"所以你那时还不知道它究竟是谁写的？"

"我现在也不知道。"

"那你觉得这篇文章对他有没有造成什么让你至今都特别难以忘怀的影响？"

"那是当然。他平时从不说脏话，但在那天发表退休感言时，我们所有人都听到他以表演时才用到的腔调大声地说了唯一的一句感言——'我他妈真是老成渣儿了！'"

仙　人

　　第一次见到月玲珑，她正对着一棵桃树发功。桃树比我高不了多少，但很直，拇指粗的树干上扎着几颗绿色的嫩芽，光景惨淡极了。月玲珑扎着马步，腰杆与桃树平行，双臂与地面平行，伸出左右手的食指和中指，很有节奏地在距离桃树约一厘米的空气中点戳。腰间的皮带深深地镶嵌在赘肉形成的槽印中，仿佛要把她整个人都勒断了，而胸前两团发酵的肉球，像膨胀到爆炸。有几次，四指被月玲珑从腋下拉回来，顿了顿，又从肋下推出去，整个运动轨迹呈现出一道封闭的弧线。桃树纹丝不动，倒是月玲珑，可能用力过猛，脸色已涨成了猪肝紫，眼泡也凸起，双肩联并披下来的头发更是毫无章法地战栗着，仿佛她被通上了电。月玲珑并不甘心，又使劲运了回力，只听"啪"和"咣"两声后，腰间的皮带居然像条死蛇从她大腿上慢慢滑落了下来，而一枚白灿灿的钢扣则绕过桃树，奋不顾身地撞到了花池边的水泥地坪上。

　　我下楼去门市部打醋，路过花池，亲眼目睹了快要被勒成两段的月玲珑瞬间把自己复原。那枚钢扣就蹦在我脚边，声音传进耳朵的时候，我被月玲珑的怪异和剽悍吓蒙了，紧抠怀中的醋瓶子，留也不是，跑也不是。月玲珑双手合十收了势，冲我一笑，指指那枚钢扣。我没明白她的意思，身子也有些僵，站着没动。月玲珑跨入花池，朝我走来。太阳斜着，人还没出花池，但她那被放大的影子已经把我覆盖了，我感到恐惧，想如果她伤害我，我就把醋瓶子朝她脸上甩过去。正思谋着，我舅突然从背后喊我的名字，他边走边说："我姐让你顺便再称点盐疙瘩！"我默不作声地换算了半天他口中的"我姐"是谁，直到进门市部才闹明白他说的是我妈。

　　我从门市部回来时，那条皮带扎到了我舅腰间。但他太瘦，任凭怎么用力，甚至发出"咿——呀——"的叫声都勒不出月玲珑那种效果。我边走边看，觉得索然无味，正要进楼门，我舅又喊我名字，他保持着马步姿势，勾动右手食指和中指对我说："过来，跟你玲珑姨学气功。"

　　那时邓小平去世不久，香港还没有回归，因此我搞不清楚第一次见月玲珑的具体时间到底是一九九七年的几月。后来，我又在三个不同但相似的场合看见过月玲珑发功。

　　外公三周年忌日上已没有面带悲伤之色的人。亲戚都说，死对于外公是再不能好的事。五脏从根上腐烂了，水米又咽不下，一张嘴恶臭就满屋子乱窜，多活一天多受一天罪，还是死了好。接着，大家又纷纷感叹命运无常，保不齐哪天就步了外公后尘。月玲珑正坐在我身边安静地啃甲鱼壳子上的肉，听到后，起身满桌子转着，热心地教大家练起了气功来。她站在几个桌子合围的空地中央，一招一式，有板有眼，一副稳当儿的把式让大家信服了练气功能长命百岁。

　　不久，我姐满十二岁，照甘州风俗，摆留头宴。有一道仪式是我舅得先用一把刀割下我姐一绺头发，再用那把刀杀死一只羊。头发扔火中烧掉，羊则剥皮祭祀神灵，以期保佑过了一轮生肖的我姐平安喜乐。割头发轻而易举，但杀死一只羊对于我舅来讲，简直难如登天。他捅了好几刀都不得要领，羊虽然被拴住了蹄子，但脖子甩起来，血珠子仍四处乱溅，叫声又凄惨。不忍血腥的人说这羊遇上我舅真是造孽。我舅满脸挂彩，绕着乱动的羊尴尬地无从下手。月玲珑看不下去，起身跳到羊的头部，伸出右手掌，举过头顶顺着手掌侧吹了口气，然后再运功，一掌就砍到了羊的脖颈间。那羊只叫唤了半声，剩下的半声遽然卡在了气管里，登时，只见冒着热气的稠血汩汩地流到水泥地坪上来，"噗——咻——噗——咻——"，开出一个气泡，旋即又破掉。这架势让所有人都目瞪口呆。

宴席上，我妈趁月玲珑去卫生间偷偷给我舅使眼色："这你能拿得住啊？"

我舅说："过日子又不是打架，拿人家干什么？"

我妈不吭声，我爸又上："那哪里是手掌，分明就是刀啊，她吹气时我都隐隐约约看见那寒光了。"

我舅又维护月玲珑："谁把气功练好了都那样。"

我爸歇下了，我又上："舅你练得怎么样了？"

我舅谦虚起来了："我还没入门呢。"

我再问："玲珑姨呢？"

我舅说："她练得好，到第三层了。"

我又问："到顶了是几层啊？"

我舅看了看正往回走的月玲珑，悄悄说："十八层。"

到第三次，月玲珑变成了我舅妈。在月玲珑和我舅的婚礼上，我爸家的一帮叔叔和我妈家的一帮舅舅都知道她力气和酒量比男人还大，所以拼了命灌她，结果有一个算一个全被她灌趴下了。当然，她也醉了，非要踩着凳子站在桌子上给来宾们表演气功。她握着一个白瓷酒杯，摇摇晃晃地数次想要站直，却一下也没能成功立定。酒杯随着她伸出的右胳膊摆荡，可酒杯里的酒一滴都没洒出来。有好事者嚷嚷："你这分明是醉拳，不是气功。"

月玲珑瞪着眼睛喝那人："你再说一遍！"

那人知道月玲珑醉了，也不畏惧，上前一步大声喝道："我说你这不是气功……"

话没说完，但听"嘭"一声响，月玲珑手中的白瓷酒杯竟然被捏碎了。她的手也破了，混合了血的酒跌下来，那个好事之徒吓得面如土色，匿在宾客中，不敢再声张。而那只已碎了的白瓷酒杯，则被月玲珑死死攥在手心，直至被送到她师父那里疗伤之前，她都没松开。白瓷酒杯毫不留情地割断了她右手食指和中指的筋脉，又因她执着地迷信她师父有神功，能将断了的筋脉接上，结果错过了科学治疗。后来被我爸妈强行送到医院时，已经晚了。以后的日子，月玲珑那两根指头，就那么废了，它们长久地蜷曲着，长眠着，运不上一点儿力气。

我妈很不高兴，对我舅说："不是有神功护体吗？还不是娶了个废人。"

我舅向着月玲珑："人也可怜着呢，被她师父给骗了。"

我妈愈发生气："什么师父，那就不是个东西！"

我爸插话："对，一个糟老头子，收弟子只收女的，这像什么话。"

我舅问我爸："姐夫你这话什么意思？"

我爸说："我觉得不正常。"

我舅又问他："这有什么不正常的？江湖上门道多得很，传男不传女，传女不传男，这都有讲究。"

我爸听我舅的话音，知道他没懂，就说："你还是个愣头青！"

我爸还要说，大有挑明的意思，我妈冲我爸发威："你给我闭嘴！"

我爸看着我妈，敢怒不敢言。我舅还是想套出爸所说的"不正常"是指什么，我妈咳咳两声问我舅："月玲珑肚子正常着没？"

我舅说："好着呢啊。"

我妈又问："怎么个好法儿？"

我舅反问："什么样算正常？"

我妈不吭声，和我爸对视，目光交换间，俩人产生了共鸣。我舅傻呵呵地追问我妈："姐，你问这个做什么？"

我妈气不打一处来："我问的不是这个。"

"那是哪个？"

"哪个也不是！"

"那你问玲珑肚子的事。"

"我什么都没问，我现在只有一肚子的气！"

"哪来的气？"

"胀气！胀气！"

这是发生在香港回归不久的事，我刚上二年级。其实按照真实年龄我应该上一年级，家里为了让我早上学，找关系把我年龄改大了一岁。妻子棠宁比我小三岁，但按照身份证的计算，就是四岁了。第一次来我家，我就带她去认亲戚，从我舅家回来后，路上闲着无事，我向她讲述了这段故事。

我们初识的时候，她刚从美国留学回来，尚是一个诗人的女朋友，那人我认识，但不熟。我们在一个共同的朋友家过中秋，吃完月饼聊起了电影。但凡她提到的电影，我都看过，还能说上一二。她很好奇，我解释："我学电影。"

她说："我学建筑。"

她问："你单身吗？"

我说："是。"

她说："我给你介绍个女朋友吧。"

其实我心里挺不乐意，因为我这人信一见钟情，对她眼缘特别好。但她男友就在眼前，我们聊天，他一直默默为她搛菜，我找不出一丝破绽。我说："好。"

就加了微信，见了一面那个她介绍的女孩，俩人没话说，再没联系。大概过了一个月，那个诗人突然打电话给我，说他女朋友喜欢我，他俩分了，让我们在一起。我虽然感到莫名其妙，心底却也小鹿乱撞。犹豫了一天，我把那诗人的原话微信转给她。她回我："我正犹豫该怎么办呢。"这等于是我把主动权推过去，她又给推过来了。

我说："我想我是喜欢上了你。"

她回我："把'我是喜欢'去了好吗？"

我回头仔细把那些字挨个盯了一遍，心潮澎湃地说："好。"

结婚当夜，棠宁睡不着，她也被来宾灌了酒。我们有一句没一句地聊，聊着聊着就聊到了电影上，我说："以前从电影上看美国人民开放，只是不信，遇到你，我信了。"

棠宁问："什么？"

我说："还记得我表白时你回的那条微信吗？"

棠宁若有所思地说："喊，那有什么啊。"

我开玩笑："被美国文化浸淫过的人就是不一样。"

棠宁说："大家不都说'上'吗？"

我想起了一些往事，笑笑说："但我更愿意说'征服'，尤其是征服从美国归来的你。"

棠宁说："我不信。"

我说："你爱信不信。"

棠宁说："你以前说的我也不信。"

我问："什么？"

棠宁说："就是月玲珑捏碎酒杯的事。你是文科生可能不了解力学,力气再大的人,捏碎鸡蛋都费劲,何况酒杯,还是瓷的。"

我说："真的。"

棠宁继续说："物体所受的压力与受力面积之比叫作压强,压强用来比较压力产生的效果,压强越大,压力的作用效果越明显。"

我反驳："我也学过理科,后来才转文了。"

棠宁说："你那是半吊子。"

我急了:"我亲眼看见的,不仅看见过月玲珑捏碎酒杯,还看见过她悬空打坐呢!"

我爷和外公都参加过抗美援朝战争,在同一个班里,我爷是班长,我外公是副班长。他俩关系好得穿一条裤子,在战壕里知道彼此是同乡,高兴得结拜为兄弟还不够,又结下亲家。其实那时他俩都没结婚。战争结束后,我外公回家继承父业,做了屠宰场屠夫;我爷则留在朝鲜帮助朝鲜人民重建家园,七年后,他回国转业成了甘州铝厂副厂长。我妈上头还有三个姐姐,我爸出生后,我妈也降临了。有了我舅后,我外婆说什么也不肯再生。我外公带着四个女儿去找我爷,问他当年说的话还算不算数,算的话,就挑一个儿媳妇。我奶想反悔,但我爷是干部,做事讲原则,就挑了我妈。我外婆会来事儿,下次我外公带着我妈来我爷家时,她就抱着我舅一起来,硬是撺掇我爷认了我舅做干儿子。

我三个姨从小就羡慕我妈和我舅,说他俩掉进了金窝。我妈倒还本分,我舅仗着有个当官的干爸,从小就不务正业。他初中没毕业就辍学了,扒火车要闯荡江湖,也成功了,结果过了三个月就被警察遣送回来,说是涉嫌非法集会。我舅气得火冒三丈：“非法集会个屁，老子根本就没有参加，一帮傻帽在政府门口静坐，我就是凑上去看个热闹，警察那眼珠子都长尿上了！”

我外公教育我舅：“喝狗尿了？出去才几天连警察都敢骂！”

我舅话大：“警察算个鸟，端个枪就以为自己是猎人了？”

我外公说：“你老子我也端过枪！”

我舅不服气：“你端没端过我又没见过，人都说你根本没去过朝鲜，只在东北的队伍里给解放军喂猪，要不怎么现在我干爸当官，你当屠夫呢？”

我外公二话不说，拎起刀子就要宰了我舅这个瘪羔子。我舅吓得一路跑到了我爷那里求庇护。我外公看我舅大了，管不住了，就央求我爷给安排个差事。

多年过去，我爷依旧没混上正厂长。文化程度太低。上头有人管着，也不敢给安排太扎眼的位置，只好让我舅去保卫科纠察队混饭。他那猴瘦身板，哪是吃这碗饭的料，例行抓了几次流氓，倒让流氓给打进医院了。又去工会，这才认识了月玲珑。

不过他俩并没有立即黏一起，那时月玲珑刚结婚，我舅也谈了对象。过了半年，月玲珑丈夫去冶炼车间采访先进，失足滑落铝水，熔得连骨头渣都没剩。他们又没孩子，为了找个寄托，月玲珑就拜师学上了气功。而我舅结婚后，他妻子一直怀不上，不到三年，俩人和和气气商量着离了。我对我第一个舅妈并没有什么印象，可能当时我太小了，记不住。后来长大了听我妈说，那是一个普通得不能再普通的胖姑娘，往人群里一站，如果不是至亲至爱的人，没有谁会多看她一眼。我问：“那我舅怎么会看上她？我爷可是他干爸，大小也是个官。”

我妈说：“他猴瘦猴瘦的，缺什么稀罕什么，就喜欢胖姑娘。”

月玲珑的胖大家有目共睹。

一九九七年第一次见月玲珑时，我舅正扎着马步，我亲耳听到他对提着醋瓶子和盐疙瘩的我说："过来，跟银龙鱼学气功。"

那时候有个包工头想订购大量铝材，找到铝厂当销售科长的我爸帮忙。我爸见过太多包工头，就端着，没把那人放在眼里。再来时，那人不知道从哪里打听到我爸爱养鱼，连鱼带缸送上门。甘州地方小，银龙鱼我爸只听过，没见过。那人说："这鱼出生于著名的羊马熊河，和中国隔着半个地球呢。"

我已看了一些地理书，但还没听说过羊马熊河，就插话："那河在哪里？"

那人说："听说在美国下面。"我记在心里，查了很多资料都没查到，问老师，老师也不知道。鱼缸就摆在我家玄关，我一点也不觉得那鱼吉祥，它全身泛寒光，游动时无声无息，阴森森的，既神秘又吓人。

所以当我舅说跟着银龙鱼学气功时，我第一个反应是月玲珑是银龙鱼变的，成精了。每个假期都在循环热播的《西游记》早已铭记在心，观音菩萨莲花池里的那条鲤鱼精是我幼年的噩梦。我躲着月玲珑，没敢上前去。但月玲珑为了能嫁我舅，拼命讨好我。她看出来我爷极度宠我。

那日吃完饭，她问我喜欢什么。我不说话，直勾勾盯着她鼓囊囊的胸部，觉得那两个球随时会爆炸。她又问："你长大了想干什么啊？"

我想起我爷经常怀念朝鲜那地方有多美，就脱口道："我要去朝鲜。"

月玲珑继续问："你去朝鲜干什么？"

我瞄着她胸前的大球说："打败美国！"

月玲珑眉头皱了下说："打败这个词不好，我给你换个，征服。"

我不懂，但在嘴里念："征服美国。"

月玲珑一笑："对，不光要征服美国，还要征服世界，明天我送你一套征服世界的工具。"

我想着月玲珑是银龙鱼成了精，就没敢答应要。《西游记》里，变成姑娘模样的白骨精送给唐长老的馒头其实是石头和癞蛤蟆，妖精的东西绝不能要，这个道理我懂。

第二天，月玲珑还真信守诺言，送了我套四卷本的《世界地理》。翻开第一册，我就读到盛产银龙鱼的那条著名河流叫亚马孙河，而不是羊马熊河。亚马孙、羊马熊，我只念了一遍就找到了其中的奥秘。发现了它们在读音上的关联，我立即就意识到自己极有可能是把玲珑姨和银龙鱼也听混淆了。这个发现简直如同破译了敌台密电一样令人兴奋，我对月玲珑产生了莫大的兴趣。私下我故意问我舅："银龙鱼是干什么的？"

我舅说："银龙鱼不是在你家养着吗？"

我说："不是鱼，是人，就你跟着练气功的那个女的。"

我舅纠正我："那是你玲珑姨。"

我说："我知道。"

我舅说："咱们厂学校的地理老师。"

我说："不信。"

我舅问："怎么不信？"

我说："厂里学校的老师我都认识，没见过她。"

我舅说："她教初中部地理，你才小学二年级，没见过正常。"

我说："不信。"

我舅说："爱信不信。"

我说："我觉得她像体育老师。"

我舅说："那是表面现象，她内心可温柔了。"

我撇撇嘴问："你俩在谈对象吗？"

我舅笑说："你一个屎小孩管大人的事。"

我说："我是屎小孩那你就是屎大人。"

我舅假装生气："小孩别屎啊屎的，脏话，不好听。"

我说："银龙鱼球大，说她不是脏话。"

我舅瞬间就明白了我的意思，笑着用指头戳我额头："屎小孩，一点不学好。"

我拨开他的指头说："呸，屎小孩才学好呢。"

厂里要举办一年一度的员工大会。每年这个会，政府领导都来讲话，感谢铝厂养活了半个甘州。每年都是念稿子，陈词滥调，大家都不愿意听，女的织毛衣、嗑瓜子，男的讲荤话、睡大觉。那时铝厂效益好，当工人比当官的牛。我们也要到场，自己带凳子，按班级坐好。一九九七年员工大会前夕，我舅到各个科室和车间动员职工踊跃上台表演节目，但应者寥寥，即便是应者，也是千年不变的那几个面孔。大家只关心工会有没有提高职工福利待遇，这事我舅做不了主，他上头还有一堆整天工作就是嗑瓜子看报纸等待下班的领导。我舅灰头土脸地找领导汇报情况，领导又找领导，领导们一合计，决定外请一些走穴艺人和剧团演员。

我早就从我舅嘴里得到消息，外请的人里包括当时风靡甘州的气功大师，也就是月玲珑的师父。这个人自幼到崆峒山拜师学艺，学了二十年，师父说可以出师了，他就下山来了。刚开始，还只是在街边摆摊卖药，不是剧中那种包治百病的祖传秘方，药很普通，就是驱虫药和老鼠药。街边卖这药的很多，都是靠吆喝，他不同，靠功夫。据说，他能复活死蛇，隔空打鸟，舌头穿针，而最叫人啧啧称奇的是，他竟然可以让任何一个路人的手心里开出花来。靠这些本事，很快他就被甘州剧团特招，成了政府领导以及商业老板饭局上的贵客。

我对气功大师的到来充满了期望。那时本来是月玲珑讨好我，但为了能和气功大师私下见一面，我甚至偷了我爸珍藏的葡萄牙地理大发现纪念币给月玲珑送去。我趁课间去初中部找她，一路问过去，有认识的老师说她不舒服，在宿舍休息。上课铃响了，我站在去往小学部和教师公寓的岔路上决定逃课。宿管也认识我，高兴地问："你找谁啊？"

我装作很乖地说："月玲珑月老师。"

她要带我去，但一想到兜里的纪念币，我果断拒绝了。一气爬到六楼，找准宿舍号，敲门，有动静，再敲，动静大了些，又敲，门自己开了，没锁。月玲珑看我一眼，匆忙低头扣扣子。扣子扣错了，衬衣张开个洞，火红的乳罩在里面蠕动。而一个胖墩儿男人则泰然弯腰拾发套，他蹲下身，只留给我一个锃光瓦亮的头顶。我忘记了要来干什么，干站着。秃顶男人站起来面色自若地戴假发。月玲珑并没发现扣错了扣子，她走过来，冲我一笑道："我师父给我治病呢。"

那秃顶男人整理着发套，不慌不忙地问我："哪里不舒服？"他声音浑厚，表情严肃，一口金牙格外耀眼，绝不像开玩笑。

大会当天，月玲珑的师父穿着紫色太极服给大家表演了手劈铝板。月玲珑帮忙扶五厘米厚的铝板，她师父运功后，铝板一掌就被劈断了。大家都吓傻了，月玲珑带头鼓掌，所有人才一起响应。月玲珑师父威风八面地看着我们，但我觉得他目光始终不离我。我爸珍藏的葡萄牙地理大发现纪念币还藏匿在兜里，我把手放进去，颤抖着一枚一枚摞在一起，觉得它们被月玲珑的师父捏碎可能也就是一刹那的事。

月玲珑被调去宣传科在香港回归以后。她本来想拖一拖，等到九月开学再去，这样就还能有个暑假。但厂里要搞一系列活动庆祝香港回归，急需个文化程度较高的人去做事。月玲珑师专毕业，算是高学历，右手食指和中指废了后，捏不住粉笔，只能调换岗位。我舅拍胸脯跟月玲珑保证："厂里的科室随你挑。"

月玲珑问："哪儿最闲？"

我舅说："工会。"

月玲珑说："我不想站工人这头。"

我舅问："你看不起工人？"

月玲珑说："去工会是站领导反面。"

我舅说："那就去图书馆。"

月玲珑想了想说："行。"

我舅去找我爷。我爷说："到图书馆浪费了，去宣传科。"

事没办成，但我舅嘴皮子功夫好，他哄月玲珑："宣传科是领导的喉舌，我干爹特批你站领导这头。"月玲珑也没话说。

月玲珑调到宣传科后，铝厂发生了特大火灾，不是机器设备着火，是一座森林公园。森林公园本来是公共的，为甘州市民所有。一九九六年，省上下文件铝厂要搬迁到兰州去，说为支援省城重工业园区建设。不知是谁出主意，整个甘州人民都反对。政府不愿意，工人也不愿意。我爷的态度是一切听从上级领导安排。铝厂让甘州名声在外，两万工人早在这里生根发芽，更不要说他们还上有老下有小。省上派了一帮领导来，我爷的资格只够给他们点烟倒茶。工人们不乐意，觉得受到了侮辱，掀翻了领导的轿车，还自发组织了超大规模的罢工示威游行。这时候警察应该站出来制止，但甘州的警察也站工人这头，有的甚至脱了警服暗自加入工人队伍，故意搞破坏。省上来的领导没见过这阵仗，电话打回兰州请示上级，经过小半天沟通和研究，最后居然顺从了民意，不搬了。这次事件，助长了铝厂威风，政府为安抚工人情绪，就把墙外的森林公园划给了铝厂。这本是招惹众怒的事，谁都知道，森林公园是甘州人民的欢乐地，大家休闲娱乐都往那里钻，但我爷他们几个领导聪明，决定先把地皮圈进来，森林公园照旧对外开放。为了讨好我爷，据说月玲珑写过一份很专业的关于森林公园如何有效利用的规划建议方案，但因为种种原因，没通过。那时我舅和月玲珑刚开始接触，我爸在家里念叨这事，我妈没好气地说："真是个马屁精！"事情过后，大家都沉浸在铝厂的全面胜利中，但没过几天，就从省上来了一批警察将借着罢工示威游行实则搞破坏的工人带走了，一共有七八个，三个是工会的，后来程度不一地都被判了。我舅有小时候围观别人闹事被警察误抓遣送回家的教训，在这次示威中故意装病，躲了，并没事。月玲珑冷眼旁观了这一切，手指废了后决意不去工会。森林公园着火的原因后来查明了，是几个无业青年野餐，拾了森林公园里的干柴做叫花鸡，吃完了鸡，找不上灭火的水，撒了几泡尿，以为把火浇灭了。

起火那天刮大风，火苗子呼呼直往铝厂飞。消防车拉的水根本不够用，水喷完，火势一点没减弱。那正是秋季，天干物燥，什么东西都一点就着。我爷他们几个领导看森林公园是保不住了，就通知所有工人带水来保铝厂。政府领导也来了，远远看着森林公园，没招，只能放弃。但也不能干烧，热气全涌到铝厂来，值钱的家当都在这儿，处境太危险。一筹莫展之际，月玲珑举荐了她师父，吹捧他老人家神功盖世，能用气灭火。那时候，他已是重要场合的座上宾，声名在外，况且铝厂的人都看过他手劈铝板。

那天学校放了假。我爸在厂里，我妈医院还不下班，我没钥匙，进不去门。我去找我爸，我爸忙，他让我找我舅。我舅倒是闲着，但他说不能陪我，得去看月玲珑的师父灭火。上次在宿舍，我已经察觉到月玲珑跟她师父关系不正常，但出于对月玲珑师父手劈五厘米铝扣板的忌惮，我辗转了好几宿也不敢把肚子里的话说出来。我问我舅："你不是说银龙鱼她师父是骗子吗？"

我舅又纠正："玲珑姨，不是银龙鱼。"

我说："就这个意思，你懂就行。"

我舅说："现在该叫舅妈。"

我说："顺不过嘴。"

我舅说："那你别当着她面叫。"

我说："行。"

我舅回头才问我："我什么时候说她师父是骗子了？"

我说："她指头废了后，你跟我妈说的，'人也可怜着呢，被她师父给骗了'。"

我舅笑道："尿小孩，这你倒记得清楚。"

我说："尿小孩不学好嘛。"

我舅说："我那是向着我姐，咱胳膊肘不能外拐。"

我问："没骗吗？"

我舅说："没骗。"

我说："那指头怎么废了？"

我舅说："西医胡日鬼。"

我说："我妈说是银龙鱼师父耽误了科学治疗。"

我舅说："你妈是西医，不懂中医的博大精深。"

我说："气功也是中医？"

我舅嫌我颇烦，说："尿小孩怎么事儿这么多。"

我继续问："是不是？"

我舅说："我不知道洋鬼子练不练气功。"

我说："我也不知道。"

我舅说："等哪天我帮你问问师父。"

我说："你也拜师了？"

我舅说："没拜，这不结婚了嘛，一家人不外道。"

人是晌午来的，戴着假发。我爷预备了好酒，但那人不喝。我爷劝："少喝点。"

月玲珑说："酒散气，喝了发不出功。"

简单客套了几句，那人问："铝厂有没有高一些的地方。"

我爷说："有。"指了指外面的大烟囱。

月玲珑说："不行，太高。"

我爷问："多高合适？"

那人说："和森林公园里的树差不多高就行。"

月玲珑说："上水塔吧，正好在森林公园对面。"

那人出门瞅了瞅铝厂另一边的水塔说："行。"

那人只带了月玲珑，其他人，一律不许上。我们站在水塔之下，看见他们师徒二人踩着旋转铁梯一圈一圈绕着水塔往上走，到顶了，月玲珑站一旁，那人便开始像我第一次见月玲珑那样，扎马步，双臂与地面平行，双手对着森林公园发功。不过他伸出的并不是左右手的食指和中指，而是完整的两面手掌。我在下面仰望，觉得那并无什么稀奇，论仪态，他一点不如月玲珑有气势。火苗依旧在窜，热浪不断涌过来，他持续着那个动作，一动不动，我们丝毫也感觉不到他发功的威力和效果。约摸一刻钟，那人收了势，拍拍双手，像是拍灰尘，眺望了一会儿森林公园，接着，就下水塔了。

我爷他们立即迎上去问："这火能灭不？"

月玲珑替她师父说："困难不大。"

我爷他们又问："多久能灭？"

月玲珑又说："还得烧三天吧。"

我爷他们再问："三天真能灭？"

那人才缓缓地仰起头说："看老天爷。"

三天后的入晚，一场大雨降临甘州，火被浇灭了。

厂里把月玲珑师父奉若神明，认为他简直就是诸葛再现。酬谢少不了，一网兜人民币，我没亲见，听我舅说的。除此之外，还要大力宣传，本来定的是写报告文学，但月玲珑前夫死了，厂里再没人会，就改了专题报道，宣传科的事，派月玲珑去最合适。熟人，好说话。

月玲珑天天不上班，净往师父那儿跑。跑了一周，没搞定，第二周，又跑。接连跑了半个月，别人有看法了。我舅一天到晚闲得没事，上班就是从这个科室串到另一个科室，瞎聊。还没进宣传科，就打门外听到了牢骚。我舅护媳妇，上去就跟人吵架："有看法你去采访啊。"

那人说："话不能这么说。"

我舅横，把人逼到墙角瞪眼睛："老爷们坐办公室，让个女的成天跑来跑去，还有看法，臊不臊？"

那人扯嗓子："我臊？媳妇帽子都给你戴了问我臊不臊？"

我舅一下没听懂："什么帽子？"

那人强推开我舅："绿帽子！绿帽子！一顶高高的绿帽子！"

月玲珑师父家中，迎来了前去捉奸的我舅。他知道那人有神功护体，又喊了五六个狐朋狗友一起，他们带钢管，我舅带了菜刀。呼啦啦一堆人，骑着大摩托，直接杀上去。早就商量好不走门，从楼顶吊绳子，人拦腰系上，像消防员那样，一脚踹破窗户飞进屋。玻璃碴子撒了一地，巨大的声响让屋里的人惊慌失措。宣传科那人没胡说，月玲珑和她师父两个人真的赤条条搂在一起。五六个带钢管的拥上去就抢，我舅举着菜刀喊："抓公的，骗了这叫驴！"

一九九七年，我舅进了监狱，因故意伤害致人重伤罪，被判十年。月玲珑师父一心想要我舅死，但依法量刑，已经判了最重。其他拿钢管的，也都被判了，多则三年，少则一年。因为被骗，月玲珑师父成了我们全甘州人民的笑料。此后，他离开了甘州，去向不明。

我最后一次见到月玲珑的师父是一九九九年。那天，学校组织我们到甘州中心广场接受警示教育，七八辆绿色的大卡车上，站满了被警察押着的犯人。他们低着头，脖子里挂的三合板上清晰地标记着每个人的姓名、年龄、犯罪行为以及判决结果。高音喇叭里循环播放着犯人有关信息。某某，三十岁，盗窃罪，六年。某某，四十一岁，诈骗罪，五年。某某，二十八岁，强奸幼女罪，无期徒刑。广场上人山人海，我们虽排着队，但因个头太矮，很快就被大人冲散了。有个人判了死刑，立即执行，因为绑架且杀人。由于是在场唯一一个被判了死刑的，大家都拥过去看，我走不动，但硬是被浪潮一样的人流架来架去架到了死刑犯前面。死刑犯低着头，把明亮的额头丢给大家。我个头低，从底下一眼就认出那是月玲珑的师父。他已全秃了。那些被判了有期徒刑的，三合板上的判决结果是黑色，而月玲珑的师父不同，他板上的黑色判决结果被打了一个鲜红的大叉，像极了我作业本上的错题。有人在我耳边发出了笑声，有人在我耳边发出了哭声，还有人在我耳边发出了唏嘘声，而更多的，则是骂声。就在那些乱糟糟的声音中，我第一次知道月玲珑师父的真名叫马虎。

那天，月玲珑也去了。我没见。回家听我爸说，他从路边经过，透过车窗看到月玲珑远远躲在人群外，她缩着脑袋躲躲藏藏，像极了一只瑟瑟发抖的老鼠。

普天同庆的新千年到来之际，我爷终于退休了。欢送会上，铝厂的人都说他是这个世界上最委屈的副手，兢兢业业不挪窝，一干就是一辈子。我爷笑笑不说话，表情和蔼得跟街上的任何一个老头儿没两样。他当然不委屈，除了我妈，我外公家的儿女全被他塞进铝厂，更别说我爸这头的亲戚。端着铁饭碗，他们过着全甘州人人羡慕的生活。当然，除了我舅和月玲珑，大家都在尽可能地回避这个话题。

我舅服刑期间，多次提出和月玲珑离婚，但她始终不签字。"明明是她做出了丑事，却还赖着不走，搞得好像错误是我们犯的一样，"我三个姨说，"从来没见过像她那样不要脸的骚货。"

出事后她就搬了家，远离铝厂家属院。有时候谈及往事我爸妈仍怒火熊熊："还有脸待下去？滚远了才好，眼不见心不烦！"我并不知道月玲珑去了哪里，但隐隐约约听人说，她已不痴迷气功了，在街边推车卖早餐。

甘州地处西北，可席卷全国的下岗大潮照样波及这里。新千年过后两年，我成了铝厂最后一届子弟学生。最后一节课上，班主任在哭，撤销子弟学校后，铝厂所有老师都将被分流到甘州其他中学。教育局已经下了文件，他去的是最差的那所。我才初二，念初三也得到其他中学。我妈问我喜欢哪所："一中还是二中？"它们都有高中部，生源质量不相上下，师资力量也难分伯仲，被称为甘州的清华和北大。

我说："你看着办。"

天天有被公布要下岗的工人前去砸我家门，他们要找我爷讨说法。刚开始，我爷还耐心接待，慢声细语地讲政策，讲困难，到后来，直接闭门谢客。有人半夜撬我家锁，拎一壶汽油往自己身上浇，想重返铝厂，威胁我爷要是办不到，就死在我家。我爷说真办不到，那人看没希望，就当着我的面洋洋得意："小子，你爷找的小老婆比月玲珑那贱人还年轻，知道吗？老牛都喜欢吃嫩草呢！"我爷沉默不语，脸色如铁。我想扑上去撕了那人，但被我妈死死摁住了。

我最终到一中念初三。离家挺远，得骑二十分钟自行车，赶不及时间，我很少在家吃早餐，都是学校旁边的早餐摊上买。有一天，我和同学去新开的摊位上买油茶，说完了话抬头，才发现卖油茶的是月玲珑。她戴着白卫生帽，脸冻得红扑扑。我舅服刑的第四个年头，性情大变，每天都闹着要离婚，但月玲珑还是死不同意。我舅入狱后，我三个姨都骂月玲珑是扫把星，克死了前夫，又把我舅克进了大牢。她们一起到宣传科闹，把从屠宰场拿的狗血往月玲珑身上泼，咒她倒血霉，还揪着她头发往墙上撞。月玲珑一句话不说，也不哭，目光呆滞。第二天，她就不去铝厂上班了，也没写辞职报告。她不去的当年，铝厂历史上首次发不出工资，工人也不闹，蔫蔫地，瞅着成堆成堆的铝矿石发呆，从早上瞅到下午。我爸也领不到钱，全家都靠我妈养着。次年，铝厂公布了第一批下岗工人名单，一百三十个人，月玲珑排第二。月玲珑当然还是我舅妈，但我从没称呼过。早餐摊上，她递油茶，我递钱。我接了，她没接。她讪讪地说："以后想喝，就直接来。"我想起了她教我"征服"的事，多年过去，我只觉得她在屈服。我没说话，拎着油茶转身走了。

同学问："你家亲戚啊？"

我闷闷地说："以前的老师。"

第二批下岗工人名单公布的时候，那些人已经不闹我爷，开始闹我爸了。我爷搬离了市区，到乡下老家盖了一院仿古建筑的房子，每日的生活就是喂鸡、养花和下棋。我爸整天不敢着家，只能躲宾馆。我妈把换洗衣服藏书包里让我偷偷送去，我要故意绕几条街道确定没人跟踪才拐上去宾馆的路。见了面，我爸也不敢把门缝开大，我一闪入，他就把门锁死了。一次见面后，我爸问："你爷怎么样？"

我说："且欢乐呢，已经在做渔网准备下河捕鲜了。"

我爸嘿嘿笑："老小子全身而退，把烂屁股甩给我。"

我说："反正铝厂也垮了，辞职得了。"

我爸沉默。我试探着说："你应该也听说了，人月玲珑离开铝厂卖早餐都干得风生水起。"

我爸还是沉默，过了会儿又反问我："你姨几个都干什么呢？"

我说："在家商量着开早餐摊，学月玲珑那样，开到我学校门口去。"

我爸说："好。"

我说："好什么好，我都快没脸打学校门口过了，一溜摆开，熟悉的人一看，还以为我家开了早餐连锁摊位。"

我爸笑说："阵仗大，有气势。"

我说："我转到二中去吧。"

我爸说："不能够，一中我熟人多。"

我揶揄他："你哪儿熟人不多？"

我爸拍我一把："四海之内皆兄弟。"

我继续揶揄："那你怎么不把我舅捞出来？"

我爸认真地说："他那种人进去是早晚的事，捞也白捞，先在里面好生待着，有政府帮忙教育，后半辈子能给我们省不少麻烦。"

月玲珑的早餐摊又加了鸡蛋灌饼、荷叶饼、里脊饼和各种粥类。可能因为当过老师，懂得和学生沟通，她生意总比其他摊位红火。同学们看到她右手食指和中指废了，也不催，自觉排起了长队等。我三个姨可就惨了，不但没多少生意，而且还接连被查出食品安全问题。她们又学铝厂那一套，组团站摊位旁边嗑瓜子，把瓜子皮吐进月玲珑菜盆里，同学们看到了，挽起袖子干架，直接把她们的餐车给推到公厕门口。她们高声叫嚣着："我外甥可是你们一中的尖子，将来要考清华北大！"同学们哪管这些，上去一人一脚，将她们餐车的轱辘全踢坏了。我热爱地理，想学文科，爸妈不让，选了理科后，产生厌学情绪，名次早是倒数。

　　我爸终究还是被闹事的下岗工人找到了。他们冲进宾馆逼他下跪，用打火机烧他头发，还把床单撕成布条捆住他手脚灌尿。但我爸从来没提过这事，不久，他就真辞职了。我听说这些时已硕士毕业，那阵儿我爸承包了老家几百亩地种蔬菜，还另辟了一个园子养殖孔雀。我带当时还是女朋友的棠宁回家，我爸妈招待她的第一顿饭就是孔雀全宴，炖孔雀、烤孔雀、炒孔雀、蒸孔雀，一溜儿的孔雀肉把棠宁震住了。那顿饭她吃得胆战心惊，回到市区，已是灯火阑珊，我们坐在我曾最后一次看到月玲珑师父的中心广场上欣赏夜色。棠宁问我："你家怎么吃孔雀啊？"

　　我知道她憋了一天，就解释道："我爸体检体内发现了水银，这些年总是祛除不干净，后来求着一位仙人，说孔雀肉能解百毒。"

　　棠宁说："你武侠小说看多了吧。"

　　我说："我从来不看那些东西。"

　　棠宁说："铝厂怎么会水银中毒，应该是铝中毒才对。"

　　我一想也对，这么多年竟然从来没有对此有过怀疑，就私下问我妈。时隔多年，我妈才老泪纵横地对我吐露秘密："当年，那些人在宾馆捆住你爸手脚，不仅灌了尿，还灌了水银。"

　　我复读的第一年，我舅提前释放。我们阖家团圆，在甘州最好的酒楼订了一桌席庆贺。我舅不但没瘦，反而又白又胖，行为举止也不冒冒失失，僵着身架子，拘束得像个远道而来的客人。我敬了几杯酒，他才活泛了起来。他问我："怎么复读了？从前学习不挺好。"

　　我说："孬小孩不学好呗。"

　　我原以为听到这句他会笑，但没有，他居然坐直了腰板，一脸严肃地说："可不能危害社会，对不起党和政府。"

　　我看着我爸，想起了他以前说的话，由衷钦佩。桌上的气氛略微尴尬，我又敬了他一杯说："不至于。"

期间，大家说话都小心翼翼，生怕提起什么不该提的。我爸妈、我姐和姨们还有年迈的外婆都说好听话，让我舅先好好休息一段时间，等适应了当前的环境，再找个正经事做。我舅也不说话，只鼻子里嗯嗯嗯。到快结束时，他突然冒出一句："玲珑呢？"

我们所有人都面面相觑，不张嘴。我舅又问："她人呢？"

我大姨说："那逼养的骚货，且好着呢。"

我二姨说："挣了不少钱，够买个金棺材。"

我三姨说："她怎么还不死呢。"

我说："她这些年一直在我学校门口卖早餐，风雨无阻。"

我妈拽了一下我胳膊。我爸沉默着。窗外的夜色黑得像凝结在一起的固体，沉沉地压在我们每个人心头。

我舅看着大家，以一种不带任何语气色彩的口吻说："我在里头听一个老头说，气功修炼的至高境界讲究男女双修。"

我姨们问："什么是男女双修？"

我舅看了我一眼说："就像武侠小说里那样，男的女的脱了衣服边弄那事边修炼。"

我妈气愤地说："尽管我从来不相信气功，但我觉得这绝对是在侮辱气功！"

我舅又说："江湖上的事还是宁信其有，不信其无。"

我妈瞪了我舅一眼说："判多少年也改造不了你的愚昧！"

我爸推了一下我妈。我妈冲我爸哭："都害成这样了，还替那小婊子说话！小婊子就那么好吗？你是不是也想吃口嫩草！"

就在那年我舅出狱后，月玲珑自己找上门来，拉着一个黑色的行李箱，打开，里面整整齐齐码满了花花绿绿的人民币。我舅问："这是什么意思？"月玲珑不说话，只是哭，大哭一场就离开了。

我们谁都不是此事的亲历者，除了我舅。当他把这些告诉大家时，跳腾得最凶的是我三个姨。大姨骂："不要脸的逼货，以为拿钱就能换青春吗？！"

二姨骂："正好留着给她垫棺材！"

三姨骂："谁稀罕她的阴票子（甘州方言，意同冥币）！"

我妈不表态，问我舅："你打算怎么办？"

我舅低着头："我不知道。"

我爸沉默了良久建议："跟钱不结仇，拿着干个事吧。"

我舅听我爸的，用那些钱在市中心盘了间店铺，加盟了一个品牌臊面店。那店生意出奇好，后来竟兼并了隔壁左右家。守着这店，后半生，我舅的生活水平是我们所有人中最好的。大家都纳闷，这店地理位置不算最好，厨师水平也没到顶，服务员就是我三个姨，哪儿哪儿都不拔尖，为什么会顾客盈门呢？我们想了很久也没有找到答案。

但大家私下又说，这是月玲珑欠我舅的，老天帮她还了。

婚后仨月，我爷死了。他在我爸的园子外面逗孔雀，丢蘑菇进去，非要引一只纯白色的开屏，那孔雀高冷，无论我爷怎么诱惑，它始终不为所动。我爷脾气上头，伸出一脚踩到栏杆上就要翻，我奶没劝住。我爷一只脚刚迈过去，整个人就失去平衡往里跌，一声没吭，脸直直磕到了供孔雀饮水的石槽沿上。我奶喊了两声，没动静，她进不去，只好吱哇乱叫着去喊人。我妈没在跟前，我爸冲过去从背后把我爷从地上薅起来，喊了两声，没动静，摇了两下，还没动静，又从地上拾起一根柔软的孔雀毛放到我爷鼻孔前探了探，仍没动静，当下，就扯嗓子号了。我奶问："没气了？"

我爸边号边说："准备后事吧。"

我爷的葬礼上，时隔多年，我倒数第二次见到月玲珑。她已跟我舅离婚，在甘州城西三十公里外的七彩丹霞仙山做仙人（女道士）。她身着青色道袍，头发高绾，搬一只八仙凳，坐在八仙桌的竹椅上念经。经书上字的偏旁和部首我都认识，但它们组合在一起，一个我也不知道读什么。月玲珑对照着经书，口中念念有词，神态威仪，气场强大极了。即使歇了，也不苟言笑，依旧坐得端，走得正，仿佛我们从来不曾见过一样。

棠宁早已知道她是谁，便在人稀时问我："你爷的葬礼怎么会请月玲珑来？"

我说："甘州这边为死者超度都得请道士来念经。"

棠宁强调："我的意思是为什么是她？"

我说："因为整个甘州的道士就数她名气大。"

棠宁说："你知道我说的不是这个。"

我问她："那你说的是哪个？"

棠宁突然掐了我一把，泄气道："算了，不问了。"

我当然知道棠宁想问的是什么。让我爸吃孔雀肉治病的那个大仙，我一直没告诉她，其实就是月玲珑。她是我家的贵人。

复读完，我还是没考上。气得我妈在家摔碗："你是不是成心？"

我还是那句话："理科我学不进去！"

我妈怒了，搬出老理："学会数理化，走遍天下都不怕！"

我顶嘴："我爸学化学，偌大个铝厂还不是说倒闭就倒闭！"

我妈问："那你想学什么？"

我说："地理。"

我妈怒骂："你就是中了月玲珑那婊子的毒！和你舅一样！"

我爸发话："转文科，最后一次机会，考得上考不上都走！"

我忍住内心的欢喜说："一言为定！"

激动未退，我建议来一次全家旅行，提前庆祝我明年金榜题名！我妈不理，我爸问："去哪儿浪？"

我刚刚从《中国国家地理》杂志得知甘州城西三十公里外发现了鲜为人知的丹霞地貌群，它色彩斑斓，气势磅礴，奇峰突起，峻岭横生，被当地人称为"阿兰拉格达"（裕固族语，意为彩色之山）。我们驱车一路向西，朝着距今约两亿年的前侏罗纪和第三纪出发，朝着我日思夜想的地理梦出发，朝着我心向往之的那亘古的大地之神出发。

丹霞地貌群一点也不美，近距离看，山体一律光秃秃，连棵野草都不长。景区还没有开发出来，附近的牧民赶着脏兮兮的羊群在乱逛，而杂志中说，这里的生态极为脆弱，人踩一下，留下的脚印要六十年时间才得以被自然抹去。羊群踏出的小道上撒满了羊粪，混着那些红色、褐色、黄色的沙土，在太阳的炙烤下散发出一股青草焦煳的味儿。这味道让我头晕。我妈凭她当医生的经验断定我是中暑的症状，我爸也附和，其实只有我知道，这是期望与现实的落差所致。我妈提前泼冷水："就这体质你还学地理，要是去跋山涉水测绘个什么，任务没完成，先把命搁下了！"

我爸站我这头："学地理不一定就要跋山涉水。"

我妈又翻老账："都月玲珑那套《世界地理》蛊惑的！还征服世界，怎么不统治宇宙呢！"

我烦死了，朝着另一个山坡走去。拐了弯，两坡相间的峡谷里，一座院子赫然出现，不少人在排队，脚下的窄坡一路延伸到门口。院子极小，土墙土屋，平顶无瓦，典型的甘州建筑风格。

这是附近唯一一处有人的地方，我实在晕得不行，想歇息，便下了坡来，人还没走近，院子门口挂的匾额上的三个字就先把我镇住了——仙人庙。我读了这么多年的地理书籍，世界各地的人文景点也知道不少，但从未听过建在峡谷里的庙。

庙在山上才能让请愿的人有一种历经跋涉方可拜谒的信仰心理，要不然，怎么说"山不在高，有仙则名"呢？我实在不解，遂上前问排队的人："这真是座庙？"

待得到肯定的答复后，又问："里面有仙人吗？"

答曰："有个道士。"

"道士有什么稀奇？"

"据说已成仙了。"

我要凑前去，立即有人拦住了我，说："求仙得排队！"

"我不求仙，就看看。"

"看看也不能插队！"

"我这不是插队！"

正争论着，我爸妈已呼哧呼哧喘着粗气寻了来。我妈上来就劈头盖脸骂我："你死哪儿去了！"

我说："看仙人。"

我妈说："笑话，这世上哪有仙人？！"

我指指庙里。我妈说："如今这世上，称仙人的都是骗子！"

我爸接话："对！"

我说："对什么对，你们是无神论者，我可不是！"

我妈刻薄："你还真是和月玲珑一路！"

我反驳："那我爸他们还请人师父去灭火！"

我爸说："那是他瞎猫碰上死耗子，再说那人也不是我请的。"

我说："反正你们请了！全甘州的人都知道，火是让月玲珑师父发功灭掉的。"

我们还要争论，但拦我插队的人立刻怒目相向道："要吵外头吵去，打扰了仙人！"

我妈低声说："愚不可及！"

我爸附和："滑天下之大稽！"

我其实并不信这世上真有仙人，月玲珑和她师父的勾当，早就让我们，至少是我，看穿了他们"这些人"的把戏，可看我爸妈这样"嚣张"，叛逆期的我绝不选择做一头顺毛驴。我心头一横，推开他们，偏要进庙去拜拜。他们没拦住我，只得到外面等候。

队伍在缩短。往前去，香气缭绕，穿进布满黑垢的木门，再跨过踩扁的高门槛，就进入了仙人庙内部。屋子幽暗，蜡烛是唯一的光源。腐蚀严重的三清塑像身披金黄绸面，一个缺左眼，一个少右耳，还有一个无头。烟雾袅袅，在明灭闪烁的香烛中，塑像脚下莲花座上道士模样打扮的月玲珑正在闭目打坐，她身体悬空，不挨一物。有人作揖，有人磕头，有人敬香，还有人捐钱，他们神态庄严，个个都是虔诚的信徒。

这场景给予我的震撼不亚于被五雷轰顶，我战栗着，说不出一个字来。

次年，我考上了省内的师范，分不高，没得挑，全国的一本院校只能报这所。然而这对于我，已是最好的结果。我是整个大家庭里最小的孩子，无比受宠，谢师宴那天，所有亲戚都来了。席间，大家全在说恭维话，言笑晏晏，只有我妈神情黯然。我问原因，她又强颜欢笑。再问，她就嫌我话多了。生活了这么多年，她有心事绝对瞒不过我。我几乎是抱着逼迫的态度又问，我妈才看了看我爸说："你爸身子不好了。"

我问："怎么不好了？"

我妈说："水银中毒。"

我问："不能治吗？"

我妈说："祛除不尽。"

我问："怎么会水银中毒呢？"

我妈望着我爸，欲言又止。我爸抢答："在金属厂工作了半辈子不中金属的毒才怪。"

我问:"有什么症状?"

我爸笑:"不碍事,就是老感觉口渴,得经常喝水。"

我妈带着哭腔:"这还不碍事,再喝你就肿了。"

我爸吹胡子瞪眼睛:"什么肿了?你才肿了,你看你腰都肿成什么样了。你们当医生的就这水平啊,喝水能排毒不知道啊?"他的话让大家哈哈大笑。

桌上,我爸的水不断,我舅的烟不断。我舅已经和臊面店的厨子住在一起,是寡妇,带着个刚小学毕业的儿子。

我大姨问:"真要结?"

我舅吸了口烟说:"不结怎么办?"

我二姨问:"给别人养儿子?"

我舅又吸了口烟说:"反正我自己又生不出来。"

我三姨感叹:"咱家香火算是断了。"

我舅把烟头掐灭在桌子上,说:"砸我手里了!"

那天我喝大了,回家问我妈:"你们从没想过不能生育的是我舅?"

我妈说:"怎么没想,他离婚前我们去医院就都查出来了。"

"那他再婚后你还问月玲珑肚子的事。"

"我让同事篡改了检查结果,他也一直以为问题不在他身上,问月玲珑肚子,那是在迷惑他。"

"这事月玲珑始终不知道?"

"告诉她干什么?"

"我觉得对她不公平。"

"有什么不公平的?她干下那档子丑事,我们追究她责任了吗?"

"这是另一码事,你们欺骗了她的感情。"

"她还伤害了我们的感情呢!"

"她有做母亲的权利,你们给她剥夺了。"

"她现在不离婚了吗？谁又挡着她了？"

"那不一样。"

"怎么又不一样了？"

"你们对不起她！"

"她对得起谁？！"

我想转了专业。在学校打电话征求爸妈的意见——其实是通知他们——我妈变得意外的和善宽宥，她的语气很淡："你喜欢就好。"

这让我感到意外，我确认道："真的吗？"

我妈说："这也是你爸的意思。"

我问："你们这是怎么了？"

我妈说："你爸整天抱个桶，咕嘟咕嘟，对着水吹泡泡，中邪了一样，他说没几天活头了。"

我说："你不是医生吗？"

我妈说："吃了药总不见好。"

我说："中医呢？"

我妈说："也一样。"

我们都沉默着，就在挂电话时，我才以试探性的口吻建议："要不拜拜仙人吧。"

我妈说："这世上哪有仙人？"

我说："还记得我们一起去过的七彩丹霞仙山的那个土庙吗？"

我妈说："嗯。"

我说："里头真有仙人，还会悬空打坐。"

院长找我谈话："你真要转到影视学院去？"

我点头。

院长说："咱们地理学院可全国知名。"

我铁了心，说："我真心觉得影视专业更适合自己。"

院长没劝住我，只得在表格上签了字。我转专业当然不是为了学影视，表白没成功的师姐就在影视学院，为了赢得美人芳心，我必须拿出足够的诚意来。

和棠宁结婚的第六个冬天，铝厂爆破在即。甘州这些年不断加快城市建设进程，到处都在修楼，铝厂的位置早被规划上了一个综合商务区。

消息从甘州传来，我打电话对我妈说："我想回家看看。"

我妈已知道我为什么回家，就说："来吧。"

我又说："我带棠宁一起回。"

我妈说："都结婚这么久了，怎么还是带啊带的。"

我问："不是带，是什么？"

我妈说："得说和。"

我笑笑，想起了第一次带棠宁回家。

那次，我给我妈说："我想带女朋友回家。"

我妈问："认准了？"

我说："认准了。"

她又说："要不找仙人给看看？一定要看准了才行。"

我明白她说的是月玲珑，便说："不管她愿不愿意，我愿意就行。"

我知道她担心什么，被师姐甩后，我想不通，从桥上纵身跃入黄河寻短见，九死一生，被一艘垃圾打捞船救上了岸。我的情绪还是很激动，三番两次跑去纠缠师姐，还带刀扬言自杀。她报了警，学院领导出面，打电话通知爸妈来，建议领我回家休学。爸妈在学院办公室里哭泣，求情，所有人都冷若冰霜，我受不了这侮辱，逼他们在表格上签了字。他们已经去过七彩丹霞仙山，知道了我说的仙人就是月玲珑。我没问他们其中的波折，但看着家里设了香案供奉七彩丹霞仙山大仙牌位，就知道我爸的病肯定在月玲珑那里得到了救治。而那些与月玲珑有关的陈年旧事，也成了散去的云烟，他们与她之间，也必然达成了某种和解。回家后，我的状态很不好，整日把自己锁在卧室里，蜷缩成虫子，窝在被子里睡觉，不见阳光，面色苍黄。我好几次看见爸妈在窃窃私语，像密谋什么。几天后的一个黄昏，月玲珑叩响了我家的门。看见她来，我就预料到自己接下来会遭遇什么，我蔫蔫地，无所谓顺从或是抗拒。当然，她也什么都没做，只是很安稳地在我家住了一晚，第二天早上让我从一大盆落满五颜六色小纸人的清水中捞出一枚来吞咽下去。我大约能猜想到这是某种古老民俗中的"还魂"仪式，相比起当年亲眼目睹的悬空打坐来，这一点也不震撼。但奇怪的是，没多久，我便渐渐走出了被师姐抛弃的阴影。

时光回溯到第一次带棠宁去我家。我们看见供奉七彩丹霞仙山大仙牌位的香案已经随我爸设到了乡下。结束了孔雀宴，那晚我和棠宁回市区住，在中心广场欣赏完夜色到家里已经是凌晨。楼道里棠宁突然对我进行言语上的挑逗，我们搂抱着进入客厅，在一片漆黑中摇晃着撞开卧室的门，双双倒在大床上。没有任何准备，就那样疯狂完之后，我摸黑先去洗漱，刚到达洗手间，便听到棠宁在卧室尖叫。冲进卧室，在刺眼的灯光中，我看见一脸惊吓的棠宁正抱着被子靠在床头瑟瑟发抖，而屋里的每件东西，都贴着一张小黄纸。那上面奇奇怪怪的红色文字告诉我它的身份确定无疑是纸符。不用想，我都知道是怎么回事。自从我爸的病在月玲珑那里得到了救治后，家里遇上稍微大点儿的事，我妈都请月玲珑介入，俨然真把她当成了仙人。我几乎用了全身之力在电话里冲我妈嘶吼："都疯了吗?!"

我妈没应声，我也再没说什么。我们似乎都在僵持着，像是博弈，就在棠宁那持续的恐慌眼神里，我最终听到了我妈的道歉："对不起，我们也是听了你玲珑姨的嘱咐，她说你体弱魂轻，得用仙力镇着……"

我打断我妈："你知不知道你们这是大搞特搞封建迷信活动！"

我妈很委屈："可是你玲珑姨真的控制住了你爸的病情……当初还是你让我们找的她。"

"是你说西医治不好中医也治不好我才让你们求仙的。"

"那你也认为她是仙？"

"我从来都没认为她是。"

"那还让我们去。"

"总不能等死吧！"我几乎是故意喊出这句话来的。

我爸当然不会等死，吃了那么多孔雀肉，他看上去已经和正常人无异。岁月流转，那个等死的人，变成了月玲珑。听到铝厂爆破的消息，原来那些下岗后久不联络的无名职工都从世界的每一个角落冒出来互相走着打探起别人的消息来，似乎在一夜之间，大家都变成了久别重逢的故人，热情洋溢又彷徨迷惘。就是在这个时候，我才从我三个姨的口中得知，月玲珑得了乳腺癌，不仅切去了双乳，而且还掉光了头发，已经从七彩丹霞仙山的仙人庙回到市区，蜗居在一处城中村。

"怎么会在城中村呢？"我问，"她的钱呢？"

"她哪有钱？"

"作为全甘州名气最大的道士，她风光的这些年总该有些积蓄。"

"看病，花掉了大半，求仙，被骗了精光，哪还有钱？"

"她怎么也求仙？"

"搞鬼把戏的才最信鬼把戏呢。"

"话别说得这么难听。"我妈插话。

"怎么难听了？"

"反正不好听。"

"你一个信马克思的医生怎么这么没立场？"

"可是她治好了人嘛。"

"治的是你男人，要是别人你还能这么说？"

"我们不能罔顾事实啊。"

"什么事实，明摆着瞎猫碰上死耗子，她就是学她师父当年站水塔上灭火那一手，把我们所有人都当傻子哄。现在网络这么发达，哪怕是普通人，上电脑上查一查，就是不会看病，也能说上个一二三四五六。孔雀肉解水银毒，我就不信这是她能想得出来的。"

"那照你这么说，谁看病都可以上网查，还要我们这些医生做什么？"

"你都信大仙儿了你说还要你这个医生做什么？"

"我没说我信。"

"别以为我们都瞎，这几年你家供奉月玲珑的仙位可不是一日两日了。"

"还提那旧事做什么？"我妈偷偷看了我一眼说，"孩子早就批评教育过我了。"

"他不是也站月玲珑一头？"

"那都是年幼无知。"

"他不是还信誓旦旦地说看见月玲珑悬空打坐了？"

"类似于印度街头艺人的鬼把戏，专门骗局外人的。"

我感觉像被我妈和姨们一件一件扒光了衣服，曝晒在众人的目光中。这么多年过去，我原以为我们家的女性，至少是我妈，早就和月玲珑达成了某种和解，可看眼前情况，我分明是低估了女人们那心底暗渊的深度。

我打探到城中村的具体位置，带了钱，决定在黄昏去看月玲珑。棠宁知道后，也要跟去。我说："你别去了，我一个人就行。"

棠宁说："我想去。"

我说："从前给你讲述了那么多有关她的传奇，如今她落拓如此，我怕不好。"

棠宁撇着嘴抱住我的胳膊悄声说："你说的那些鬼话我从来就没信过。"

我问："为什么？"

棠宁一本正经道："因为我是社会主义接班人啊，怎么能信那些牛鬼蛇神。"

我辩解："月玲珑不是牛鬼蛇神。"

棠宁看着我说："错了错了，是装神弄鬼。"

我没再说话。

棠宁又说："我们都是这浩如烟海世界中的肉体凡胎，即便个体与个体之间存在差异，也是可允许范围内的。什么复活死蛇、隔空打鸟、舌头穿针、运气灭火、悬空打坐诸如此类，不是使障眼法就是会杂耍术，要硬说是特异功能，我压根不信。"

我们几乎没废多少工夫就找到了位于甘州东门的那片城中村，说是城市，其实它跟农村没什么区别。一路走过去，沿墙角堆满了垃圾不说，我们甚至还看见有人搭了猪圈，猪粪味满街飘荡。七寻八找地终于进了月玲珑所在的院子，里面阴森森的，拢不住一点儿阳光，苔藓就在地面与墙角衔接的地方趴着，像长了绿毛的霉变物质，一股子铁锈味扑鼻而来。院子里乱搭乱建了多间房子，我们并不知道月玲珑住哪间，随手去敲门，敲开第一间，灰暗的光线下，一个精瘦的老头探脑袋把门拉一道缝警惕地问："找谁？"

"月玲珑，她……"

"不知道！"老头把我的半截话也夹在门外。

又敲第二间。一个穿校服的十五六岁的姑娘开的门，我们说清楚来意后，她也不说话，只是指了下斜对面的房子。我和棠宁走过去，那门上却吊着个铜锁。门上有窗户，用旧报纸糊着，一角掉了，我趴上去闭一只眼往里看，黑洞洞的，什么都看不到。棠宁在拍我肩膀，我扭头，她不说话，只是拽我袖子。穿校服的姑娘一直在门口站着看我们，她眼中似有寒光，看得我直发毛。我愣了一下，硬着头皮问她："她人呢？"

那姑娘反问我："你是谁？"

我想了一下说："我是她外甥。"

那姑娘说："她看上去奇奇怪怪的，我也好几天没见了。"

我还要问，棠宁把我拉走了。出了院子，棠宁说："她和你舅在一起时你都没喊过舅妈，这都离婚多少年了，你倒自认外甥。"

我也不知道怎么回答棠宁，就那么伤感地慢慢走了一小段路，才郁郁寡欢地像是自言自语："也不知道她这辈子图什么呢。"

棠宁似乎听见了，但没听清，问道："什么图什么？"

我说："没什么。"

我们又走了一段，天就黑了。

铝厂爆破那天，警戒线外的安全区被从甘州四面八方赶来的群众挤满了，大家里三层外三层，把铝厂围了个水泄不通。我妈本不让我爸来，她被那些灌我爸水银的人吓怕了，但架不住我爸绝食发彪威胁，最后，她只好陪着我们一起来，还集结了我姨们和我舅。

铝厂已布满炸药，在广播里循环播放着的安全提示声里，我感到灵魂即将被一分为二。极目远望，中央的铝厂仿佛一卧不起的老兽，等待着上天最后的裁决。而我们，也在等这裁决。棠宁紧紧攥着我的手，当轰隆声四起，建筑坍圮时，我竟有种如释重负的感觉。有人在拥抱，有人在尖叫，而我却一直盯着月玲珑陪她师父发功灭火"戏弄"过我们的那座水塔。我一厢情愿地认为，只有它倒下了，属于月玲珑的那个时代才会彻底远去。可是所有建筑都灰飞烟灭了，那水塔依旧矗立如初。它原不显眼，在铝厂所有的建筑里也算不上最高，但就因所有建筑都倒下了，独它不动，便集中吸引了所有人的目光。

　　四周人声鼎沸，就在大家纷纷议论是不是爆破出现了什么意外时，我舅突然激动地喊出了月玲珑的名字。没错，的确有个胖球模样的人出现在了塔顶之上，虽然看不清是谁，但我们都看到了。我们看到她就像我第一次遇见的月玲珑那样，扎着马步，竖起腰杆，保持双臂与地面平行，在耳畔萦绕的迟来的爆破声中，随着水塔的坍圮，顷刻间消亡在了万人瞩目的尘雾之中。

美好的事物无法久存

　　鸟鸣穿透薄雾，河对岸的远山之巅悬升起了一道黑色长带。

　　寒风扑向废亭，像涌荡的潮水，和隐藏在林间的蛙叫一起搅乱了雨后的清寂。湖面如褶皱的镜，有蜻蜓爬上瘦荷，在镜面折射出一幅飘摇不定的水墨画。紫槐花早已凋谢，但芦苇依旧青翠，不远处的竹群高低起伏，一片飒飒之音萦绕在耳畔。他立于亭柱之侧，面朝脚下的湖面久久发呆。只有头发在动，长长的发丝向后飘扬，像散开千万条线。风减速的间歇，有几绺会软下来堵在耳郭边，但风一旦迅猛地反扑，那些头发就会像钢丝一样，连根拔得他头皮发痛。

　　亭角的木檐早被浸湿，雨水不停滴在距他一步之遥的青色方石上。水落的地方，显现出一个鸡蛋大小的凹槽，一汪清水正顺着方石上的凿花蜿蜒爬行。跌落的水，初始呈长线，其后是长短相间，等到由短线化作珠子时，轻纱般的白气就逐渐从废亭四周的地面上升腾起来了。废亭栏杆外斜逸进一枝枯松，在风吹的惯性下，与亭柱摩擦，密集的刺刺声令他牙痛。

有羽衣灰白的水鸟降落湖面，翅膀扇起的水纹让平躺水上的绿植微微起伏，推开的涟漪荡漾了一会儿，最终停止在瘦荷脚下。他将目光投在栖身瘦荷的蜻蜓上，雨停之后，它一直附着于此，纹丝不动，像极了另一个他。白气若有若无，仿佛孱弱的脉息。四周在回温，太阳蒸腾着植物。一道光射进废亭，他的下半身完全被照亮了，衣服隆起的部分像镀着一层柔和的金属色泽。影子向上缓慢移动，如分毫推进的时光无声无息。他仍然不动，任光影像涨起的水漫上腰间，周身一点一点变暖。水鸟的凫动惊飞了蜻蜓，他的头也随之抬了起来。他盼望它能靠近，降临到身边，因此目不转睛地跟着，但它如有先知，扑闪了几下便不知去向。林间传出不同种类的鸣叫，是鸟，是虫，也是蝉。这声音折磨得他脑仁疼。

像在比赛，它们一声比一声高，一声比一声长。他在心底默默附和着那两种声音，最高的响一下，他就吸一口气，最长的响一下，他就呼一口气。这是幼年练习游泳换气时一个老师傅教的。隐匿在草丛里支棱起耳朵的经历让他学会了辨别方圆百米之内各种动物鸣叫的本事，但那对游泳是徒劳，甚至背道而驰。当年一进入河中，他就呛水了，如果没有别人施救，早已死去。此后，游泳成了笼罩他一生的噩梦。现在，他并不准备下水，可听见草丛中的鸣叫就跟着呼吸的条件反射却无法根除。鸣叫让他感到呼吸急促，频繁呼吸的肺部也在隐隐发疼。

而此刻，他正需要这些痛感。这些在庞大日常生活中习焉不察的微妙感觉，似乎能起到耳提面命的作用，时刻警示他尚处于一种清醒状态。

一种奇怪的声音终于将他从无法自拔的梦境中解救了出来。起初像桨叶在空气中转动，由远及近，继而便如爆竹突然炸裂，巨大的绽放，持续不到两秒，余音则带着铁器相撞的回声，稀稀拉拉，直至消失殆尽，再循环反复。此前，他从未听到过这种声响。他当然从未听到过，可是，搬家到这里的目的之一，不就是希望听到这种声响吗？

他满身是汗，但并未立刻从被窝中爬出来。逝去的梦境依旧延续在意识里，这让他感到一种持续的没有边际的虚无，那仿佛是可以任意扩散的东西，像烟，像雾，也像云。他明白它意味着什么，但他无法控制它。

他安静地躺着，眼睛盯着屋顶上的灯一动不动。入睡前，他就这样盯着它，仿佛只有盯着它，才觉得像是干了点儿事情。不然呢？只会被无节制的意识带入到一片陌生地。他在梦中已经受够了，到处都是他不想面对的事物，它们隐秘而丰饶，将他环绕，把他幽闭，让他窒息。

连续一段时间的梦都是如此。他真的受够了。

此刻，窗帘遮挡了世界，屋中只有灰暗且发白的一点儿光。它微乎其微，甚至不能让他身边的任何事物呈现出稍微清楚的轮廓。他轻轻眨动了一下眼睛，感觉灯的底部好像有东西在动。眼镜在伸过胳膊也够不到的地方，他懒得动，因此并不能看清楚那东西是什么。但它确乎在动，摆动着修长且黑灰的身体，似乎像条泥鳅或者水蛭。可他也清楚，它当然不可能是。

奇怪的声音依旧萦绕在周围，它响亮，但间歇并不均衡，力道也有大有小。他断定，这声音并非自然发出。等满身的汗水有所干燥时，他掀开被子，把自己全部都抽了出来。双脚落地的瞬间，他感到一丝眩晕，像是处在一艘置于风浪中颠簸的船上。眼前也在发黑，血液要涌破额头一样。他下意识地伸手，指头碰到了坚硬的光滑的墙壁。墙壁很凉，寒气似乎要顺着指尖钻进身体，他不由自主地战栗了一下。这是以前因贫而积下的旧疾，况且，他最近一直错过早餐。

这症状来得快，去得也快。仿佛什么都在弹指一挥间。他戴上眼镜，朝窗前走去，材质为粗亚麻布的淡绿色窗帘像一道宽厚的屏障将他与屋外的世界阻隔了。他并没有一把扯开它，只是拉开了一道缝，因为这装满屋子的昏暗让他感到无须防备的安全。

楼下的广场上，一个穿"工"字蓝色背心的男人正双手举过头顶热气腾腾地挥舞着一条肥硕的铁链。他在短视频中见过这种铁链，学名叫作麒麟鞭，是一种健身器材。那人可能还是新手，动作笨拙地在地面上打旋子，他感到陌生又新奇，竟饶有兴趣地看了好一会儿。

之后，他像是忽然记起了什么一样，猛朝屋顶看去，就在转身的一瞬，灯上那个修长且黑灰的东西缓慢地从他额头上方的屋顶爬走了。

是一只壁虎。

清醒需要被"警示"吗？在持续的痛感中，他不禁玩味起这个词语来。被警示的清醒应该称之为"警醒"吧，他刚意识到这一点，马上就被一些疾速涌来的回忆裹挟走了。

似乎就是两年前的这个时节，他在下班的途中接到了她母亲的电话。完全是出于对一个长辈的尊重，要是从情感上讲，他是拒绝的。电话响了五六声，他一直没接，直到在路边看到一片槐林。槐林里飘出清苦味，他并不喜欢这种味道，可它似乎有魔力，他被"引诱"走了。

槐林很窄，但极长。沿着河流，呈带状延伸。阴寒的风从河里刮上岸，他在冷颤中听到了电话里的哭声。那是多么熟悉的哭声啊，既像尖叫，又像嘶吼，完全是野兽所具有的。他没有说话，她母亲也没有说话，电话里，那些哭声源源不断地淌出来。他站在河风中，看着河中的旋涡，不知所措。

哭声起始很大，似乎还伴随着摔东西的响动，好像是瓷器碎了，闹了一阵子，渐渐弱了下去，电话并没有挂断，直到最后听不到任何一点动静，电话里才传来她母亲轻淡如云的声音："都听到了吧？"

他没有回答。也不知道怎么回答。

就那么僵持着。

河里有羊皮筏子在漂流。几个穿着橙红色救生衣的人目光惊惧，死死抓着脚下的筏子龙骨。一只水鸟盘旋在羊皮筏子上空，随时有俯冲下来的迹象。他嚅动了几次灰白的嘴唇，但都控制住了。接着，他再次听到了她母亲轻淡如云的声音："我女儿从前不这样，自从遇见你，就变得特别下贱。"

有一股热流在胸中涌动，他想对她母亲说"您别这样"，但电话被挂断了。

站在风声萧萧的槐林里，他满脑子都是她母亲那句听似风轻云淡实则暗波涌动的话。他有些蒙，想不明白她母亲怎么可以那样骂她。他记得与她母亲第一次见面时，是在一座装修精致的中式茶楼。那天的黄昏格外闷热，茶楼里的香薰让他睡意绵绵，而为了保持清醒，他一直都在反复咀嚼一颗快没味儿的槟榔。她母亲看上去很和蔼，谈吐也得体，此前，他早就从她口中得知她母亲是一名小学教师。那次见面气氛和谐，他们三个人围桌而食，期间，她母亲不止一次夸她可爱。"我现在还当她是个宝宝。"她母亲搂着她肩膀，用手指轻轻帮她整理鬓发，一举一动中，氤氲着浓郁的母爱气息。

后来，他一直穿梭于槐林中，像疯子一样行走，只是走，漫无目的，天慢慢黑下去的时候，他已不知不觉走了很远很远。他似乎迷路了，停下来，朝河中看去，而就在那时，他才惊醒到自己竟然走到了她此前试图投水的那座码头旁。

在被"惊醒"的回忆中，他终于后知后觉地"警醒"到，两年前的那个电话里，她母亲其实是在骂他。

套好衣服，匆忙洗漱便出了门，坐电梯的时候，他甚至有些期待的兴奋。此前，他住在学校，公寓周围，除了绿地就是花园，连邻居都很少见，更不要说陌生人。

下楼以后，甩麒麟鞭的男人已经不在了。大概是天阴的缘故，广场上冷清得紧，再见不到一个人影。他耐心等待着，心想，要再来人锻炼，他就主动参与进去，但很长时间过去了，并没有人再来。盛大的失落裹紧了他，他觉得委屈，转身要走。可还能去哪里？想来想去，似乎也只有学校。从本科到硕士再到博士，这么多年来，他的社会只有学校这么大。

学校就在广场对面，到马路边，过了天桥便是。过桥时，有几滴雨落在了他额上，他停下来，抬头看天，天色一如既往地凝重。最近三四天，一直都如此，眼看要下大雨，却迟迟下不了多少来，仿佛在心口悬了一把刀，他叹了口气，继续朝学校走去。

学校的主干道两侧站满了高大的泡桐，像整齐待命的列兵。他穿过它们，一心要找热闹的地方，可偌大的校园，除了偶尔可见的学生和疯跑的猫狗，就再也看不到什么活物了。他像是中邪了似的，竟也跟着猫狗疯跑了起来，但它们跑得野，没多久，他就被远远地甩了。他垂头丧气地晃荡着，又胡乱跟进了几步，逛了几条街，等意识到时，就发现自己已经置身到了一片茂密的树林中。

郁郁葱葱的树木遮挡了视线，抬眼看去，除了各种树木，前面就只有一座土山和水塔。他明白，自己走到了水塔山脚下，这山由学校修建伊始挖地基掏出来的土堆积而成，栽树，固土，渐渐发育成山。后来为方便师生用水，山上修了水塔，往后很多年的进程中，亭台楼阁全齐了，俨然学校一道风景。

前几年，水塔废弃了，但山没废。那时他尚在念书，常去散心，认识了银杏、红桦、泡桐，最重要的是，他就是在山上遇见了她。

而此刻，水塔山看上去阴寒而隐寂，他明明是打心底里抗拒这种气氛的，但这山似乎像两年前的那片槐林，又朝他招手了。

山上树木杂陈，野草葳蕤，塔身遮挡，塔尖隐露，山坡上到处可见青蕨、灰条、蒲公英、苜蓿和狗尿苔，张扬又跋扈，隐约透出地头蛇般的邪恶。树林密不透风，周围呈现出一片混沌。他原本想要极力去改观的心境，现在更加阴沉了。山阶道旁的石狮子面目狰狞，石桌石凳破烂倾倒，枯木轧路。爬藤据守石缝，交错缠绕在乔木与灌木之间，拉起了一道自然的植物网，隔断了水塔山与外界。从植物网间看去，水塔依旧孤立，年代久远，赭红色的砖头已被往事冲刷成浅橘色。杂草湮没塔底，整座水塔仿佛一颗安插在山上的巨大子弹。

湿重的蒸汽氤氲在树林间，蝉鸣四下响起，像埋伏在草木间的暗哨。一股凝重的湿臭弥漫开来，乌鸦立在枯树间，不飞，不叫，也不怕他，宛若一帮身披乌衣的巫师。

显然，这里已是无人之地。

河对岸远山之巅悬起的那道黑色长带已经渐淡，可能因为光的缘故。他听一个朋友说过，那条黑带其实是古代的一条官道，历经好几个朝代，一直是茶马互市的重要枢纽。下雨就显露，天晴便隐匿。他从未去过那里，也无法想象天涯咫尺的繁盛与衰败。

他只是将注意力全部集中到了"其实"这个词语上。"其实"，她母亲是在骂他。"其实"，那条黑带是古代的一条官道。"其实"，人生的本来面目就是美好的事物无法久存。

与她分手后，他一直都是一个人生活，两年来，拒绝了一切不可能和可能意义上的异性。在她之前，他风流成性，几乎在每段恋情之上都有出轨。而在那么多的异性当中，让他唯一念念不忘的却是一次 one night stand，一个朦胧的雨天，他们在某社交软件相谈甚欢，当晚便约了私立书店见面，商量好人手执一本罗恩·拉什的《美好的事物无法久存》。接头后，并没有什么套路，几乎是心照不宣地就去了酒店。那晚的柔情蜜意过后，她不问他的过去，也不问他的将来，而是悄然干净地删除了联系方式，完全地消失在他的生活之外，一切平淡得了无踪迹，就像什么都没发生过一样。往后几年，他甚至记不起来她长什么样，却时常怀念那个夜晚，怀念那种风来雨落、云散雾去的感觉，它是那样缥缈美好的清欢。而她，则不一样，她的爱意如冰似火，像高山，像大江。他永远不会忘记从前因为贫寒母亲对他婚姻的期望："好比是只羊，你把它的尾巴揭起来看是个母的就行了。"而与她分开后，母亲对他婚姻的态度则从"期望"变成了"作践"："还挑什么挑，尾巴揭起来是个母的就行！"母亲三十出头丧偶，为了能让他继续念书，他没少看见过她向别人低声下气。母亲所遭遇的委屈和承受的苦难熬成了她日后作践他的天经地义的资本，可对一个二十年都未曾有过改嫁念头的下岗妇女，他还能说些什么？知道她患有抑郁症后，母亲一直视她如怪物，以死相逼，否则，他们也不可能分手。他想，后来母亲之所以能那么"作践"他，大概在她心中，"是个母的"也强过是个怪物吧。

而这一切，似乎也大可归纳到"其实"上来。

与她确定恋爱关系的第二年，他带她回家过年。那是个基本上没有多少年味儿的年，除了看电视，就是吃饭，他家不走亲戚，亲戚也不来他家。他还有个哥哥，但只待了一晚就以"孩子还小妻子一个人在家"为由离开了。年过完回来后，她对他说:"其实你在你家根本不重要。"

"为什么?"他不解地看着她。

"你母亲说正是因为多生了一个你,你家经济状况才每况愈下。"

"对啊,"他说,"我家两个男孩子嘛。"

"你是我捧在手心都怕化了的人,可到你母亲那里却成了'多生的'。"看着她泪流满面,他的心头一阵痉挛。

他想,她心细得真叫人害怕。

植物蒸腾的湿气迅速上升,压抑和潮闷积压心头。不断弥漫的溽湿中,那股臭味愈加明显。怕是山上死了什么动物,学校猫狗太多,校外的也混进来,繁殖又快,成群结伙,像动物园。就在不久前,校办发文"创建文明校园",保卫处积极领会文件精神,拎警棍和钢叉四处捕杀流浪猫狗,他就亲眼看见过它们被围追堵截,腿打瘸,头打烂,眼打瞎。见人就疯跑,像刚才的那样。

这么想的时候,山上就毫无征兆地传出了巨响。瞬间的事,像地震。巨响突如其来,震得他脚下一磕,重重趴跌在地上。乌鸦在林间扑棱。蝉鸣、鸟鸣、虫鸣、草摇、树摆,连老鼠都满地窜。一时间,水塔山乱作一团。声响击打着空气,对耳膜产生了碰撞,脑袋也嗡嗡作响,他感觉像是跌回了不能自拔的夜晚。

自她死后,这样的巨响就频繁出现在他的梦境。好端端做着梦,巨响突然就闯进来。通常,巨响之后,他永远都是从高处坠落。惊醒来,额头、手心、后背,全是流不完的汗,而他,总死攥着被子。

此刻,他还没来得及仔细研究巨响,恶臭就十倍百倍地飘来了。不用勘探也明白,气味和声音都从水塔传出。他疑惑地看着水塔，隐隐感到一种不可名状的慌乱。甚至有那么一瞬，趴在地上的他竟也恍惚起来，究竟身在梦境，还是现实？如果在梦境，恶臭怎么会如此剧烈？若不是，自己又在哪里？恍惚让他陷入迷乱，直到头顶响起令人震颤的乌鸦尖叫，他才发现汗水正从额头滚落，在脚下砸出一串细碎的湿点。

水塔在草木深处静立，隐藏着巨大的秘密。这秘密以一声巨响的方式向他招手，引他走近。他又想起了那片槐林。现在，他终于感到了前所未有的恐惧。令人绝望的战栗，贴伏在心头，让他产生了逃跑的欲望。但越是如此，他却越做出了不受大脑支配的举动。恐惧所诱发的魔怔掌控了他，他爬起来兴奋地扯掉相互缠绕的植物经络，不顾一切地趋向了眼前的水塔。他苦苦在心里尖叫——"我要逃跑"，可不听使唤的双腿却"勇往直前"地走了过去。

乌鸦铺天盖地地扑了过来，虎视眈眈地逼近他，瞳孔里迸射出邪恶的杀戮气息。那完全不像是动物的眼神，像魔，像鬼，像被幽怨附身的恶灵。他第一次遇上这样的乌鸦，像要吃人。它们正从水塔豁口进入，争前恐后，仿佛去抢夺什么资源。等乌鸦全部从眼前消失，他才警觉地走近了豁口。

只一眼，水塔里的景象就足以让他再次在顷刻间浑身瘫软。和梦境里的那声巨响一样，类似的景象在梦境里也从不缺席。这种来自听觉和视觉的双重恐惧缠绕在一起，加倍折磨着他，让他无处遁，无论梦境，还是现实。

尸体。

准确说应该是残体，与他再次相遇。

让他害怕的不止是她的心细，她那种如冰似火，像高山，像大江的爱意，同样让他小心翼翼。这在一开始交往时，他就发现了。《致我们终将逝去的青春》上映的时候，他们一起去看，当电影结尾处郑薇说出"其实爱一个人，应该像爱祖国、山川、河流"时，影院里爆发出了剧烈而高涨的笑声，所有人都感到了莫名的喜悦和欢乐，只有她除外。

看着他嘻嘻哈哈的模样，她一脸严肃地发问："好笑吗？"

他反问："不好笑吗？"

她一个字一个字地端出自己的答案："你们根本就不懂。"

见她如此，他也认真起来："难道你不觉得这句话突兀得跟电影一点都不搭吗？就像编剧喝醉了酒东拉西扯的一句台词。什么爱祖国、山川、河流，这跟爱情有关系吗？"

她不作答，哂笑道："知道什么叫画龙点睛吗？"

他一脸木然。

她继续说："我恰恰觉得正是因为这句话，整部电影才得以挽救，没有一滑再滑地坠入失败的行列。它完全可以称得上是这一百多分钟煽情烂作的灵魂，可惜在座的所有人都瞎，并不能看出它的好。"

他有点生气，但还是想知道那"睛"的意思，便佯装出一副"不耻下问"样子。起初，她只是摆出不屑甚至鄙视的态度，后来架不住他纠缠，终于还是吐露真心："你爱祖国、爱山川、爱河流是关乎西东、掺杂欲念、计算代价和要求回报的吗？"

他心底一惊，似懂非懂地摇头。

而她也不再解释。

大概就是在这个时候，他初次留心到了她那份细腻的"与众不同"，而真正让他感到胆战心惊的则是她第一次提出分手的那个夜晚。那个夜晚和他们所经历的很多个夜晚并没什么异样，无非是无休止地做爱，可是结束后他去洗漱时，才发现安全套破了。他感到抱歉和惊慌，他想在第一时间把这个意外告诉她。可是当他返回时，他却看见她在倒立。她赤条条贴在银绿色的壁纸墙上，肋骨毕露，四肢颠倒，活像一只怪异的蜘蛛。他问："你干什么？"

她倒是毫不遮掩："我要扣住你身体里的一枚种子。"

无疑，安全套是她事先就弄破的。他气愤极了，把她从墙壁上拉下来质问："你这么做居心何在？"

她一脸坦然："我要和你分手。"

他惊愕道："你疯了吧！"

"我知道你不爱我！"

"不爱你你还这么做！"

"可我爱你胜过爱我自己！胜过爱所有人！"

如水一样的灯光下，她在哭，泪水滂沱。他见过太多的女性为他哭，但像她这样，还是第一次。他忽然动了恻隐之心，有那么一瞬间，他甚至允许自己同意让她保留那枚种子，但很快，他就决然地说服了自己不能"犯傻"。

他并不认为她是那个能让他"金盆洗手"的人。当夜，他便粗暴地强迫她咽下了一颗左炔诺孕酮片。

他无数次强迫自己相信法医的解释，高空坠亡的惯性足以让尸体产生爆炸，可每当梦境中重现那声巨响和满地的残体时，他还是无法完全笃信那力量会大到将一个完好无缺的人摔成各种零件，把心、肝、脾、肺、肠等内脏泼溅一地。而塔中，一只看不清是什么面目的动物此刻也碎成了渣渣，蛆虫、苍蝇、老鼠、乌鸦，甚至猫狗，纷纷聚食。

他们之间曾讨论过各自想要的死法，他选择安乐，因为那样不必承受太大的折磨，也不会让尊严扫地。而她，只想要轰轰烈烈。

"什么样的死算是？"

"反正不会是如秋叶那般，不仅不美，而且冷清。"

她试图投水之前，他们在河边闹翻了。因为他在争吵中过于冷漠，甚至不屑，她被激怒，一把扒过他的眼镜几脚就踩碎。她大哭着嘶吼，像个不可理喻的疯子，而他的世界则顿时陷入了一片模糊。他不理她，孤身回公寓，手机响了一路，他放任它响了一路。到了校园，他考虑她可能会跟到公寓再闹，便改变主意，心情烦乱地坐在湖边冥想。

手机铃声未曾中断，他气愤地拿过去看，却并不是她的号。

他犹豫着接起来，是她的声音："你这是最后一次听我说话！"

他没有说话，只感到浑身空虚和无可奈何。

"我发誓，就算做鬼都不会放过你！"

他想说"求你放过我"，但电话被挂断了。

他愈加烦乱，再次怀念起那个风来雨落、云散雾去的夜晚来。他并不怀念那个记不起模样的她，只是那个夜晚，那是多么丰盈的夜晚啊。

电话再次响起，还是那个陌生号码。他恨不得将手机扔进湖中，摁了免提后，一个急促的男声闪电一样闯进来："她要投河，你赶紧来，我快控制不住她了！"

从陌生的男声中，他知道她不是闹着玩。他央求对方不要挂电话，冲到街上拦了出租车朝河边赶去。一上车，他就向司机坦白了意愿，结结巴巴的表述中，他使用了"救命"这个词语。司机并没有搭话，却踩足了油门，抵达河边时，他听到司机轻轻在他耳后说了句"加油"。

她已埋头在一个陌生阿姨的怀抱里。他看不到她的脸，只听见她一边哭泣一边循环说："他不要我了，他不要我了。"他什么也没说，却瞬间生了慈悲心，只觉得她生而为人活得好艰难。

很久以后，当谈论起这次投水经历时，他仍然心有余悸，而她则满不在乎："我早就告诉过你，我会死得轰轰烈烈。"

"投水还不算？"

"当然不算。连观众都没几个。"

他不再发声，认为她像极了此前电话里那个陌生男声的表述，"我快控制不住她了"。

分手那天，她留了信在公寓："虽然你对我的爱远不及我对你的，但爱你，是我这辈子做得最正确的一件事。分手只是暂时，因为我自始至终都感觉你逃不过我，而我们的关系，永不结束。"

这封信折磨得他日夜不安，面对母亲无止尽的"作践"，他只能选择以沉默来对抗。而就在亲眼目睹了她的死状后，于无边无际的恐惧中，他竟然生出了一种如释重负的感觉来。

他想，死了也好。

他收回尚可控制的思绪，疲倦地纳闷自己为什么又深陷其中。他闭上眼睛，试图把盘踞在脑海中的记忆全部清空。他相信自己长久以来的虚空和噩梦都是源自无休止的胡思乱想。他觉得不能再放任自己，否则，这将会整个儿地毁了他。不管是出于悲伤还是忏悔，他都可以说：尽管这样会使我听上去"道德高尚"，但我还是想开心地活在这世上。事情已然发生，且造成了不可挽回的损失，那么，无论表现得多么悲痛欲绝，也无济于事，于事无补。留下那份"分手信"之前，她越来越发疯，为了发泄竟无端对路人进行谩骂和殴打，他确信她是中了邪。"你已经完全让情绪控制了，"他认真地对她建议，"你应该变得强硬起来，阳光积极一点，学会如何去驾驭它们。"

"这世上根本没有感同身受这一说，针扎不到你身上你就感觉不到疼！"她激动地说，然后泪流满面。他私下冷笑，连义正词严端出的理由都源自烂大街的网络抄袭，还谈什么感同身受不感同身受。

阳光和煦地打在身上，他感到这段时间以来从未有过的温暖。这温暖让他舒畅，像是周身浸泡在浴缸里。他闭上眼睛，沐浴在雨后充足的日照当中，觉得这才是最美好的事物。在持续的暖意中，他接纳了由内而外的慵懒和松散。这正是他苦苦寻找的结局，他怀着欢快的心情想到这里，遗憾不能把如此美好的东西分享给另外一个人。

他决定把它共享出去，哪怕是个陌生人也好。于是他站起来，朝着废亭外走去。草木上的雨水并没有完全消失，像晶莹剔透的珍珠镜面，在阵阵上升的缥缈的白气中，反射出这世上的一切精致美好和假意虚情。

几分钟后，他走到了湖边。四五百米之外的地方，有一个黑乎乎的影子在移动，透过眼镜残留的雨渍印迹，他感觉到那黑影似乎是个人。他在心底跃跃欲试，冲那边迈着欢乐的步伐奔去。那黑影好像也注意到了他，停下来静静地注视着。他仿佛接收到了友善的信号，欢呼雀跃起来。"嗨——嗨——"他喊道，继续朝那黑影奔过去，心想对方可能同样是个有美好的事物要和他一起分享的人。他目不转睛地看着前方，仿佛稍微不留神，那黑影就会马上消失。就在快看清那黑影究竟是男是女时，脚下突然有东西把他拉住了。那东西像长了触角，狂热地捆住了他的双脚和小腿，他还没来得及挣扎，就感觉眼前的景象彻底变了天地——黑影已不在，取而代之的则是别无他物的天空和水草丛生的水面。

急遽的尖叫声响彻湖面，他看到有水鸟惊飞，可他并没有朝惊鸟的方向望去。湖面像是专门为他炸开了一个旋涡，滑进去的时候，他感觉捆住双脚和小腿的那东西愈发用力地勒住了他身体的其他部位。他挣扎起来，但越挣扎，那东西越疯狂。他不再使劲，安静地配合着惯性慢慢下沉，身体完全进入水面，当脚底降落到一片平坦的地方时，他仿佛听到了幼年教他游泳的那个老师傅正趴在耳边，喃喃地诉说着一段陈年旧事。

　　又有雨滴落在额上。他抬头看，天被遮挡了，头顶像藏匿着一个大水箱，水线噼里啪啦掉下来，他的眼镜全湿了。早上，他出门只是为了去广场上看穿工字背心的男人甩麒麟鞭，匆忙出门，并没有带伞，更没有想过会来学校和水塔山。情不知所起，一往而深。但此刻站在被绿植环绕的山上，他只感到寒意浸心。

　　从斜前方望过去，他甚至还可以看到以前的公寓。那是一栋青砖到顶的老式建筑，窗户几乎和门一样高。高出地面部分的地基也全部是青色的大方石，整整齐齐地摞在一起，使它看上去像极了一座坚硬无比的城堡。而两个多月前，她就是从那里的顶层坠落，然后被坚硬无比的地面撞成了碎渣儿。

　　大家都知道她是因他而死，可所有人都噤若寒蝉。善后的事，全是她母亲在跑。她父亲身体一直不好，他也只是在他们刚恋爱那会儿见过一次。一个枯瘦古怪的老头，不怎么愿意搭理人，一天到晚都离不开轮椅和热水袋。要填的表格厚厚一沓，她母亲字迹工整，耐心地和保卫处谈话，不急不躁，不温不火，完全是他以前见过的样子。他试图说点什么，但还没开口，就被她母亲的话堵住了口："家事你就不用插手了。"

　　他怔怔地，站在一旁不知所措。

　　在这之后，他就搬家到了广场那边。他既不想看到把她撞成碎渣儿的那个地方，也不想活在被大家所包围的目光中。那是死寂无声的世界，灰暗得快黑了，他想活得光明和热闹一点。

　　雨稍微又大了一点。除了塔内，山上再无躲雨之地，他不想待下去了。他打算循着来时的足迹下山去，但环顾四周，已找不到原来的路。植物太密集了，它们霸占了这山上的一切。

雨水源源不断地落下来，他走到周边小范围地搜索了一圈后，竟在庞大的植物网中发现了一处并不显露的豁口。似乎是条通道。他犹豫了一下，最终还是将整个身子都伸了进去。是一个狭小的洞。洞并不长，左右和上方全由厚厚的绿植箍起来，像天然形成的密道，走了几步，迈过一道断壁后，并没有经过一丝儿的过渡，眼前霎时间就豁然开朗起来。一条小路铺在脚下，低矮的灌木趴在路的两侧，肉眼看得清的远处，一个废弃的亭子高耸在林间，而树林的旁边，一个不大不小的湖泊正静若处子。这么多年，竟从未发现它，他感到一种陌生的新奇和造物的神秘。他沿着小路往前行，行了一会儿又回头看，对视中，那个厚厚的绿植层宛如镶嵌在墙壁里的时光隧道，将他输送到了另一个的世界。

他走上林间的废亭，在高处，可以俯视到整个湖泊和更远的地方。眺望中，他发现河流就在湖泊稍微向前一点的地方。密密匝匝的雨雾持续扩散着，这使他并不能看清河水流经的模样。

而河对岸的远山之巅，一道稀薄而绵长的黑带正在缓慢地悬升起来。

龋 齿

像是依旧在舞台中央竖蜻蜓[①]，此刻，于白灼的灯光下，她看到他的那张脸，仍然颠倒着。倘若不是躺在这把坚硬的椅子上，她真觉得是世界发生了旋转。可不是么，面对无数倒置的鼻梁、影灯、盆景以及烟花，这让她时常以为生活于世界的另一面。那么，自己必然就是这世界的旁观者了，得是平行关系，绝非附丽。自己与世界是平行的。这样想来，她便心生了底气十足的孤傲。当然，作为一名著名的舞台剧演员，她或许真的有资本来支撑如此的想法。

——然而这，不过仅仅是她以为罢了。

比如此刻。这张颠倒的脸的右侧，有一束水花花的灯光，正投射在了她的嘴巴。而由这灯光所就地形成的光柱里，她明明观察到缓缓地游动着无数肉眼可视的浮尘——像是嘴巴里含有一根真实无比的由浮尘形成的棍子，这一度让她感到恶心——但就在此

---

① 舞台剧表演术语，指倒立。

刻，却被他冷面命令道："不许动！"

　　仿佛是从枪膛里射出来的，猝然，刚猛，一下子就凛冽地击到了她的心脏。一开始，她理所当然以为是他的玩笑话，怎么会不呢，他昨晚就是用相同的口气和力道，对她说出了这三个字。那自然是一个神魂颠倒的时刻，他们在酒精残退的兴奋里迎来了彼此的第一个夜晚。从压抑的车库到空寂的小区再到静谧的电梯，当勉强腾手掏钥匙扭开房门，直到两人均齐刷刷倒在漆黑的卧室床上，他们还是不能从初遇的新鲜里，脱出身来。吃五谷杂粮，终归不能免俗，既然事情已经到了这一步，也不在乎去纠正是干柴遇烈火，还是久旱逢甘霖了。反正皆为单身，也无关道德，尚上升不到罪恶、救赎等哲学高度。

　　于是事情就这么自然而然地发生了。其实在这真正降临之前，对此事，她还是抱有一定程度的美好幻想。哪能没有呢，毕竟恢复单身也有好几个月了，而这几个月，又恰逢身体的欲望处于膨胀的阶段——尽管书架上那盏德艺双馨的水晶奖杯，宛如一块贞节牌坊，让她每有此念便战栗无比——闺密体谅她的苦，几次都神秘兮兮地拽她去夜店，她当然是拒绝的，理由听上去也充满了良家妇女道义，那是正经人该去的地方吗？"可是还没去过就怎么知道不正经？"每次提起来，总陷入无尽的诡辩循环。辩来辩去，没完没了，末了闺密还要再甩出一句："亏你还混演艺圈！"一棍子打死整个演艺圈，她当然知道闺密话有所指，但终究不妥协。担任剧院院长的前夫是与很多年轻演员有染，但这绝不能构成自己必然要堕落的理由啊。这次，她一定要把自己奉献给那个爱她她也爱的男人。即便二婚，她还是不打折有如初婚般的憧憬：我的意中人是一位盖世英雄，有一天，他会身披金甲圣衣、驾着七彩祥云来娶我。虽然她也明白自己处境的尴尬，但那又怎样，哪个女人心里，没住着个一辈子都不想长大的少女呢？昨天，当在舞台中央竖蜻蜓谢幕，看见与世界一同颠倒着的他，捧着那束娇艳的玫瑰朝自己走来时，她就已预感到，这个夜晚要属于他了。

一切铺开得有条不紊，像是提前彩排过。对于俩人这种平稳到仿佛滑翔般的关系的推进状态，她是怀有不小惊诧的。自己也算是身经百战的舞台剧演员，六岁从艺，到如今已过去三十多年，她从没见过未经排练，就能登台表演的成功案例。哪怕是天才呢。这么多年，她早习惯了凡事须排练，即使是真实的生活。对此，前夫时有指责——犯神经。是呵，这个已是剧院院长的男人，恐怕远不记得他年轻时也曾为戏痴狂过吧。矛盾就是从这点滴成长起来的，集腋成裘，直到双方都忍无可忍。可在离异后，她终究不去改变，依旧活得三思而后行。如果人生等同于戏，那么，三思就等该同于排练啊。经排练的戏，方寸不乱，那三思而后的行，不也是谨慎的表征吗？于是昨晚，当他们在那张床上互相吮吸着，准备将这暗夜推向另一个高潮时，她便有如自省地突然中止了自己的行为，然后向他发出了警惕般的声音："是不是太快了？"

"嗯？"他先是为之一愣，但在黑暗中立刻捕捉到她那双眼睛里的目光并不十分坚毅后，就又自以为明白地再次将嘴巴凑了上去。这次，他的速度明显缓慢了下来，就连动作，也轻柔了不少。显然，他根本没有意识到，她所言的快，并非指接吻的动作和速度。

冷寂了这么长时间，她早期盼着此刻的燃烧，但毕竟才初遇，就算有酒精的催化，难道这一切就该发生得如此之快吗？对呢，这个快字，对她来讲，指的是欠妥当，欠三思啊，甚至是不负责任。难道就这样轻率地把自己交付给这个男人吗？

他还在忘情地吮吸着，但却丝毫没有察觉到她的无动于衷。难道自己的暗示不够明显？她开始对自己的行为产生了质疑，可接吻不该是一件相互配合的事情吗？自己都中止了，他却还要凑上来。那种接吻的美妙感一点也不复存在了，干巴巴，黏糊糊，还略带口腔异味。对，就像是在舔舐。这个词语冒出来的那一瞬，她还是不可避免地感到了恶心，甚至还带有尖锐的刺痛感，嗯，就像牙齿被钻通了。

当丝丝凉气翻涌上来时，她终于还是一把推开他，冲进卫生间对着马桶呕吐了起来。随之传出的哕哕之声，让原本寂静的夜显得更加寂静，她是故意的吗？他不知道，但只在床上呆坐了一小会儿，便立即明白，自己是被这个正在卫生间呕吐的女人，嫌弃了。

首先飘浮上来的情绪当然是不可理喻。既然如此，那么她为什么还要答应与自己约会，酒是她主动要的，手也是她主动牵的，散场后，要不是她说上家来坐会儿，他也不会唐突与她发生这样的事。但这情绪也只是仅存了几十秒后，就在她源源不断制造出的哕哕之声中，发酵升级为羞愤了。接吻途中发生呕吐，这不是羞辱是什么？就算是艺术家，可艺术家就不食人间烟火，没有男欢女爱？

装什么装，还当自己是情窦初开的小姑娘吗？——当这个在生理和心理高度契合的情绪下而衍生出的疑问飘浮上来时，他索性听从了内心的安排，赤脚冲进卫生间，一把按开灯，劈头盖脸对她喝道："有必要吗？"

灯光泻下了一地，将她本就雪白的身体照射出通透之感，像一块历久弥新的白玉，但又比白玉平生出更多的柔和感。她可真是白极了，白得无处可遁。对，他开灯的目的就是如此，他倒要看看，这个主动将他擒获又丢弃的女人，到底是怎样的一副面目。

她显然是被这突如其来的灯光和喝声吓到了。那妆已花的脸，虽不如上妆时漂亮，但到底也还比同龄女人精致几分。当这声光俱备的惊吓袭来时，即便是带有愠怒的脸，在他看来，也极具风韵。但那又怎么样，毕竟她在接吻的中途跑出来吐了，这简直是不可饶恕的侮辱。因此，当瞅到这张脸上的愠怒时，他便以更加高分贝的声音向她提起了二次的重复质问："有必要吗？"谁让她是个漂亮女人呢，要降服她，就得花比对付普通女人几倍的气力来。气场不大，怎么能镇得住她？

这更上一层的气氛骤变让他俩皆为之一怔。空气紧张且压抑。可他并没有从她的眼睛里读出对他的一丝歉意，是自己做得不够强硬吗？这让他不由想起前妻来，那个一向飞扬跋扈的女人，恨不得所有人都对她俯首帖耳。当然，出于宠爱的缘故，他也确实如此做了，但换来的后果呢？她居然跟一个老外跑了，理由也让他无言以对："你 hold 不住我。"他还能怎样，只有放她漂洋过海。后来每次想起，他都恨得要命，发生这样的事，自始至终，他居然也没敢对她发火。母亲知晓此事后，从千里之外打电话骂他"孬种"。可不是孬种么，许是奴隶做惯了，奴性已融进血液，长进骨头，再改头换面，也得是行脱胎换骨之术。于是辞了工作去旅行，两年之后倒真是变得面目全非了，其中最突出的一点就是对人对事强硬。要不后来怎么能在短短几年之内，坐上这家医院的副院长之位呢，当然，技术入股是一个显著因素，但手腕不也得强硬吗？"马善被人骑，人善被人欺"，这是父亲教导的。他在打算翻身那天就立誓，日后决不让任何一个女人骑在自己头上。因此，面对她的毫无歉意，他决意要做些什么，就算她没有道歉的打算，那也得让自己在她面前看上去显得理直气壮。于是，他便昂了昂胸膛，顺势将双臂交叉着抱上了。这意思已经相当明朗：你必须给我解释清楚。

反而在她看来，他这就有些幼稚了。像小孩子间的置气，只让她感到好笑。但她并不能立刻对此作出应有的姿态，因为那尖锐的疼痛，就在他昂胸的那一瞬，竟然剧烈地加深了。那真是疼啊，仿佛扯住了某根神经，让她不可抑制地在吸气的同时，毫无保留地发出了嘶嘶的声音。接着，她又转头对着马桶吐了。

残留在卫生间的苏打消毒液味，已不如早上那么浓郁。出于职业的敏感性，他立刻就从中辨别出了另外的那种熟悉的液体味道。没错，只迈步稍微向马桶里望了一眼，他就确定无疑地认识到自己此前的确过分了——马桶里是好几团已晕染开的血水。淡粉色的液体还在继续扩散，灯光仿佛愈加明亮，他想，自己的失态，她该是一览无余了。他局促地看着她，心底便应时涌起了愧疚。

瞥见了马桶里的血水，一开始，她原是慌神的。面对他的大声质问，她本理亏且心虚，接吻中途呕吐，性质虽不恶劣严重，但到底伤人自尊。可这血水曝于灯光下，瞬间便给了她镇静的理由。仿佛与人斗狠，自己先拿砖往脑门一拍，心里也就底气十足了。

他又朝前迈了一步，这次却是怀着满满的歉意。即刻，他便伸出手来，搭在了她肩上，待接触到时，又暗暗用了些力。这个动作的意思，虽不如刚才插胸那样明朗，但究竟也不隐晦。可她只专心呕吐，对他这模糊的道歉，仿佛置若罔闻。他自当讨了没趣，却并不甘心，趁她取手巾的空儿，竟一把将她搂住了。这便有些死皮赖脸的打情骂俏味儿了，见好就收，她是懂得的，心里自是原谅了他，但嘴上却不说明。等在他的搂抱中漱了口，又拿手巾去清洁嘴角时，那要命的疼痛便再次降临了。这次，她不觉又发出了"嘶嘶"的吸气声。

他当然已经猜测到致她如此的原因。于是，便从背后松开了双手，将她掉了个方向后，把那张精致的脸，扳向了自己。做完这些后，他却并未给她腾挪更多时间，去延宕他准备大展身手的机会。她以为他又要吮吸她，男人不都如此吗？上一秒腆脸道歉，下一秒就预谋霸占。但没有。她听到的是一个猝然而刚猛的声音，这声音仿佛一道口号，冲击着她的耳蜗，让她竟暂时忘却了那揪心的疼痛。有那么一瞬间，这声音，真让她以为置身于遭遇劫匪的现实。显然，她是被他这命令般的口气，吓到了。真讨厌，又想干什么。当这处于酝酿阶段的牢骚还在继续发酵时，那个声音竟又迸了出来，口气、力道，丝毫不减。

"不许动！"他说。

于是在接下来，他便看到了她那张挂满委屈的脸。那真是委屈啊，差一秒，就有可能掉下眼泪来。对此，他似乎颇有些得意，顺着这得意，他便再一次向她发出了命令："张开嘴！"

见她乖乖照做后，他更得意了。待煞有介事地杵着眼睛向内仔细瞅了一圈后，就像是在对世界公开一项重大发现一样，他近乎用骄傲的语气向她宣布："果不其然，龋齿！你有一颗龋齿！"

一开始，她并没有弄懂他的意思。很小的时候，她就被父母送进文工团训练，文化课知识并没有学到多少，即便在离婚前已调任师范学院，但那毕竟是舞蹈老师啊，每日只指导学生们练形体，这么长时间，几乎就没见着过书。更何况面对的是一个充满了专业味道的术语，她实是没搞明白他究竟在说什么。但也并没有产生请教他的想法，这算什么，一股儿的骄傲劲儿使给谁看呢。当然，她也并不想去怼他，毕竟折腾这么半夜，酒也醒了，面对一个才初遇的人，她还做不到完全的任性。于是，为了让自己在他看来不至于失礼，她只好回答了一声"哦"，来掩饰自己对他所言"龋齿"一词的无知的尴尬。

如果此事的铺染这里就结束多好——至少现在，她也不会躺在这把坚硬的椅子上，第一次以平行于地面的角度，看到一张颠倒的脸，一张冷冰冰的面，一张对她再一次施以"不许动"命令的脸——但问题在于他，精准地说，在于他的职业。
作为一名牙医，他是无论如何也不会坐视一颗龋齿不理的，更
何况，它还出现在了她的嘴巴里。因此昨晚，当听到她这声甚
于敷衍的"哦"时，他就没有再放任她不管的理由了。继而，
他用恨不得马上就可以对这颗龋齿进行操作的口气对她说：
"得拔掉你这颗坏牙！"

　　所以此刻，她便躺在了这把坚硬的椅子上。

　　她是在早上还没醒来时，就接到他的电话的。

　　昨夜的酒精，让她在黎明时出现了昏沉的头疼。一向如
此，每次深夜饮酒，她必在次日天亮前被头疼折磨。她就是在
那样的环境里发出了疼痛的呻吟。那会儿，他尚一丝不苟地用
双臂环绕着她。离婚后，他和数量不少的女人有过床笫之欢，
当然，也不全是为了寻求身体上的快乐。与其中的几个，也曾
虔诚地奔着婚姻而去，但中途，她们却都无一例外地止步了。
在她们看来，他真是太奇怪了，明明每晚都会双臂环绕着自己
睡醒到天明，可一旦在某些事情的看法上出现分歧，无论是语
言，还是行为，却都表现得强势不堪。到他这个年纪，还能温
柔地搂着伴侣睡到天亮，简直堪称优秀的品质啊。可为什么一
有矛盾，就如狼似虎，一副兽性模样呢？

　　那会儿，当她疼痛的呻吟传入他耳朵时，他以为又是那颗
龋齿在侵害她了，于是便决绝地说："天亮就拔了它！"但很
快，他就意识到自己的错误了，因为他看到，她正伸出双手在
使劲地箍着自己的脑袋，就像决意把它捏碎一样。在这样的状
态下，他自然是不能继续再安眠了，否则，就显得有些无耻。
翻箱倒柜去找镇痛药，居然没有，这不免让他生出惴惴不安。
作为一个医生，家里居然找不到一颗镇痛药。楼下广场是有一
家二十四小时营业的药店的，他要去买，她没拦住，遂躺在床
上听他在卫生间一阵叮叮咣咣，继而，又在一声巨大的"哐"

声中，她便知道，他出门走了。

他走后，屋里一下子陷入了一种可怖的死寂，不光是物理上的，她知道，更大的原因或许来自心理。甚至怀有沉重的负罪感，自己怎么可以赤身裸体地独自睡在一个男人家里呢？说是陌生人也不为过啊，毕竟才初遇。这样想来，她便对自己昨晚的随便感到懊悔了，她说，喂，你怎么这么不检点呢？可嘴上喊着不要，身体却真的很老实。毕竟他走了后，自己的羞耻无人可知，于是，就在这反反复复的自责与原谅中，她竟又迷迷糊糊地睡着了。

接到他的电话时，已是九点。他以一种像是在讲述别人故事的口吻告诉她，下楼那会儿，他还没买到药，就被院长的电话叫走了。一位位高权重的官员的太太，牙疼了整整一夜，黎明时，竟晕厥了过去。作为本埠最权威的牙医，他必须即刻赶到……她对他喋喋不休的讲述并不感兴趣，头早就不疼了，何必为那颗没有及时买来的镇痛药，而耿耿于怀呢。有些事情，过去了，也就过去了。她淡淡地回了句"我知道了"本想就此结束这次通话，但就在准备挂断时，她却清晰地听到他说："下午来拔牙！"

居然又是一个命令般的句子，他的眼中，人与人之间，就只有上下级关系吗？她受够了，简直一分钟也不想再躺下去。冲进卫生间去洗漱，昨晚那股似有似无的苏打消毒液味，竟又浓郁地飘浮在了空气里，她一推开门，就被呛到了。一瞬间，她对他的好感消失殆尽，就像昨晚那句反复质问过自己的"有必要吗"，这一瞬，她迫切地想要用这个句子来回敬他："有必要吗？"

对啊，有必要吗？不过是在他家马桶里吐了几口龋齿产生的血水而已，用得着这样大张旗鼓地消毒吗？他这是另一形式上的以牙还牙么，就因为自己在接吻中途跑出去吐了，他就要在卫生间喷洒这么刺鼻的消毒液？恐怕那被院长半路叫走的故事，也是谎言吧。就像昨晚他被她灼伤了一样，这个早上，她也被他所灼伤了。她忿忿地想，大不了当一夜情缘，以后再也不见便罢了。收拾好自己的东西，黯淡着脸，在强烈的委屈中，她匆匆离开了。

　　一整个早上，她都陷入在了循环往复的委屈中。

　　十点钟，照例是表演课。按惯常的规则，上半节课，她出题目，学生投入速排，下半节课，学生表演，她依次点评。因此，在上半节课，当她给学生出好题目后，便就又不自觉地将记忆回溯到了昨晚他们的初遇。

　　那也并未真的像绝大多数人的一夜情缘那么随便，他们是经过闺密搭桥的。虽然这听上去落俗，但到底也附带点"有法可依"的味道，这表明，他们这相遇的开端，是正经的。话是挑明了的，闺密说，他是她老公亲妹妹的大学同学，离异无孩，没不良嗜好，有正经工作。这样的介绍，虽不如婚介所那些一水儿清的"有车有房年薪百万"魅惑人，但经闺密讲出，还是颇具可信力的。婚介所的那些信息，谁知道是真是假呢？于是征得她点头，在不久后，嗯，也就是昨晚，他便拿着她交代闺密转给的一张演出票，出现在了剧院的贵宾席上。

　　昨晚，是这座城市的戏剧家协会成立六十周年，纪念晚会在前夫所任院长的剧院里举行。作为本埠最活跃的舞台剧演员，她的演出排在最后，压轴，以示对她的尊重。她是很早就拿到主办方所赠的演出票的，传统嘛，请自己的亲朋好友来捧场。虽然她已红到不需谁来捧，但规矩总不能破。她并不是本地人，结婚后，跟丈夫来到他所在的城市生活。所谓的亲朋好友，绝大多数是前夫一方的。自离婚后，她的社交圈子明显小了下来。不仅从原来的家里搬了出来，就连唯一的女儿，也被判给了前夫。因此那演出票，她也是在闲置到了演出前的最后一天，才想起让闺密转给他的。毕竟浪费了也挺可惜，倒不如借着艺术的名义，见见他。当然，这样做的目的也是有故意想让前夫瞧见的意思：喏，我并不缺乏追求者，尽管，尽管你身边的那些新欢，比我年轻。

演出开始前，她就瞅见了他。那时，她正在后台化妆，过道里乱糟糟一团，一些初登舞台的演员慕名而来，将她的房间围了个水泄不通，都是嚷嚷着要她签名的。她可是他们心中的偶像啊，这座城市里最年轻的梅花奖得主，尽管她的年龄在他们面前，已不年轻。都是因为打骨子里爱着这份登台表演的感觉，哪能嫌烦就拒绝呢，自己不也是这么过来的么，于是便心平气和地挨个儿签名。那些拿到了签名的，喜欢得活蹦乱跳，惹得还在往前凑的人更没耐心，大家争先恐后地挤，场面一度失控，有几个力气小的，竟然被踩倒了。

前夫就是在这个时候出现的。离婚后，他们虽不能天天看到对方，但每隔十天半月，还是可以再见的。毕竟女儿还小，一周见不到妈妈，就哭闹得不行。每次她去接女儿，他们之间都互不言语，有什么好说的呢，离都离了，一切已变得毫无意义。但昨晚，就在后台，前夫居然朝她吼了。他拨开那层层叠叠的人群，直接冲她吼道："还分不分轻重缓急？"显然，作为整台演出的总监，他有权对一切可能耽误演出的行为进行指责。哪怕，这种行为的发生者，是他前妻。

前夫是秦腔演员出身，这犹如天雷的一声吼，让在场的所有人都噤若寒蝉，但她，却故作响声地压了压头上的点翠后，款款地出去了。她想，有你闭嘴的时候。果不其然，在最后的那场演出中，当她倒立着看见牙医捧着那束娇艳的玫瑰，当着囊括了这座城市绝大部分有头有脸的人朝自己走来的同时，她也目睹了坐在副市长旁边的前夫的极尽的尴尬。他那张脸拉得可真长啊，如驴似马。那一刻，她的心里竟真有了种大仇得报的快感。因此，在演出结束后，当牙医优雅地搂起了她的后腰时，她并没有去干预，而是随他并排穿过整个剧院，走向了门口的那辆豪车。在众目睽睽之下，她甚至可以体察到自己身体的轻盈，那感觉，仿佛踩在一地的羽翼上，像是马上就要飞起来了。

美好总是转瞬即逝。很快，记忆就将她带入到了被他家卫生间里那刺鼻的消毒液味所呛到了的这个早上。一想到此，她就满腔委屈。一个牙医有什么了不起，那么爱干净，干脆把自个儿泡到消毒液里去啊。那多好啊，举世皆浊，你独干净。整个上半节课，她的思想都跟消毒液纠扯不清。直到下课铃声响起，她还是没能将自己从中解放出来。对啊，就是委屈。然而她并未预料到，这不过只是后面那一连串委屈恶性循环的开端而已。

接下来的委屈是从下半节课蔓延开来的。问题出在有关一台著名话剧导演归属的口误上，当那个女同学表演完，点评时，她误将本是由赖声川导演的话剧《暗恋桃花源》，错误地描述成了由孟京辉导演。作为一个舞台剧演员，就算没学过多少文化知识，这也够得上是明显的常识性错误。当然，她也是说完了很快就意识到此的，可问题是，却并没有及时对此进行纠正。她想，又不是多么致命的错误，谁在乎呢？但那个女同学却站出来说话了。她说："老师，不是孟京辉，是赖声川。"

尽管她的声音听上去是那么幽微，可还是被她灵敏地捕捉到了。比起那些伤人的谎言，对，就像牙医早上所讲述的那个半路被院长叫走的故事，一句口误，算得了什么呢？既然如此，何必又再折回去大费口舌？于是，她只当没听到一样，继续让下一个同学进行表演。本来这事过了也就过了，可那个女同学却不依不饶了，这次，她竟以正式登台时才会用到的表演腔调，有板有眼地正视着她道："老师，《暗恋桃花源》的导演是赖声川，不是孟京辉。你说错了。"

这么一来，她就不能再假装若无其事了。毕竟这个声音让在场的所有人都听见了。但，这很重要吗？只是记错了一个导演的名字而已，又不是杀人放火了。用得着如此正式吗？她又想起了昨晚那个牙医的质问，对啊，有必要吗？于是，她眼皮也没抬地就像是对着一团空气，从鼻子里哼哼道："嗯。"算是对那个女同学的纠正进行了不得不表态的回应。

这算得上是一个良好的认错态度吗？作为老师，她竟如此敷衍。终于，那个女同学爆发了，这次，她不再纠正，而是直接对她进行了犹如审案一样的宣判："误人子弟！"还是宛如正式登台时才会用到的表演腔调。

天呐，她居然当着全班同学的面，指责她误人子弟。甚至有那么一会儿，她的思维都恍惚起来了，在她看来，这分明就是耻辱啊。赤裸裸的耻辱。这耻辱，简直和被当众扒光了衣服拎到台上曝晒，所受到的伤害等同啊。

为什么？牙医伤害自己也就罢了，为什么连自己亲手教授的学生，也要来伤害？离婚以后，除了闺密，在这城市，她几乎再没有可值得信赖和倾诉的人了，就像是曾经手植的一棵树，倒下且砸到了自己一样，她绷不住了，就在这所有准备袖手旁观的同学面前，她不可抑制地，哭了。她弓下腰去，像一只全力做好防御姿态的虾，将自己的头深埋进臂膀和双腿之间，使劲儿哭了。

这下，倒轮到那个女同学手足无措了。这叫什么事嘛，要是把一个比她小的女孩子惹哭倒还好说，可她比她大了近二十岁呢，犹如母亲一样的年纪，其身份又是老师。这该怎么办，哄她吧，不合适，不哄吧，大家都瞎起哄。好不容易有几个不爱热闹的女同学上前去安慰了，可她却将头埋得更深了。任谁劝也没用，接下来，她真的不知道该怎么办了。于是这下半节课，几乎就是在哭、劝、闹的吵吵嚷嚷中度过的。

中午，她连饭也没吃就直接午睡了。怎么能吃得下，胃部疼得还在战栗呢，真是委屈啊，一委屈胃就疼，就像酒后头疼，都是老毛病了，已经长进骨头里去了。况且，因龋齿而引起的牙疼，一阵有，一阵无，鬼知道它会不会在进食时偷袭。本以为和牙医在一起，会真的像昨晚那样，快乐得飞起来，可一夜过去，怎么就偏偏落得如此下场。生活在巨大的落差里，她真是感觉委屈极了，但这还远远不够。

更大的委屈还在后面。就像在早上被牙医的电话吵醒一样，午后，她也被女儿的电话吵醒了。女儿在那头以一种同样委屈的语调说："妈妈，你怎么还不来接我？"于是，她便意识到，今天又到了她与女儿的亲子时光了。每逢月初、月中、月末，她可以与女儿待在一起，这是离婚时，他从前夫那儿争取来的。为此，她几乎放弃了一些必要的财产分割，这是她的权利，条款清晰地写入了那张离婚协议书呢。

胃部还有些不舒服，但她已顾不得了。待仔细地整饬了一番装束，再化上套新学的妆容后，她便开车出了小区。整饬是必须得做的，去接女儿，免不得要见前夫，说不定，还会遇到他身边那些陌生的新欢呢，前几次，不都是遇到了么。她才不想让她们觉得她是黄脸婆，是因为颜色衰退而被他所抛弃。即便是离开了他，她也一样要活得光鲜靓丽，甚至，还要比和他生活在一起时更明媚。她想，年轻有什么了不起，比你们年纪大，我一样可以甩你们八十条街。

自从在某次看到他身边的新欢所流露出的鄙夷后，后来的每一次，她去接女儿，都要打扮得格外漂亮。但这次，她却没能如愿。刚把车在小区停稳，她就看见女儿连飞带跑地朝自己扑过来了。女儿等不及她来，早就从家里出来，坐在门口的椅子上张望呢。没见到前夫和他身边的新欢，她不免生出些许的失望来。

　　一路上，女儿都在嚷嚷着要去新建的方特梦想王国玩，女儿委屈地表明，班里的很多同学都去过了，当他们谈论起在那里的经历时，她总有种被抛弃的感觉。呵呵，女儿还这么小，知道什么是抛弃的滋味吗？几个月前，她被睡了半辈子的前夫抛弃了；今早上，她又被睡了一晚的牙医抛弃了。当"抛弃"这个词语，从一个七八岁的孩子口中说出时，有过真实经历的她，不免为之一颤。女儿是在讲述自己的境遇么，怎么总感觉她是在宣布一个母亲的失败人生呢？这仿佛是在说，你看你，总是被男人抛弃，就算长这么漂亮，又有什么用呢？这样想着，她就又委屈起来了。以至于将车一路开进现在所住的小区，也没有意识到，在情绪的牵引下，女儿那强烈的愿望，被她干干净净地忽略了。

　　等到女儿再一次提出时，所剩的时间，已远不够让她在方特梦想王国宽裕地畅玩一回。因此，在这个母女俩都各怀委屈的下午，她和女儿一直都待在她的这栋新房子里。先是一起做比萨，再是一起看电视。到下午四点半时，牙医再次打电话过来，依然是命令的口吻："立刻来拔掉那颗龋齿！"

　　她当然还沉浸在他所带给她的委屈当中，因此，几乎是怀着一种故意冲撞的口气，她问他："为什么非得是今天呢？明天不行吗？后天不行吗？"

　　三个问句中的戾气暴露无遗，这让牙医感到莫名其妙。气给谁撒呢，那个以如此口吻说话的人不该是自己吗？要知道，自己在医院足足等了她多半个下午呢。有谁敢给一个副院长摆这么大的谱吗？想到此，他便有意换上一种好为人师的深沉语调，对她进行了有如心灵导师的教育："你看，好比是人生，总有一些事故来阻碍它一帆风顺，而这颗龋齿，就是你的人生事故。是事故，就必须要对其根除隐患。晚除不如早除，以免引起更大的事故，你说呢？”

　　一旁的女儿立刻观察到她脸上再次翻涌上来的委屈，甚至从接上自己上车的那一刻，她就已看出了母亲的委屈。几个月来，家庭的骤然变故，让她幼小的心灵，也接受了不小程度的冲击。因此，当听到母亲对着电话发火一般地喊出这三个几乎一样的问句时，她先是敏感地握紧了拳头，然后又小心翼翼地拽拽母亲的衣角说：“妈妈，我该回去了。”

　　至此，两个选择，就像两道难题一样，置放在了她的面前。要么，去牙医那里拔这颗龋齿；要么，把女儿送回前夫家。而恰恰这两件事，都是她所不愿的。因此，她并没有动身，而是一直就那么坐着，拖延着。电视里在重播着昨晚一档收视率非常可观的相亲节目，主持人问一个离异的女嘉宾，想找一个什么样的男人做老公。女嘉宾不假思索地说，得阳光、踏实，有钱与否，并不重要。这真是一个体面的答案，她想，同样是离异的女人，那自己呢，自己又想找一个什么样的男人做老公呢？对比起前夫的斑斑劣迹，最起码得是一个不喜新厌旧的吧。女儿再次拽她的衣角，可她的拖延心理却愈发重了。她明白，把女儿送走后，她必将再次回到一个人生活的现实之中，那就好像是跌入了冰窟一样，她得承受不论是夜晚，还是白天，都一样漫长的孤独。

　　女嘉宾的故事并没有完结，当问及过去的那段婚姻时，她丝毫也没有回避。女嘉宾说，前夫是一位大学文科教授，天生的阴柔性格造就了他的郁郁不得志，他十分希望得到学界认可，但却又静不下心来做学问，因此整天唉声叹气。一次，因在网上无理抨击民国某大师，意外受到网民热捧。尝到了胡说的甜头后，他便刻意犀利起来，怼天怼地怼世界，直至变成一个狂热的所谓著名公知，整天带着一帮不明真相的网民，在虚拟的世界，冲锋陷阵，快意恩仇。她当然是劝过的，但没用，人一旦疯狂起来，简直无药可救。最终，做了他十几年妻子的她，竟然被他家暴了。女嘉宾说："你真的无法想象，曾经那么阴柔的一个人，挥起拳头来，竟满带血腥的杀戮气息。"继而，她又感叹道，"要看清一个人的庐山面目，无论花费多久的时间，都不算长。"

女嘉宾这最后一句话，她是赞同极了的。前夫不也是如此吗？婚后的第三年，两个人的工资还是少得可怜，连孩子也不敢要，温饱当然是没问题，但为了能让她过得体面，他竟然跟着一个神秘的民间走穴文工团，学习了喷火、吞针、胸口碎大石等绝技。那几年，正是凭着这些猎奇式的江湖功夫，混迹于各种演出场所，他才挣来了大把的钞票。尽管有很多次，他都因表演失误，血溅当场，被紧急送进了医院。他曾是那么肯为她牺牲的人，可谁能想到，苦日子的波浪都没将他们的船打翻，赶上了发达，他却亲手将她扔进水里去了。

亲子时间已过了先前与丈夫所约定好的标准。很快，丈夫就打了电话过来，但却不是和她说话，接通后，他说："把电话给孩子！"没头没脑一句话，又是像命令一样。怎么感觉谁都可以对自己发号施令呢，真是委屈啊，那种在舞台上倒立时感觉可以与世界平行的傲气呢？可还能怎么办，即便再不愿，终究也得让女儿回家去——似乎那才是她真正的家，而不是这个有妈妈存在的地方。

收拾好东西下了楼，甫一出门，她就在小区里看到了前夫的车。原来他早就在这里等候了，怎么，是担心自己不让女儿回去么，一日夫妻还百日恩，十几年的婚姻呢，就连这么点信任都没有了？有必要这么做么，作为亲生母亲，自己难道还能将女儿押为人质不成？她倒是想去问问他，对，即刻就问，必须问出口：你这么做，有必要吗？

高跟鞋扯着脚，脚扯着腿，腿扯着连衣裙，连衣裙扯着她，她扯着女儿，走起来虎虎生风。女儿使劲挣扎着，几乎要跑起来，才能不被她扯倒。她明明感觉到了女儿的不情愿，但就是不停下。就像过去几十年走路的那样，这一刻，她感觉要是依旧款款而行，就会失掉战斗的勇气。对，从没想过自己会成为一个战士，多么荒诞啊，战斗的对象竟然就是自己的前夫。

她来到了他的车前。她已经准备好抡起拳头砸窗户了，因为只有这样，才会使自己看上去像是一名合格的战士，具有战斗力的战士。可就在抬手时，窗户却摇下来了。车里的人探出头来，居然朝她诡异地笑了一下。这一笑，让她整个人都蒙掉了，像是被当头打了一棒，脑袋简直混沌极了。——因为她看到，坐在车里人的竟然不是前夫，而是自己的学生，就那个在早上指责她"误人子弟"的女同学。

以为看花眼了，下意识地，她赶紧转身去确认车号，没错啊，这就是前夫的车。难道他把车卖给这位女同学了？这是多么巧合的事情。但没有，她的这个猜测只是刚冒出来，就被女儿当即否定了。因为就在确认车号的空当儿，她清晰地听见女儿冲着这位女同学，喊了一声："杨妈妈。"

这三个字，掷地有声，宛如一剂良药，一下子就赋予了她从混沌回到清醒的能力。她终于无力地意识到，这个被女儿称为的"杨妈妈"，又是前夫身边的新欢了。这种事情发生在在校女大学生身上，她一点也不感到意外，从裸贷到代孕，这不过是再一次验证了新闻的真实性而已。不过叫她所不能接受的是，女儿的这声称呼——杨妈妈。离婚不过才几个月而已，自己养了七八年的女儿，竟然会这么快就喊别的女人妈妈了。

耻辱啊，真是耻辱啊。这声"杨妈妈"，简直比早上的那声"误人子弟"，还让她感到被欺负。这事居然可以发生在同一个女人身上，是早有预谋的吗？还有女儿，是谁让她轻易称呼别的女人妈妈的，今天是杨妈妈，那明天、后天又会不会冒出张妈妈、李妈妈呢？她真正懂"妈妈"这两个字是什么意思吗？那得是一脉相传、十月怀胎、半生养育的恩情啊。真是个忘恩负义的白眼狼，今天非得让她明白做人的道理。

于是，那原本准备抡起砸车的拳头，一瞬间，被怒火中烧的她，对准了女儿。接下来，就在那位"杨妈妈"恐惧无比的眼神中，她突然感觉像是被一种看不见的力量所重创了，一刹那，天空、树木、高楼、地面，全都陡然地发生了极速的旋转，与此前无数次在舞台上的倒立表演不同，这次，她与世界之间的平行，非在感觉之上，而是真实的平行。伴随着沉重的倒地，她也清晰地听到了女儿带着哭腔的那声"妈妈"。在还没有完全失去意识之前，她努力地，想要睁开眼睛看看女儿的模样，但眼前，却再一次出现了牙医那张颠倒着的脸，以及他那双充满惊骇的眼神。

此刻，就在此刻，从昨晚到现在的一切记忆碎片，都犹如破镜重圆地对号入座了。睁开眼的时候，虽然牙医尚戴着层层口罩，但她还是从他的眼睛上将他认了出来。这眼睛，她记得太清楚了，那就是她在晕厥前看见的最后一个画面。房间里的苏打消毒液味，依旧浓郁。当这声熟悉而又冰冷的"不许动"，再次响起在耳畔时，她却发现自己真的不能动了。就像全身都被控制了一样，她只感到了无力和麻木。仿佛身体已不受自己支配。

问题出在这把坚硬的椅子上，这把专门用来供牙医拔掉龋齿的椅子。是它们那坚硬无比的质地，让她在昏迷状态里只能不舒服地躺着，受制于睡姿，血液自然也不能通畅流淌。可是，晕厥过去的自己，不该是躺在医院的病床上吗？带着这个疑问，她对着这张依旧颠倒着的脸问道："我怎么会躺在这里？"

"怎么会?"似乎,牙医对她的这个问题感到有些可笑,他说,"你不记得了? 那会儿你晕倒在了你家小区,而我刚好赶去接你来拔牙,所以顺便就将你带回来了。"显然,同昨晚的那句"是不是太快了"一样,他还是没立刻读懂她所问的"我怎么会躺在这里"的意思。

于是,她做了个无奈的表情直接道:"我的意思是,我现在不该是躺在病床上吗?"

"哦,"牙医在发出了上声的表明自己恍然大悟的这个声调后,又以一副生怕她不明白的口气解释道,"医院检查过了,是因为这颗龋齿造成了严重的牙根尖周炎,所以才导致你晕厥了过去。你知道么,这只是这颗龋齿所初步造成的麻烦。"接着,像是回忆起了什么一样,牙医顿了顿又继续道,"也就是我之前所说的阻碍咱人生一帆风顺的事故,如果不赶紧根除,它还会生出牙髓炎、关节炎、心骨膜炎,乃至慢性肾炎以及全身的其他更严重的事故来。对于这种可能造成不可估量后果的坏牙,必须根除,刻不容缓。你知道的,今天已经迟了,为了能立即根除它,这不,我直接就把你抱上了我的手术台。我迫切希望当你醒来时,咱干的第一件事,就是拔掉这颗龋齿。"

牙医这番密不透风的解释,让她由衷地感到了一种梦魇般的心悸。究竟是什么时候,在他的意识中,自己和他已经变成了"咱"? 自己这颗龋齿,又关他的人生什么事? 就算这颗龋齿,是他所说的"人生的事故",那要拔掉它,至少也得征求当事人的同意吧?

当这一连串的反问滚滚而来时,她脑海的画面,竟然不受管控地自动切换到了下午的电视节目中,那个主持人问及女嘉宾"想找一个什么样的男人做老公"。当时,联想到前夫,她的答案是"不喜新厌旧"。此刻,当听到牙医的这番解释后,她坚定地认为之前的答案简直愚不可及。因为喜新厌旧，本就是男人根除不了的习性，只是有的男人，梦想成真了，而有的男人，则暂时潜伏在伺机而动的臆想中。这次，她想要重新来回答，于是，她深深地吸了一口气，像那个女同学一样，也用一种正式登台表演时才使用的腔调，就像准备对整个世界倾诉这一天一夜所受的所有委屈，她对着这张颠倒着的脸，义正词严道：

"这是我的龋齿，我同意了才能拔的龋齿，尽管在你眼里，它已被无限地放大成了一场人生事故！"

捕梦网

　　我突然注意到巫小敏发的朋友圈将坐标全部定位到了西安这座城市。她发朋友圈不算多，一般隔几天发一次，有时候两三天，有时候四五天，最长不超过一周。看见她有七八次定位西安后，我猜测她的生活可能发生了某种变故，但又不好意思直接问，于是就绕着圈儿发消息给她："你离开兰州了？"

　　她回复很迅速："都两个月了。"

　　我又问："在那边工作了？"

　　她说："嗯。"只这一个字。我等了好一会儿，再没等来下文。

　　我手里正拎着一个灶盘回家。公交车里拥挤得像沙丁鱼罐头，什么气味都聚集在一起。我关掉手机揣进兜里，只好把脖子伸成鹤那样，大口大口呼吸头顶上方的空气。房子到了不得不装修的时候，在这之前，我曾在只装了马桶的单身公寓毛坯房里住过约一年时间。地板是水泥的，墙壁是水泥的，屋顶也是水泥的，窗户不敢开太久，楼层高，总觉得风大，过不了多久，屋里就尘埃弥漫，连空气都透着一股水泥味。如果到了非开不可的地步，就必须得用塑料纸或者油布把床盖住，否则，睡在床上跟睡在地上基本是没有什么区别的。尽管如此，可一想到成功从城中村那种阴冷潮湿的房子里逃离了出来，我还是很满足。买这房子时，我手里只有五千块钱，首付全部是父母借钱凑的，羞耻心和自尊心让我惭愧不已但又毫无办法。我在硕士还没有毕业之时就签订了就业合同，父亲（母亲没发表意见）坚定支持我选择自己喜欢的编辑工作，但每月不足四千的工资让我觉得深深地亏欠他们的养育之恩。因此在买房这件事情上，我一直抱着消极态度，他们让我多去看看楼盘，我总推托有事。后来，在我的又一次推托之后，他们直接从家里到兰州来严肃地对我讲："房子必须要买，大点小点没关系，住处得有一个，不然和王依怎么结婚？"王依是我女朋友，我们谈了七年恋爱。要不是她快毕业没地方住，我并不打算装修。

下了公交车，我就把巫小敏的事忘记了。好像也不是忘记，只是顾不上。元宵节过后，父母就又结伴到兰州来和我一起忙装修的事，找工匠、买材料、看家具、租房子、倒垃圾，全是他们在跑，而交给我的任务只有一件，而且是随时可以上纲上线的政治任务——与王依联络好感情。他们认准了王依是命中注定的儿媳妇，嘱咐我千万不能辜负她。我把这话一字不漏地告诉王依，她很不耐烦地冲我摆摆手说："该忙什么忙什么，我毕业论文还搞不明白呢，你有时间就多陪陪叔叔阿姨，让他们放心，我绝对不会和你分手。"

安好了灶盘，装修基本算竣工了。但这灶却偏偏点不了火，找物业，找燃气公司，换灶盘，直直折腾到晚上八点，还是没好。母亲还想着举行一个简单的"开灶"仪式，但被我劝回了。他们住在十公里外的哥哥家，白天来这儿忙活，晚上回去睡觉，晚了，就赶不上末班车。人老了越发不舍得花钱，我曾打过车，他们坚决不上去。司机不满地用兰州方言骂骂咧咧，我觉得丢人极了。

把父母送上公交车后，我打电话给王依："周末了你也不打算回来一趟吗？"

她说："我宿舍可比你那儿舒服多了。"

我说："我又不能去你宿舍睡。"

她改口："今晚得熬夜改论文，明天一早见导师呢。"

一听她提导师我就来气："你导师怎么是个这货呢？"

"我有什么办法，谁让我是他的兵。明晚吧，明晚我回去。"她的语气中透出无奈，我听到了哗啦哗啦翻书的声音。

又说了几句，就挂了。我一个人往城中村走，路灯照得我的影子斜斜瘦瘦的，晚风一吹，甚至有些凄凉的意思。年前，巫小敏来屋里闲聊喝茶，谈及装修时要租房的事，她说她男朋友吴非有一个哥们儿常年在外地拍片儿，好久不回来一次，两室一厅，房子一直空着，我住过去正好给增添点人气，免费。我不好意思："这合适吗？"

巫小敏反问："这有什么不合适的？钥匙就在吴非手里。"

事情就这么定下了。春节过完我找她拿钥匙，她却在电话里快快地说："你先自己租房子吧。"

我问："怎么了？"

她急匆匆又隐约其辞道："以后再说。"

买房子时，我手里是五千块钱，租房子时，我手里还是五千块钱。只能又回到城中村来。王依说得很对，她的宿舍的确是比我那里舒服多了，光是蟑螂，入住城中村的那晚，我俩就打死了不少。那些爆浆的尸体彻底恶心到了她，只要能不来，她尽量不来。有一次闲聊，我把这事说了出来，母亲说："绝不能让那些蟑螂成为你们的障碍，王依不来找你，你要多去找她。没扯到证，一切都是变数。"

　　我知道她的意思——她和父亲早些年赶上国企下岗大潮，买断了工龄，现在并没有一分钱退休工资，给我和哥哥在兰州买了房后，又欠了一屁股债，而王依的父母都是在编老师，如果我不紧紧抓住她，还会有哪个姑娘肯嫁我？与王依相恋七年，我对她知根知底，并不觉得她是嫌贫爱富之人，但母亲并不这样想。她总以"过来人"的口吻教育我，说得烦了，我也反驳。但一向沉默不言的父亲说的话也掷地有声："当时社会上都说国企职工一辈子端着铁饭碗，可是你看我和你妈如今呢？"他的声音里充满无能的怨气，可是该怨谁呢？

　　回到城中村，到处还是飘荡着那股屎臭味。这里全部是违章接上去的二层小危楼，住满了社会上最底层的穷人，一个大院里只有一个厕所，供楼上楼下几十口子人使用，堵塞是常事。买房之前，我在这里住过两年，几乎每周都会看见几个胡子拉碴的男人穿着黑色的橡胶连体衣揭开井盖跳进下水道中把手中长长的竹皮竿子往里捅。整个城中村，一年四季鲜有不被屎臭味笼罩的时候。这味道让我毫无饿意，问房东要了一壶开水，我就进屋了。烫脚时，我又从兜里拿出手机刷起了朋友圈，屏幕亮起的时候，我才发现巫小敏在我自以为久久没等到下文的聊天框里又发了一句话："你最近如何？"

　　这似乎是久不见面的故人之间的惯用寒暄了吧。我能如何呢？工作无任何起色，年初定下的几个选题，一个也没有通过。社长在选题大会上当着所有编辑的面杀鸡儆猴："情怀是情怀，市场是市场，都给我拎清楚了！没钱赚，你们喝得起西北风，我可是一家老小的指望！"当初还是一厢情愿地想当然了，以为做书的都是文人，最起码有文人情怀。

　　工作靠不住，写作也一直冰封在寒冬的境遇中，三年前发表了小说处女作后，我以为温暖的春天就要来了，但没想到那只是上帝的一个玩笑。发表第一篇小说之前，我曾努力苦读，勤恳写作，当同龄人的作品一篇一篇亮相在各大报纸杂志、一部一部被出版社包装上市时，我只能用谎言安慰自己：别怕，写作就像是种萝卜，缨子大，可能是徒有其表，并不能代表果实的分量。可这么多年过去，我终于无力地意识到，我其实是一颗缨子不大果实也不大还糠心的萝卜。

与王依的关系吧，伴随着她即将毕业，好像也变得扑朔迷离起来。我虽然一再向父母重申，我跟王依情比金坚，但她近期的一些言行举止，还是让我看不清她的底牌。春节过后，她的导师组织了一次师门聚会，赴会的人，大都是工作于全国各大高校的老师，王依资历最浅，挨个敬了一圈酒下来，就糊涂了，是和她关系要好的一个师姐打电话让我打车将她接回来的。也不知道那晚她到底经历了什么，酒醒后，她非要准备复习考博，离开兰州。

"兰州不好吗？"我问。

"好！"她回答得斩钉截铁。

"那为什么还要离开？"

"因为还有比兰州更好的地方。"

"要去哪里？"

"只要比兰州好就行。"

"那我呢？"

"一起走。"

"我走不了。"

"反正我不会和你分手。"

对话干扎扎的，搞得我失落了好一阵子。肯定是聚会上什么事刺激到了王依，她高中就在兰州上，这里待了快十年，这地方绝不是她说离开就随便可以离得开的。我私下去找和她关系要好的那个师姐了解情况，她一直闪烁其词不愿意明说，被我逼得紧了，才支支吾吾道："李教授揶揄王依，李门弟子中，就她一个不是博士。又吹耳边风，兰州现在是三线城市，再过几年，就会沦为四线甚至五线。"李教授全名叫李天宝，是王依的导师，教唐代文学，因了这姓名，曾号称"我就是为研究唐代文学而生的"。

"就这？"我觉得师姐有所保留。

师姐咬咬牙："我说了你可别出卖我。"

我拍胸脯保证："你放心，怕死的不是中国人！"

师姐说："倒也没到那种程度。就是李教授指着大家让王依看看所嫁的、所娶的不是专家、学者，就是教授，而你……"师姐不说了，但意思我懂。她的脸颊羞红，就好像犯了错。

知道这些底细后，我并没有暗中去找李天宝教授算账，也没有公开跟王依来谈一谈心。事情还没到撕破脸皮的地步，我且安静地缓一缓。这些秘密和心思不能对父母和王依讲，但对巫小敏没事，她是外人，又隔得远，不会让我的生活有一点点的涟漪。

"最近不太顺，"我给巫小敏回复消息，"你呢？"

"我也不太顺，和吴非分手了。"

当这一行字映入眼帘时，有那么几秒钟，我整个人一直都在发愣。出乎意料，但又在情理之中，果然让我给说着了。往事历历在目，她的影子不停地在我脑海闪回，而作为我内心曾经不敢正视的女性，于巫小敏而言，在那么三四年中，吴非简直就是她生活的全部意义啊。

初见巫小敏，是在我生命中最落魄的岁月里，那时，家中发生了重大的变故——哥哥兼职送快递骑车撞死了一个老妪。说是撞死的，其实也没撞到身上，哥哥的快递车经过她时，还隔着约半米，但老妪就像是被撞到了一样，立刻倒地不起了。也不是碰瓷，否则老妪倒下摔得头破血流没法合理解释。这还不是重点,当哥哥将老妪送到医院救治三天后,她居然擅自出院了。哥哥再探视时,医院已人去床空。哥哥以为没事了,也就回家了。结果在当天,他就接到了老妪儿子的电话,老妪已经死了,死因是脑溢血。老妪的儿子认定是哥哥撞死了老妪,而哥哥一口咬定不关他的事。没办法,老妪的儿子只能起诉哥哥,警察调取了录像,从中的确看不出哥哥的快递车与老妪有接触。父母都是胆小之人,劝哥哥如果真的撞了,就承认、赔偿,他们可不想看见自己的孩子有牢狱之灾,但哥哥还是说不关他的事。父母认为我读书多,能有效地给哥哥讲明利害关系,但哥哥依旧说不关他的事。可能真的是知子莫若父,当父亲在街上看到有不少老人拄着拐杖走路的现象后而厉声质问哥哥是不是撞了老妪的拐杖时,哥哥沉默了。父亲气不过,当着嫂子的面狠狠扇了哥哥一巴掌,那是他第一次打哥哥。最终,家里赔偿了老妪的儿子三十万。发生了这么大的事,我只是感到深深的无力。我读硕士时并不在兰州,发生这事后,千里之外给母亲打电话说想去南方工厂打工赚下学期的生活费,母亲劝不住,把电话转给父亲,父亲说:"回来吧,家里还不至于困难到那种地步。"他的声音里满是苍老,但却带着不可拒绝的暖意。

那正是研二结束后的暑假,回来在哥哥家住了十天,我观察到嫂子的脸色已经不太好。哥哥私下传话,嫂子嫌我起得迟睡得晚,她妹妹和我同岁,都已经打工挣了十几年钱了,而我,能干什么?嫂子正怀着孕在家,哥哥白天要上班,母亲从老家打电话吩咐我每日的工作是为嫂子做饭。既然嫂子都如此说了,我只有从哥哥家搬出来。哥哥恶狠狠地说我没有一点儿人情味,书都读到了狗肚子里。这算是兄弟之间交恶的信号,我身上只有五百块钱,当天就义无反顾地搬进了坐落于我本科时就读的大学附近的城中村。房中只有一张床、一床被子、一个桌子、一把凳子，房租是三百，在用剩下的钱买了点必需的生活用品，我全身上下就只剩下一百块了。

不得已，只能上各种求职网站上找工作。在经历了教辅试卷出版公司、新媒体运营公司、影视皮包公司等一系列谈不拢的单位后，我怀着激动的心情把检查了好几遍的简历发到了兰州一家世界知名的出版集团的旗下出版社。等待了几天没音讯，身上的那一百块钱所剩无几，就在我准备放下所谓的尊严上街去散发地产公司传单时，突然接到了一个陌生电话。电话里的女声温婉细腻，让我第二天一早去出版社面试。

第二天，吃完了早餐挤上公交车，我已经身无分文。一路上，我都陷入深深的恐惧中，没有钱，怎么活下去。生命到了这步田地，对欲望的要求就会降到底端，我想好了，给钱就干，不管多苦多累，只要给钱，多少钱都干。

出版社在一栋综合写字楼的十四层，刚进门，就有一位身着白衬衣黑筒裙气质不凡的前台小姐迎过来，待礼貌地问清楚来因后，她安排我到会议室等待，并倒了一杯果汁。听声音，就是她打电话叫我来面试的。我起身接杯子表示感谢时，因为紧张而撞到了椅子的靠背上，结果身子前倾一把将她手里的杯子也撞翻了。事发突然，她没防备，果汁一部分溅落到了地板上，一部分洒到了她的白衬衣胸部之上。透过衬衣那团湿，硕大的胸部轮廓清晰显现。我慌手慌脚的，道歉也不是，帮忙也不是，狼狈极了。倒是她冷静，随后拿过身边的一个文件夹护在胸前，不留痕迹地露出一脸自然的微笑对我道："没关系，我来收拾，您稍微等一会儿，社长随后就到。"

我诚惶诚恐地坐下，等了好一会儿，社长还没到。不多时，她再进来时，已经换了一件干净衬衣，还是白色，还是那么气质不凡。等她拖完地，再给我倒上一杯果汁后，社长也适时而到。面试是很简单、随意的交谈，例如对自身的优势的描述，对出版行业的了解和理解，对未来五年之内的职业规划等等，我避重就轻、对答如流，令社长满意，他告诉我，一周之内入职即可。面试的顺利程度让我心花怒放，我当即向社长表示："我明天就来报到！"

离开出版社时，我渐渐有点缓过神来。即将出门时，我看见她还在前台候着，白白净净又落落大方，浑身氤氲着一股子由内而外的静美。想到她那件被我弄脏的白衬衣，我走过去对她讲："你那件衬衣呢？我拿回去给你洗干净吧。"

她羞赧地摆手："啊啊，不必不必。"

我说："这怎么好意思呢。"

"原也不是你的错，再说以后就是同事了，别这么见外。"她又笑。

"那有机会请你吃饭好了。"我实在想不出别的什么道歉方式。

"啊啊，"惊讶之余，她似乎又很高兴，"这个可以的。"

我问："怎么称呼你啊？"

她用手背捂了一下嘴巴笑说："巫小敏。"待取下手，她的嘴巴还没有完全闭合，在未收回的笑意中，我看见她居然有着一双可爱的虎牙。

出了出版社，我忍不住胸中激雷给王依打电话告诉她我被出版社录用的好消息，她比我还要兴奋，直接在电话里尖声叫起来，叫了几声后，甚至有点哽咽。她告诉我："你哪儿也别去，就在出版社门口等着，我打车一会儿就到，我们去'腐败'一下。"

当天，王依带着我吃吃喝喝一直到了傍晚。那时，她考研失败，已经在一家私企上班，为了带我"腐败"，专门请了一天的假。晚上，我们一起回了城中村，她本和同事住在一起，与我住的地方隔了半个兰州。公交车上，她告诉我，她要继续考研，直到考上为止。她说这话的时候信心满满，有"不破楼兰终不还"的气概。我一无所有，一事无成，什么帮助都不能给她提供，觉得很对不起她，但却没脸开口说一声抱歉。公交车一路沿着滨河路走，夜幕下的黄河有一种与世隔绝的苍凉，我觉得，人生的落拓大概也不过如此。

回到城中村，王依把屋里上上下下全部检查了一遍，她觉得蟑螂是这世界上最恶心的虫子。我想与她同仇敌忾，但却再没发现一只蟑螂。她还是不放心，睡觉时和衣躺着。我躺过去问："你不热吗？"

她说："热死也比恶心死强。"

就这一句话，说得我不敢有任何的非分之想，我本来还打算把手伸进她的胸罩里面去，如果她半推半就，我就顺便剥光她的衣服。我睡不着，满脑子都是未来一个月如何生存的问题，人穷志短，七尺男儿真的是可以被"穷"这座大山压死的。想来想去也没法解决，就把它交给天，听天命，遂慢慢迷糊了。

睡了也不知道多久，突然就醒来了。口渴得厉害，嗓子里像是要冒烟，我起身喝了点水，取过手机看时间，余光中，一眼就瞥见王依鼓胀的胸部。外衣湿漉漉的，紧紧和她的胸罩黏在一起，我当即便想到了巫小敏。

这突如其来的想法犹如当头一棒，我的瞌睡瞬间就没影儿了。月亮从凉薄的窗帘上透进一些光来，这光照着我，也照见了我的罪恶——离开兰州读研时，我曾瞒着王依劈腿过一个学音乐的女生，叫棠宁，是同班同学。我们在班级聚会的酒后乱性，故意脱离回公寓区的大部队，躲进学校角落一处偏僻的竹林里完成了赤身裸体的碰撞仪式。因为王依，我并不敢把这种关系挑明，后来，在深夜开过好几次房之后，我对和王依的感情产生了动摇之心。用一句毫不遮拦的话讲，棠宁的"活儿"

简直太好了，令我痴迷。我觉得我爱她甚于爱王依。然而，就在我打算跟王依提分手时，棠宁的男朋友从北京跑来看她了，此前，她从未跟我说过自己有男朋友。

什么叫狗男女，我觉得我们就是。

这件事，我从未对任何人讲过。我知道后果有多么严重，也知道一旦事情败露，在王依眼中，我将会是多么恶心。蟑螂算什么，我比它们恶心多了。

身边的王依安静地睡着，屋里闷热，她的胸部似乎有蒸汽在冉冉腾升，仿佛神话传说里的仙气。她是多么好的女孩子，从大一就死心塌地跟着我，然而我不仅渣到劈腿，还念念不忘巫小敏被我弄湿的胸。

这一刻，我突然无由头地怕失去王依。再躺下时，就怎么也睡不着了。辗转反侧了许久，王依迷迷糊糊地抛过来一句话："赶紧睡吧，一会儿天亮了。"我再不敢动，闭上眼睛，满脑子都是乱七八糟的刀枪剑戟在飞。意识慢慢消失，后来，我来到了一个封闭的盘旋楼梯内，楼梯不知道有多少，我一直往上走，没有尽头。我停下，缓了缓，觉得背后有股危险的气息在靠近，刚下意识地一转身，一条巨大的黑蛇就扑面而来。我被血盆大嘴吃掉了。

醒来，王依已经不在了，枕头上，安安静静放着一叠整整齐齐的钱。

不远处，两只蟑螂对我虎视眈眈。

到出版社上班约半个月后，我才渐渐熟悉了周遭的环境。同事们都来自条件优渥的家庭，背景悬殊太大，我们似乎并没有多少共同话题可言。闲暇的时候，他们总是在谈论明星和名牌，我什么嘴也插不上，只能打开文档，敲下一个小说题目，然后陷入无限期的呆滞状态。同事们都对我很客气，但我就是融不进他们的圈子，这让我感到了深深的孤独。

　　不开文档的时候，我也到走廊里来回慢慢走，每次走过前台时，都看见巫小敏低着头认真地在看什么东西。有一次，我好奇地停下来，把头凑过去才发现，她是在读书。这就有意思了，从同事们的聊天中我知道，巫小敏是整个硕士云集的出版社中唯一一个专科毕业的人，那些正儿八经拥有高学历的编辑我都从没见过他们闲暇时读书呢。当然，在这样的单位上班，不提高一下自身学历好像也是说不过去的。毕竟还年轻，专升本考试也不是很困难。因此，我以为她看的应该是教辅书一类的东西，但扫了一眼我发现，她看的是一本小说。她能读什么小说呢？网络小说罢，我这样想着，又继续扫了一眼才觉得没那么简单。她似乎留意到了我的疑惑，捏着书脊把封面举起来让我看，居然是杨绛的《洗澡之后》。这让我有不小的吃惊，遂问她："《洗澡》读过了？"

　　"读过啦。"她笑。

　　"《围城》呢？"

　　"和《洗澡》一起读的。"她又笑。

　　"你怎么会读这些书呢？"

　　"写得多好啊！"

　　"不是，我的意思是你学的专业是学前教育，现在做了前台接待，读的书又是文学。"

　　"哈哈。是不是有点混搭。"

　　"嗯嗯，就是这个意思。"

　　"你还不知道我最痴迷的是什么呢。"

　　"什么？"

　　"秦腔。"

　　"唱吗？"

　　"不然呢？"

"我以为只是喜欢听。"

"那多没意思，其实我的理想是当一名秦腔演员。"她一直在笑，露出的虎牙真是惹人极了。

过了十来天，出版社发工资，竟然给我也发了一份，钱虽然不多，但足以让我癫狂。我把这事告诉王依，建议也带她去"腐败"一下，她却让我把这钱省着点花，说来日还会有其他用处。我问什么用处，她也不明说。喜悦的一刻无人分享，这是多么令人伤感的事，下班时路过前台，看见巫小敏也在收拾东西，面前摆着几本书，有《唐人小说》《万历十五年》《呼兰河传》等，除此之外，还有一个碗口大小的紫色蜘蛛网一样的精致东西，上面有挂绳，下面是一串吊着的紫色羽毛。我拿起来开玩笑："这是什么法器啊？"

"法器？这叫捕梦网。"巫小敏抿嘴说。

"干什么用的？"我很好奇。

"笨啊，都说了是捕梦了。"

"怎么捕？"

"每当夜晚来临，就会有各种各样的梦游荡在夜色中，美梦会穿过捕梦网，像羽毛一样轻盈地降落在沉睡的人身上，而那些想要困扰睡眠的噩梦，则会被捕梦网拦截住。"巫小敏说完，拿起眼前的递给我说，"给，送你了。"

"这怎么好意思。"我受宠若惊。

"我自己编着玩的，又不值钱。"巫小敏说。

"你手工做的啊？"我大惊。

"这有什么好奇怪的，幼师不就是讲究个心灵手巧嘛。"她说得很轻松。

我不知道怎么谢她，但突然想起来面试那天许诺要请她吃饭的事，便对她讲："走吧，请你吃饭，前些日子就许诺的，今天终于有机会了，一并感谢。"

"你也发工资了？"她问，问过了似乎又觉得不妥，便改口，"你还记得以前的许诺呢？"

"那哪能忘。不过发工资也是一个契机，要是搁在前些日子，我可真是吃了上顿没下顿的穷鬼。"我自嘲。

"哪至于如此，好歹你也是硕士毕业。"她露出惊异之色。

"还没毕业呢，"我说，"现在的硕士就业率并不见好，更何况还是我这样二本院校的硕士。"

"那你也比我强。"她说。

"我觉得你挺好啊，待人和气，兴趣广泛，又爱读书，浑身都是正能量。"我说。

"这都是表面现象而已，张爱玲那句话怎么说来着……"她一边挎好包，一边关掉电脑。

我接话道："人生就是一袭华丽的旗袍，里面爬满了虱子。"

"对，就是这句。"她说。

我们约在离出版社并不远的一家西餐厅，点了比萨、沙拉、土豆泥、牛排和意面，听着不知道名字的小提琴曲，两个人都懒懒的，有一搭没一搭地吃，有一搭没一搭地聊。就是在这次吃饭中，巫小敏向我透露了她悲惨的身世。

一九九三年，巫小敏生于河西走廊一带中部某市郊区的一个农户家庭。其父母系自由恋爱结合，婚后一年，巫小敏出生，隔二年，巫小敏的妹妹巫小惠出生。那时在农村，如果一个已婚男人谁没有生儿子，不仅自己觉得脸上无光，连街坊邻居也对其指指点点，说他不行。巫父当然还要再努力一把，但政策抓得严，计划生育专干早就嗅到了这股风气，强行将已有两个女儿的巫母用麻绳绑着去村委会做了结扎手术。巫父受不了这奇耻大辱，事发后不久，便只身离家出走来到省城兰州打工。之后，巫母便一个人带着两个女儿过着低调、寂静的生活。期间，巫父给家里写过一封信，称自己在某鞋厂当工人，待遇不错，等赚到了钱，就把巫母及两个女儿一起接到兰州来，还随信附上了一张他与兰州地标性建筑中山铁桥的合照。自此，巫母为人更加低调，暗自为举家迁往兰州做准备。半年后的一天，三个警察来到巫家，告诉巫母，巫父在兰州因持械斗殴被杀害了，让巫母赴兰州认领尸体。巫母问，凶手呢？警察说，逃跑了。巫母雇了乡党及其拖拉机，赊了一口棺材，千里赴兰州来领巫父的尸体。但兰州警方告诉巫母，巫父是因与同伙分赃不均被杀害的，其生前曾参与多起盗窃案件，是登记在案的犯人。巫母感到不可思议，遂与乡党到巫父所工作的鞋厂讨说法，厂方感到莫名其妙，称巫父并不是厂里的工人，还让她看了在厂所有工人的花名册，的确没有巫父。巫母困惑无比，但在乡党的劝说下也只得回家，因为巫父的尸体已经散发出了令人作呕的气味。回乡埋葬了巫父后，巫母在某个夜里留下一封信和两个年幼的女儿，独自一个人来到兰州寻找杀害丈夫的凶手。从此，下落不明。往后，巫小敏和巫小惠便跟着身份是乡村医生的祖父祖母一起生活。巫小敏十岁时，巫小惠八岁，那时，村里人去兰州打工已不是稀罕事，据过年回家团聚的乡党私下里讲，曾在某舞厅见过打扮得花枝招展的巫母，当时只觉得眼熟，远远地看了几眼，并不敢相认。又过了五年，到巫小敏上高一时，曾收到一张来自兰州的额度为三千元的写有巫母名字的汇款单，巫小敏不知道怎么处理，交给家里，祖父和祖母看后什么话也没说，扔进灶膛烧掉了。高考后填志愿，巫小敏虽成绩不佳，只够上专科，但填写的却全是兰州的院校，她心里始终有那个梦——找到自己的母亲。但可惜的是直到毕业，进入幼儿园工作，辞职，再进入另一家幼儿园，反复多次直到应聘为出版社的前台，她终究没能找到母亲。妹妹巫小惠也是，为了寻找母亲，高考后也来到了兰州。

坐在西餐厅里，她像是把我当作一个知心人一样，将自己的秘密和盘托出，其实我们认识不过才半月而已。尤其是乡党所说的在某舞厅见过她母亲的传言，带给她的伤害简直深不可测，就像在小时候被同学欺负时他们总骂她是"婊子养的"。这么多年，正是这句恶毒的脏话刺激着她和妹妹来到兰州，出入于各种舞厅，非要找到母亲不可。

"她离开我们来兰州的时候，正是我们现在的年纪。我们现在也在兰州，但却找不到她。"巫小敏说。

这面对时光的对比不禁让我唏嘘，但要认真论起来，其实我觉得巫小敏一开始的时候，可能方向就错了。她被乡党的一个不确定的眼神所产生的不确定的结论所牵引，这么多年过去，一无所获。一个离家出走寻找杀夫凶手的女人，没有一技之长，走投无路之时，好像做舞女是最有可能的选择了。就算乡党所言不虚，巫母的确是做了舞女，但时光流逝，社会变化如此迅速，难道巫母不会转行做别的吗？比如改嫁这条路，不然呢，巫小敏高中时收到的那个来自巫母的汇款单，又怎么解释？母亲会不认自己的女儿吗？她是有难言之隐啊。这些想法我并没有告诉巫小敏。我宁愿她走上的可能是一条不正确但却让她有"盼头"的路，也不愿意让她接受一个类似于"徒劳"的失败历程，那简直就是噩梦啊。是用多少个捕梦网都于事无补的。

可能是因为这次"交心"，巫小敏待我与别的同事便不大一样，自己买了什么好吃的东西，总要给我带一份，有什么事情不好决断，也来征求我的意见，俨然是把我当成了可以"托付"的人。渐渐地，出版社就传出了谣言来，说巫小敏与我在谈恋爱，而这，是出版社明言不被允许的，否则，恋爱的一对中必须要有一个人辞职。

一个秋日的雨中傍晚，巫小敏来敲我们编辑室的门。她倚着门框，表情羞涩，露出半个身子，小声地叫我的名字。同事都听到了，开始起哄，巫小敏捂着嘴扭头先离开了。我面红耳赤地出了门，看见她站在走廊的尽头等我。她的呼吸很不平稳，似乎有重要的话要对我讲。

我问："有什么事吗？"

巫小敏看着我说："大家都说我们在谈恋爱，你怎么看？"

我激动地说："这怎么可能，我有女朋友的！"

巫小敏说："我也是这么说的，他们简直胡说八道！"

她说话的时候很愤慨，身体一直抖个不停。窗外雨声淅沥，暗光打在巫小敏的脸庞上，印刻出她线条柔和的轮廓。有一些雨滴被风吹进来，淋湿了她的鼓起的胸部上的白衬衣。我又想到了面试那天的事，眼睛不自觉地直勾勾盯着她那高高隆起的胸部轮廓。就这样沉默了好一会儿，巫小敏似乎发现了我在看她的胸部，便轻轻推了我一把道："别傻站着了，回去吧，怪冷的。"她挨着我很近，说话时呼出的气体让我颈间的寒毛颤动不已。

我说："哦。"

说完了，木敦敦先走一步，刚转身，就听到巫小敏在身后细细地念叨："好大的雨啊。"

后来发生的事，是巫小敏"消失"一段时间以后再归来，我才听说的。

巫小敏消失的时间不长，有一周左右。听同事们说，巫小敏的电话是直接打到人力资源部的主管手机上的，正是下雨的那个夜晚，巫小敏在电话里哭："家里发生了很大的事，我要请假一周。"主管问是什么大事，她也不说，就只是一个劲儿地哭，听声音，她身边好像还有好几个人，很嘈杂。

我觉得巫小敏"消失"得有些蹊跷，回忆起那个雨中的傍晚，再联想到她把我叫到走廊的尽头问的那个问题，我便产生了一种不好的预感。我打电话给她，但却一直是关机状态。同事们就此事议论纷纷，但都避着我。这让我感到愈加孤独。

"很大的事"是什么事呢？祖父去世？祖母去世？可这都是可以讲清楚的啊，唯一的答案，就是事关巫母了，那是不好讲，也不能讲的，我想。可是她为什么哭？难道巫母也去世了？当这个疑问刚冒出来，就被我立刻否决了。我绝不能做斩断巫小敏希望的"刽子手"，即便是意念范围内的，也不行。

就在这种反复不断的猜测中，王依拎着她的行李箱来找我了。她告诉我，她辞职了，要准备认真复习考研。我问她："考哪儿？"

"就咱们学校。"她说。

"不往外考了？"我想起她上次报考省外院校失败的事。

"不折腾了，以考上为主。"她说。语气略带疲惫。

当天晚上，我们便找房东换了一间顶层的宽敞明亮的大房子，虽然还是可以闻到那股屎臭味，但家具和床都是新买的，这让我们有不少的欢欣。房租贵了一倍，好在我发了工资，王依也有少量的存款，这些钱，足以让我们熬过将来的寒冬。

巫小敏的电话还是关机状态。出版社领导将我叫去谈话，开门见山，没有一点儿回旋的姿态。

"听大家说你和巫小敏在谈恋爱？"

"我有女朋友，关系非常好。"

"社里也找巫小敏谈过话，但她说的和你不一样。"

"我们真的没有在谈恋爱。"

"她也没说和你在谈恋爱。"

"那她怎么说？"

"这个就先不说了。"

"那叫我来的意思是……"

"也没什么，社里规定员工与员工之间是不允许谈恋爱的，我想你应该知道。"

"嗯，我知道。"

"还是要注意影响，注意团结。"

"嗯。"

巫小敏到底对领导说了什么？既然领导也知道我和巫小敏不是情侣关系，那为什么要对我说"注意影响，注意团结"？能在出版社上班，是我求之不得的，万一因为此事我被辞退了呢？因此在巫小敏"消失"的那段时间里，我一直是处于一种不知所措的境遇中的。晚上睡觉时，多是辗转反侧、夜不成寐；要不就是在半睡半醒的状态中，突然被噩梦所惊醒。在噩梦中，我不是被巨蛇吃掉，就是被卡车撞得粉碎，再就是从高空坠落，或者被突如其来闯入城市中的一群犀牛踩个稀巴烂。

我从一堆零碎东西中翻出巫小敏送我的捕梦网，挂到屋顶，悬在床头之上。王依从学校的图书馆复习回来，看到后很惊讶地问我："你怎么知道我连续几晚都在做噩梦？"

"咱俩心有灵犀嘛。"我尴尬地掩饰。

"你说我要是再考不上，怎么办？"王依问我。

我想起来周星驰的电影台词："我养你啊。"

王依感动起来，看了我好几秒，突然双手抱住我的腰，抱了好一会儿，才慢慢地说："我一定会考上的。"

我摸着她的头说："考不上也没关系。"等到她松开双手时，我看见她的眼窝已经红了。

一周以后，巫小敏回来了。她剪了短发，表情冷冷的，见了人也不愿意打招呼，尤其是我，看到了远远地就要躲着走，实在躲不过，就拿出手机装作跟人打电话的样子。再次到走廊里散步时，我慢慢靠近到前台，看见她正在编织一个粉红色的捕梦网，而她的手边，已经有五颜六色的四五个成品了。我问："你编这么多干什么啊？"

　　她头也不抬地说道："卖啊。"

　　我又问："一个多少钱？"

　　她手底下不停地动着，从嘴里抛出话来："两百。"说完了，也还是不看我。

　　就这样，两个人都沉默着，气氛压抑到让人难受。我终于忍不住问她："你最近为什么总躲着我？"

　　"没有啊。"她还是不抬头，继续忙活着手底的事。

　　"听说你家里发生了很大的事情？"

　　"嗯。"

　　"怎么了？"

　　"都已经解决完了。"

　　她始终没有抬头，声音也不带任何的情感成分。我讨了个没趣，遂转身离开了。走了几步，又回过头去，发现她还是低着头，仿佛什么事情都没有发生过一样。

　　当天，有关巫小敏所说的"大事"的消息就传进了办公室来。原来，下雨的那天，有一伙人一直打着伞蹲守在出版社附近，巫小敏下班还没走出一百米远，他们就冲上来强行把她捂着嘴巴架走了。被塞进一辆面包车里后，巫小敏才看清楚，"绑架"她的那伙人是自己的舅舅、舅妈以及舅舅的几个堂兄弟。他们此行的目的明确又单一，那就是"带"巫小敏回去跟她河西农村的表哥结婚。巫父去世、巫母远走兰州后，虽然巫小敏一直在祖父祖母家生活，但她从小到大的学费都是由舅舅家在出。舅舅家的表哥大巫小敏三岁，因为年幼时发高烧导致患有脑膜炎，四处求医看病命是保住了，但却变成了弱智。他们从一开始给巫小敏出学费的时候，就抱有让其给自己儿子当媳妇的目的。巫小敏也知道他们的意图，所以高考后拼命也要往兰州来。她知道，舅舅家之所以敢这么欺负她，就因为她无依无靠，如果早日找到了母亲，一切问题都会迎刃而解。而那个雨天在巫小敏将我叫到走廊之前，她其实已经被社里的领导叫去谈话了，而领导之所以叫她，是因为接到了来自巫小敏舅舅的电话，电话要求社里给巫小敏办理一下辞职手续，他们要"带"她回去结婚。至于她被"带"回去后又如何还能回到兰州来，这其中到底还发生了什么，就不得而知了。

后来想想，其实在将我叫出去之前，巫小敏不论从舅舅那里还是社领导那里，都应该知道了要被"带"回去结婚。难逃命运，她之所以问我那个问题，应该是将我当成犹如她母亲一样的保护伞吧。而我，却不自知地拒绝了她。如果当初我没有说自己有女朋友，或者顺着巫小敏的意思，就承认我们是在谈恋爱，那么，她是不是就会拥有拒绝被他们"带"回去结婚的底气？可是，说破了天去，我们也只不过是她送了我一个捕梦网而我请她吃了一次西餐的交情，跟"恋爱"还差着十万八千里。

可有时又想想，我是不是的确做得有些绝情了。巫小敏在雨中的走廊尽头问我那个问题，我难道真的不知道她究竟是什么意思吗？我有两次都对她湿漉漉的胸部想入非非，这就很能说明一些问题了。那日临别时，她说的那句"好大的雨啊"，后来一遍一遍在我脑海里回响，她哪里说是说雨大，分明是在隐喻自己的处境。

那段时间，我陷入了一种深深的自责当中。我曾告诫自己，绝不能做斩断巫小敏希望的"刽子手"，即便是意念范围内的，也不行，但事实证明，我还是狠狠地打了自己的脸。是她，送了能让美梦伴随我的捕梦网，而我，却一把将她推入了噩梦之渊。

冬天来临的时候，城中村已经冻成了一坨冰疙瘩。一个本来烟火气息很浓郁的地方，竟到处都充斥着死一样的寂静。而且，更让人难以接受的是，那股屎臭味在这冰冻的世界里，居然格外呛人。因为没有暖气,我和王依只要一进门,便迅速跳上床去,连衣服都不敢脱,睡觉时也是,盖两床被子还觉得冷。

周末的时候,附近的一个有暖气的偌大餐吧是我们经常光顾的地方,一人点一杯饮料,能在温暖又软乎的沙发里窝一天。她忙着复习考研,而我,则忙着写毕业论文。导师知道我不在学校,千里之外打电话传音:"工作重要,我不逼你,但下学期开学必须把文章发给我,不然我也没法向学院交代。"

母亲知道城中村没有暖气,也知道王依和我一起住。她在电话里念叨:"要是能有个有暖气的房子就好了。"当然,她只是说说。

王依考研前两周时,母亲又打电话说:"你嫂子生了,她家给送了两床新棉被,房子小,他们只需要一床,剩下的一床给你们吧。"

我本能地拒绝道:"我不要。"

母亲说:"放着也是闲放着,我给你们带过去,顺便看一下王依。你们谈了这么久,我还从没见过她呢。"

我又拒绝:"我们都挺忙的,又是复习考研,又是写毕业论文的。"

母亲再没有说话,也没有挂掉电话,但是我听见了父亲的声音:"他们也需要尊严,你就别瞎掺和了。"

隔了两天,我收到了一个快递。是一个五十厘米左右的正方体纸箱子,父亲寄来的,打开,里面是厚厚的泡沫塑料箱子,再打开,里面是一个黑色的密封塑料袋,撕开,一只硕大的烫洗干净的鸡就出现在了眼前。晚上,父亲打电话给我:"鸡收到了吧?"

我说:"嗯。"

父亲说:"家里的亲戚送的土鸡,熬汤正好。"

我说："嗯。"

父亲又说："喝了暖身子。"

顿了顿又说："今年家里遇上了大事，经济困难，没办法让你们住上有暖气的房子。"

我攥着手机的手不禁发起抖来："没事，我们不冷。"

父亲说："对不起。"

我有些哽咽："爸，别这样。"

父亲说："今年的日子紧巴一些，到明年，怎么着都会好起来。"

又说了几句，就挂了。我抬头看看屋顶不太明亮的灯，又看看塑料袋里还冻着的鸡，突然特别想念王依。我拨通了她的电话问："你在哪儿？"

她说："我就要过地下通道回去啊。"

我说："你站着别动，里面黑，我去接你。"

窗外漆黑，房东在院子里倒炉灰，台阶上的冰层被炙烤得融化，化开的水淌到星星闪烁的炉灰间去，发出长长的"呲——呲——"声。

元旦以后，社里来了一个学设计的美编，叫吴非，家在兰州本地，但父母都是广东人，据说做着很大的生意。小伙子长得白白净净，留着长发，脱去黑色的长款羽绒服，露出了咖啡色的高领薄毛衣，居然还有一个毛衣链。说话也温声细语，甚至连走路都不发出一点声音。女同事们都觉得他简直帅极了，像是韩国电影中的"欧巴"。男同事们则不然，认为他娘不唧唧的，没有一点儿男子汉气概。

我没有参与大家的讨论，因为在巫小敏"消失"再回来后，我变得同她一样，只专注于自己的事。这时候，我的小说处女作被某省级刊物告知即将发表在新年第二期。我在凛冬中看到了一丝希望，觍着脸跟编辑聊了很多感想和困惑，到后来，编辑似乎厌烦了无休止发语音消息的我，像是告诫一般地让我"有时间多读点书"，之后，就再不作任何回复了。收到样刊后，我立刻就收到了稿费，比我一个月的工资还要多一千多块钱。这种兴奋似乎比刚来出版社工作那会儿还要更甚，我再一次提出带王依去"腐败"一番，她没有拒绝。

考研已经结束了，她觉得英语有点悬。如果发挥得好，可能刚够国家线，但发挥得不好的可能性要更大。我心里一直颇不平静，但还是努力装出一副若无其事的模样。她说要再找个工作干着，否则真的没考上，也不至于走投无路。王依的几件羽绒服还是上一年的，看着让人心酸，我拉着她去买新的，她一路都在拒绝，但胳膊怎么能扭得过大腿。她穿着新的羽绒服紧紧攥着我的手，手心里全是汗，我不知道是她的，还是我的。那一天我们一路走回了城中村，快进巷子时，她站在我的面前，双手夹着我的脸认真地说："我一定要嫁给你。"这让我感动不已。

而那时，吴非也干了一件让所有人都为之感动的大事。春节临近，巫小敏的舅舅家又来了人，这一次，他们并没有蹲守在巫小敏下班必经之路的附近，而是直接闯进了社里来。七八个人，有中年，有青年，男女混合，上来就撕扯巫小敏的头发和衣服，叽里咕噜的河西方言像炸弹，把出版社所有的人都从房子里炸到了楼道。我们围过去时，巫小敏已经让一个剽悍的女人扯到了地上，她双手被反捆着，脖子也让对方用膝盖顶得死死的，动弹不得。唯一能用的似乎只有嘴，也是方言，也像炸弹，在对骂。巫小敏只要骂一句，那个女人就用膝盖撞一下巫小敏的脖子，而紧接着，我们便听到巫小敏的头在地板上发出"咚——"的一声，像被钝器击打，沉闷，有力。两个保安追了上来，但被一同来的四个年轻人制服了。社里领导走了过来，一个穿夹克的年龄稍大点的男人用蹩脚的普通话说："这是我们的家事，希望你们不要插手。"

领导说："你们先把人放开。"

穿夹克的男人说："放开就带不走了。"

领导说："她是我们的员工！"

穿夹克的男人说："她是我家的儿媳妇！"

领导说："再不放开我们就要报警了！"

穿夹克的男人说："也行，但谁报警谁就给我们补偿这么多年给她出的学费！"

领导问："多少？"

穿夹克的男人说："十万。"

巫小敏在地上怒吼："我日你妈，明明只有三万！"

但她刚说完，随即就被她身上的那个彪悍女人狠狠地扇了一个嘴巴。彪悍女人说："我才日你妈！利息不算了？这么多年给你吃吃喝喝、穿穿戴戴不算了？"

接着，巫小敏和彪悍女人便又吵了起来。几个领导头碰头聚在一起商量对策，穿夹克的男人得闲儿还不忘跟我们"诉衷情"："你们说有她这样的吗？养这么多年不懂知恩图报，结了婚还勾三搭四！"

大家只站着，不反驳，没有领导的吩咐谁也不敢报警，有人拿出手机来录像，但立刻被部门领导制止了。这时候，一个尖细的声音从乱糟糟的人群里冒了出来："是不是你们只要拿了十万块钱就会放开人？"我们循着声音看去，说话的是吴非。他被前面的人挡着，只露出头来，表情温和，并不像路见不平拔刀相助的好汉那样满脸怒气。

穿夹克的男人问："你谁啊？"

他这么一问，大家都主动给吴非腾出地方来。吴非还是穿着高领的薄毛衣，但换了乳白色，脖子里挂的毛衣链是一只金灿灿的小拳头。吴非说："她男朋友啊。"此话一出，大家都蒙了。面面相觑，但又不敢抛出心底的疑问——他俩？什么时候的事啊？假的吧？

穿夹克的男人冷笑起来："我说她不守家，原来骚情着勾三搭四的就是你啊？"说着，走过去，仿佛要一把揪住吴非。有人拉了一下吴非，但没拉得动。那人见了，反而怯了。

吴非不躲，还是那句话："是不是你们只要拿了十万块钱就会放开人？"

巫小敏从彪悍女人的身下挣扎着，冲吴非喊："不关你的事！"

领导也劝吴非："别惹事。"

吴非谁也不理，第三次重复那句话："是不是你们只要拿了十万块钱就会放开人？"

穿夹克的男人和彪悍女人互相看了一眼，几乎是异口同声地说道："是！"

吴非把手伸进兜里，取出钱包，抽出一张卡，亮在穿夹克的男人面前说："走吧，下楼去取。"

穿夹克的男人看了彪悍女人一眼，什么话也没有说，但她立刻就放开了巫小敏，接着，那四个年轻人也放开了保安。巫小敏站起来时，腿有点瘸，左边的衬衣袖子在肩膀处开了线，露出一小块白皙的肉，脖子里红红的，右脸眼角处擦破了皮，已经肿了。

接着，那些来的人全部走到了电梯口，分两拨，前后夹着巫小敏、吴非以及社里的两个领导。大家也想跟着，但被各自部门的领导制止了。就在大家议论纷纷回到各自的岗位上还在交头接耳时，突然间，外面响起了悠扬的警笛声，由远及近，吸引着大家不得不冲到窗户跟前去看。

后来的事情不言而喻，那伙人因为涉嫌绑架巫小敏，全部被警察带走了。这听上去似乎是个大快人心的结局，但它真正带给巫小敏的却是更深的伤害。就在那伙人被警察带走后几天，楼下的信息公示栏就贴满了关于《毒妇巫小敏的罪状》的大字报。大字报共列出了"毒妇巫小敏"包括克父克母、花言巧语、人面蛇心、爱慕虚荣、不守妇道在内的五大罪状。这五大罪状，不但有详细的背景故事做依托，而且连时间和人名都呈现出一种让人不得不信的真实感。社里的领导就此事专门召开了一个会，说得很隐晦，但大家都明白他们话里的意思是什么。第二天，巫小敏就递交了辞职报告。她走后没几天，吴非也不干了。这件事在很长一段时间都是大家茶余饭后不可避免的谈资，有的人说，巫小敏真是好可怜啊；有的人说，出版社真让人寒心啊；有的人说，吴非就是吃饱了没事干撑的；但更多的人则说，生在巫小敏家那样的蛮荒之地就算毕其一生都是逃脱不了的噩梦。

　　他们说这些话的时候，我同样没有参与讨论。一来是我觉得这样的讨论毫无意义可言，事情都尘埃落定了，大家才开始愤世嫉俗地想跃跃欲试，迟了；二来是因为那个报警的人是我，面对那样的情况，我的确拿不出十万块钱来，而唯一能为巫小敏做的，只有报警。当然，这好像并不是十全十美的解决方案，事后，巫小敏迫于压力辞职不说，而且还连累了吴非。为此，我感到了生而为人的无奈和渺小。

　　除夕那天，母亲打电话让我邀请王依去哥哥家吃年夜饭，他们也不回家，就待在兰州。我把这意思转达给了王依，她说还没有做好准备。我问她："你不是都说了一定要嫁给我吗？"

　　王依说："这是两码事。"

　　我说："我觉得就是一码事。"

　　王依说："你不懂。"

　　我有些生气："我不懂谁懂？"王依不回答我，收拾好行李，独自一个人走了，我赌气地没有送她。睡到中午的时候，房东敲窗户问我退不退房，我隔着窗帘大声说不退。之后，就没任何动静了。睡到下午，我从被窝里爬起来穿好衣服找吃的，去院子里打水时才发现，楼上楼下的屋子都已经空了。

城中村的饭馆也全部关门了，我走了很远的路，才在一家很大的超市买了两大包的食物，有方便面、榨菜、罐头、面包、饼干、干果、白酒、饮料等。刚出来，王依发了微信消息给我："我到家了。"

我回复："阖家团圆，来年再见。"她没有回复。回到房子里，她还是没有回复。随便吃了点东西，趴在被窝里玩手机，不知不觉，我又睡过去了。也不知道睡了多久，后来只觉得身上特别冷，就醒了。翻身一看，一床被子已经掉到了地上。

母亲打电话来问什么时候到。我极不情愿地说："快了快了。"出门去坐车，天已经黑了。车里没有人，也不像平时那样堵车，一路摇摇晃晃过了黄河，到站时，车里也再没有上来过人。

上到哥哥家的楼层，一敲门，母亲就来开了。看见是我一个人，又探出身子往我后面看，见什么也没有，就问："你一个人来的？"

我说："嗯。"

哥哥和嫂子在逗婴儿玩，我不知道是男是女。他们见了我，都抬起头来看了一眼，哥哥说："来了啊。"嫂子说："快坐啊。"之后，就再没话了。

母亲关了门又问："王依没跟你一起来？"

她的语气让我感到厌烦，我知道不能冒犯她，就低声说："回家了。"

父亲对母亲说："我早就说嘛，你看。见父母得男方这边主动。"

大家都不再说话，哥哥去厨房端菜。已经到了二十点整，窗外有烟花绽放，电视机中出现了熟悉面孔的主持人。我无聊地摸出手机打开微信，看见的第一条朋友圈就是巫小敏在晒年夜饭，她穿着红色的高领薄毛衣，手里端着一盘饺子，一脸欢欣，而身边搂着她的吴非，也穿着红色的高领薄毛衣，同样是一脸欢欣。看起来，他们就像是一对喜气洋洋的姐妹。

王依顺利上了研。其实，之前她特别担心的英语不但过了那一年的国家线，而且还超出了十二分，最终以第三名的优异成绩被公费录取。我这边也比较顺利，年后把论文初稿发给导师，隔了几天，他就发邮件给我。意思简单明确，文章还行，能通过，把错别字和标点符号改改。我并没有过分地开心，这是早就预料中的结果，导师是研究古典戏剧的，而我的论文则是国内某电影导演作品研究，就在开题前，他还将那个导演的名字和另一个导演的名字混淆。

试用期满转正后，我的工资涨了一点。社长把我叫到他的办公室单独谈话，说心思要多花在工作上，一年要是接下几个大项目，前景会很可观，然后又拿同事举例，说谁谁谁三年就挣够了一百五十平大房子的首付，谁谁谁又换了一辆七座的超霸气越野车。我不说话，他说什么我都点头，到后来，也不知道出于什么用意，他突然站起来说："当然了，创作也是一条路，就是雾霭重重。"

我在心底猜测着他的意思，试探性地说："但文学就是照亮我前路的那盏灯。"

社长先是一怔，随后便拍拍我的肩膀说："小伙子好自为之啊。"我瞬间就明白了他的意思，识趣地闭嘴了。

那正是五月份，院里通知毕业生论文答辩，我向社长请假，他说："也好，回去与学生时代彻底做个了断，尽快认清并适应自己的身份，以便有效地投入到工作中来。"

　　我把这事告诉王依，她一边表示想与我同去，一边又感叹工作离不开身。她刚刚入职一个少儿辅导学校。这正是我想要的结果，此次回去，跟棠宁碰面是必然。

　　绿皮火车一路晃荡，到了学校已经是第二天。同寝室的其他三个人都在，不咸不淡的聊天中我知道其中的一个已被推荐到北京读博士，剩下的两个都在备考公务员。晚上我们四个人一起出去吃烧烤，开阔的路边摊上，大家举杯共饮。谈学业、谈前途、谈青春，开始还思路清晰，到后来，就都满嘴胡说了。可能是酒精的作用，天并不是很热，但大家都脱了上衣光膀子喝。在烟雾缭绕中，我看见有人朝我走来，走近了一看，才发现是棠宁。她也在吃烧烤，举着一杯酒，挨着我坐下来问："回来了？"分开快一年，没有一丝的隔阂。

　　我没想好说什么，回答："嗯。"在聊天中，她悄悄吐露自己打算毕业和男朋友一样去做北漂。

　　我一直没有说话，到散场时才问她："能扛得住压力吗？"

　　她举起一杯酒说："别处的世界太小，配不上我的野心。"说完了，一饮而尽，用手背抹去嘴角的泡沫。我想起了《渡易水歌》。

　　当晚，我们又去了学校外面开房，似乎是心照不宣和水到渠成的事。躺在床上等她洗澡时，我打开微信刷朋友圈消磨时间。巫小敏又在晒幸福，她和吴非戴着同款银戒共吃一块寿司，舌头交缠在一起，定位是日本大阪。又刷了几下，跳出了一段视频，巫小敏穿着比基尼在海边叽里咕噜学说一段日语，声音软糯，被包裹的胸像要晃出来。浴室是透明的，从水雾朦胧的玻璃中，我看见了棠宁水雾朦胧的肉体。听着巫小敏的声音，我突然有一种破门而入把棠宁顶在墙上的强烈欲望。视频里的日语絮絮叨叨说个不停，我的下面也愈发威武起来。扔下手机，我冲进浴室从后面粗暴地进入了棠宁，她转过身咬住我的舌头，在水流不止的濡湿中暧昧地说："你要是带我走，我就不去北京了。"我不说话，拼命地撞击着她，像是要撞翻整个地球。

快凌晨时，王依突然打电话过来，把棠宁吵醒了，她在迷迷糊糊中翻身说："谁啊？"

我知道她只是无意识地发问，并不需要回答，就跳下床去了卫生间。王依问："把你吵醒了吧？"

我确定已经把门锁上了，故作轻松道："还没睡呢。"

王依问："都还顺利吧？"

我说："过两天答辩，应该没问题。"

王依说："那就好。注意安全，顺利归来。"

我笑："这有什么安全不安全的，又不是上战场。"

王依撒娇："人家想你嘛。"

我说："才分开一天。"

王依说："一日不见如隔三秋呀。"

哄她挂了电话，我回到床上，刚钻进被窝，棠宁就翻身搂住我的脖子道："女朋友吗？"

我想了一下，说："嗯。"

她没说话，我也没说话，我们一觉睡到了天明。

第二天一早，导师打电话找我，没说是什么事，只说去他家一趟。刚上研究生时，学校工会发教师节福利，一袋大米一桶油，东西分到院里，是我给他送过去的。学校提供的公寓，三室一厅，只有他一个人住。他妻子也是大学老师，但在天津，孩子也跟着他妻子，他每隔半个月回去一次。长时间的两头奔波让他感到巨大的疲惫，据说，他一直在想办法往天津那边调，但无奈一直评不上教授。不够格，那边的学校不接收他。那一次，他问我读不读博士，我说我父母的意思是先让我结婚。东西放下，他也没让我坐，说了几句话，我就直接走了。我觉得他可能对我很失望，以后每次见了，都冷淡，我一狠心，纯粹选择了他不熟悉的电影方向。敲开了门，导师也不客气，直接指着茶几上的一堆散开的纸说："你论文出了些问题。"

我问："怎么了？"

他说："院里不让过，说质量不高。"

我又问："那怎么办？这都快答辩了。"

他面无表情地说："那就办理延期吧。"

我说："您能不能给院里说说，通融通融。"

"倒也不是不能说……"说到这里，他就停住了。

我不明白他的意思，继续等。隔了好一会儿，见我实在不开窍，他又说："意思你都懂吧？"

我还是不明白，问他："什么？"

他皮笑肉不笑地说："通融也是需要'人事'的嘛，你都工作了，这点道理应该懂。"

我恍然大悟，想着卡里那点存款，小心翼翼地问："您说多少合适？"

他突然板起脸来，像是受到了侮辱："你看你，这又不是给我，多少这也不是我说了算，你要是延期了，对我的声誉也是损失，院里那么多老师……"

我在心底罗列着院里老师的数量，想着那点存款够不够他们每人拿一份，但算来算去，总觉得悬。我明白，导师在这节骨眼的"卡要拿"正是对头两年"宽大"于我的"代价"，如不满足，必然延期。这种事，我早就听师兄师姐们隐晦地提过。钱虽重要，但利害我还是能掂量清楚。我嘴里积极地应承着，脸上堆着笑，一面出门，一面告诉导师"人事"即刻送到。

卡里的存款当然不足以让我"安全"毕业，想着王依要我

"注意安全"，对应到这事上，我真觉得她有"先见之明"。寻找父母的"支持"已是不可能，王依才找了工作，工资都没发呢，至于棠宁，她不问我要钱就已经不错了。思来想去，只有向巫小敏开口了。自从和吴非在一起，看朋友圈，她似乎天天都在过香车宝马、锦衣玉食的"上层"生活。想起雨中她叫我到走廊的那个午后，我真是没脸问她借钱，但不问她借，我又向谁借呢？我发微信消息给她，表明了自己的意思，她没有回我。等了一会儿，我又壮着胆子给她打电话，还没出声，她就说："你先别急，我正在从卡里往微信充值，一万够不够？不够我这还有。"作为曾经拒绝过她请求的七尺男儿，我瞬间就泪如泉涌，那一刻，我不知道再说什么话，唯有郑重地道谢。

她在电话里笑："谢什么啊，咱们是什么交情。"咱们有什么交情呢？不过是她送了我一个捕梦网，我请她吃了一顿西餐而已。

我问："你挺好吧？"

她说："挺好啊。"

我又问："和吴非在一起了？"

她又笑："你应该早在朋友圈就看见了吧。"

我不知道再说什么，尬聊了几句又道："吴非是个不错的人。"

她说："我们快订婚了。"

我虽然有些惊愕，但还是祝福："恭喜恭喜。"挂了电话，我居然有些失落。盛大茂密的悬铃木在头顶摇摆，风掀起了树上的鸟雀，有阳光从叶间照射下来，晃得我竟然有种活在梦里的感觉。

两天以后，正式答辩，我拿着一字未改的论文"安全着陆"，在最后的离别晚宴上，当我私下给答辩委员会的主席敬酒时，他醉眼迷离地举着硕大的酒杯对我说："论文我仔细看了，对电影的文学性分析很透彻，但对电影的技术性解剖还不是很精准，再完善一下的话，推荐优秀论文也不是不可能。"我谦虚地和主席碰杯，饮酒的瞬间我睨眼看导师，他在隔壁桌上接受大家的敬酒，言笑晏晏，好像一位慈祥的家长。

返回兰州的路上，棠宁打电话来，问我是不是已经走了。我觉得不辞而别对她有一些残忍，就岔开话题说："祝你能圆梦帝都。"

她突然笑起来："我要是混不下去就去兰州破坏你家庭咯。"一瞬间，我们都沉默了。白天被黑夜疾速吞噬，火车钻进山洞，信号断了。等到重见天日时，电话已经被挂断了。

一路晃荡回兰州，刚出车站，我就看见王依朝着我迎了上来。我还没说话，她就搂着我的脖子把自己吊起来嚷嚷："可想死我了！"

她原先不是这样的，我问："你怎么像个小孩啊？"

她说："天天和小孩在一起，可不就是被传染了么。"

回来几天，我都表现出宠辱不惊的样子，并没有向王依提及导师向我索要"人事"的事，否则，她极有可能放弃读研。她一直以为高校是天堂，是最能保全知识分子尊严的地方。

又过了几天，巫小敏主动联系我。我以为她是找我还钱，心中不禁一阵紧张，结果绕了半天，她说订婚以后吴非要她搬进他家与他父母同住，征求我的意见。我又想起了雨中她找我到走廊的那个午后，这一次，我必须要为她着想："你家里已没人为你遮风挡雨了，万一出事，你就没有任何退路。还是不要把自己轻易交出去的好。"

"可吴非就是我的靠山啊。"巫小敏语气坚定。

我捏着电话在充满霉味的屋里轻轻地叹气，头顶的捕梦网一摇一晃，我想，活在梦里的何止是我一个人啊。

后来，经历了毕业、看房、贷款、买房、入住，等到我再见巫小敏时，已经是两年多以后的事了。那时，一个投稿的作者来访时郑重地送了我几张门票当见面礼，可能是怕我忘记去看，临走时，他还特意强调："超刺激。"我仔细看门票信息，是某文化公司举办的选美大赛。周末没事，我去了现场，坐在嘉宾席，当一个个穿着比基尼的姑娘迈着猫步从 T 台高冷地掠过时，我一下子就认出了其中一个是巫小敏，她将蓝色的头发高高地绾起来，眼部擦着金粉，嘴唇涂成黑色，大腿一甩一甩，动作酷极了。当她转过来往回走时，我有意识地朝她曾让我魂牵梦萦的胸部瞅过去，可那里居然出奇地平坦，简直像男孩子，这让我吃惊不已。我强烈地不能接受这样的"落差"，难道这就是我所一直念念不忘的"真相"？可我明明是见过她穿比基尼照片的啊，像是美梦破碎，我感到了可笑和愚弄。我沮丧极了，情绪失落到中途退场。我收拾好东西，起身往外走，刚走到出口，有人追了上来拍我的肩膀，回头看，是巫小敏。

"我早就注意到你了。"她还是一如既往地露出虎牙笑，但已卸去妆容，换了衣服，胸部依旧丰满。一瞬间，我又恍惚了，这犹如魔术般的"往事再现"着实令人目瞪口呆。

我忍不住问："你这么快就下来了？"

"什么？"她似乎并不明白。

我指着 T 台说："你刚才不是才走过吗？"

"哈哈哈哈，"她笑着拍了我胳膊一下道，"你也觉得我妹妹像极了我？"

"你妹妹？巫小惠？"我从遥远的时空里打捞着那个与她同样身世悲惨的姑娘的名字。

"嗯嗯，就是她。"

"你们这是？"

"我的文化公司举办选美大赛，报名的人不是很多，我硬拉着我妹妹来给充数。"

"你都开公司了？"

"吴非开的，挂我的名。"

"你们结婚了吗？"

"结婚肯定得邀请你啊，还没呢。"

"准备什么时候结？"

"暂时还没计划。"

"你不都搬进他家了吗？快三年了吧？"

"还没结呢。你和你女朋友结了吗？"

"还没，她还没毕业。"

"硕士在校可以结婚的。"

"我房子还没装修呢。"

"那赶紧装啊。"

"没钱。"

"缺多少？我借你。"

"借你的才还完。"

"那没事。你买哪儿了？我参观一下？"

"家里脏乱，到处都是水泥灰，尘土飞扬的。"

"你忘了我是从农村出来的吧，水泥灰算什么啊。"

就是在这一次，巫小敏来到了我的单身公寓里。我们坐着马扎，喝着我煮的陈皮茶，在肉眼可见的水泥灰中畅谈了一个下午。在谈话中我知道，"绑架"过她的舅舅和舅妈还涉嫌诈骗以及强奸，仍在监狱里服刑；而她年迈的祖父、祖母在舅舅、舅妈族人的辱骂和恐吓中已相继去世；至于母亲，人是找到了，的确在年轻时做过舞女，但多年前已嫁给了一个离异带孩的菜贩子，加上他们婚后又生的一个女儿和一个儿子，三个孩子就像三座沉重的大山，早就压垮了这个年轻时满腔热血出门寻找杀夫凶手的妇人的腰杆。当巫小敏和巫小惠找到蔬菜铺与其相认时，除了哭，她什么都做不到。

"她也怪可怜的，"巫小敏说，"早些年在菜市场与人打架，被戳瞎了右眼，伤了泪腺，左眼流泪时，右眼周围的毛细血管只会充血，红肿一片，看上去恐怖极了。"

"那你今后怎么办？"我问。

"嫁给吴非，相夫教子，岁月静好。"

"就这么放弃你的理想了？"我记起来她说过要当秦腔演员的往事。

"吴非是南方人，秦腔一声吼，会把他吓跑的。我正在学习昆曲和粤剧。"

"除了吴非，你的世界里就没有其他东西了？"

"他就是我全部的世界啊。"

"其实你可以找一份喜欢的工作，人还是适合群居……"

"我懂你的意思，可我毕竟只是个大专生，不像你女朋友有硕士学历。"

"你读了不少书呢。"

"可我觉得跟吴非在一起，我还是像个白痴。读书人的这套相处模式，在吴非的世界里完全用不上，他们办什么事都是凭钱、凭关系。"

读书人是一套什么相处模式呢？这不禁让我想起了王依和她的导师。

王依的导师李天宝面临退休，直言王依是其关门弟子，是一辈子的学术生涯中最后的"杰作"，对她在各方面的要求分外严格，或称"严苛"也属实。研三上学期末，她同寝室的人都找好了工作，只有她，还被论文紧紧"控制"着。李天宝教授每天总能在她的论文中挑出毛病来，用词不当，引文格式错误，标点符号不正确，反正只要发现"情况"，立刻打电话让王依去面谈。她也不知道导师为什么不一次把错误全部指出来，在将十五万字的论文改得面目全非后，她直抒胸臆地向导师表达了将论文暂且放一放着手去找工作的想法，李天宝教授拍桌子大喝道："欺师灭祖，成何体统！"吓得王依往后再也不敢提找工作的事了。

我私下去找过出版社的领导，问王依毕业了可不可以来上班，领导反问我："你忘了社里的规定了？"领导意有所指，我立刻想起社里曾经流传的我与巫小敏恋爱的那个谣言。

就在王依反反复复的论文修改和我挖空心思的创作中，时间又晃到了春节。因为感觉一年来并无什么收获，我们的春节过得味同嚼蜡。在王依的要求下，春节期间我去见了她的父母，他们对我很热情，但也只是说让我和王依"先处着"，别的再什么也没说。我怀疑事情要凉了，王依捶了我一拳说："你还真是个直男。"我不懂她什么心思，但听语气，她对我死心塌地。

房子装修是从春节后开始的，因为没拿到巫小敏许诺的朋友房子的钥匙，我不得不回到屎臭味熏天的城中村暂居。

得知巫小敏和吴非分手的消息时，我的第一反应不是震惊，更不是去问她为什么，世事无常，更何况在我们最后一次见面时，她这种分手的先兆就充分表现在了我们的对话中。家境、身份、学养、见识的不对等，完全可以让睡在同一张床上的两个人咫尺天涯。

我发消息给巫小敏："以后有什么打算吗？"

她很快回过来一句："你怎么都不问问我们为什么分手。"

我想了想，在聊天框里写道："旧事已过，一切都是新的了。"

她又发消息过来："我很喜欢你这句话。"

我回她："共勉吧。"

她回我："好。"

接着，我们互道了晚安。可是等到第二天早上醒来后，我发现巫小敏在我睡着的午夜之时竟又发来了一大段消息，消息有被多次撤回的痕迹。我不知道那些被撤回的是什么，保留下来的，则清晰讲述了她与吴非分手的内幕。

自巫小敏与吴非订婚后，吴家的生意就开始赔钱。先是查封了一家原料厂，后是饭店经营惨淡关门，接着股票也赔了不少，为了还债，无奈卖了几套房。雪上加霜的是，就在那次选美大赛结束后不久，吴非的父亲出了车祸，保住了命，但却被截掉了左腿膝盖以下的部分。吴非的母亲请风水大师来算命，风水大师说家里进了不该进的很"硬"的东西，不仅克财，也克人。吴母首先想到的就是巫小敏，事实摆在面前，她早就克得自己家破人亡，况且，吴家的一切噩运，都是她搬进来才出现的。计较到最后，吴母甚至觉得连她的"巫"姓都是一个天生的"扫把星"所具有的标配。吴家的意思只有一个，让她赶紧搬走，马不停蹄地带着噩运离开。

"这并不是吴非的意思，事情发生后，我希望听到他的声音。但除了沉默，他还是沉默，或者大醉，或者夜不归宿。他是独子，我理解，只有离开，不逼他，当初要没有他的舍身相救，我就永远不会有进入过另一个世界大门的机会。抛弃我的人不是他，是他的母亲。当我抱着这样幼稚的想法时，上帝不仅发出了嘲笑的声音，而且还给我致命一击。从吴家搬出来过了春节后，我就在吴非的朋友圈里看到了他搂着新女友的照片。那照片简直就像是一记耳光，是吴非亲自将那一巴掌响亮地甩在了我脸上，同时，它也好像在羞辱我一般地向世人宣布着我的失败。前一次是离开，是我自以为是的良善的义举，而后一次，只能称得上是逃跑，如丧家之犬那样地狼狈。纵我命再硬，也硬不过人心。"

此后很长一段时间，我再也没见过巫小敏发朋友圈，她将允许朋友查看朋友圈的范围设置成了最近三天，点击进去，只有一片空白。

　　房子装修完毕，父亲回家去了，母亲则留在兰州带孙子。周末嫂子不上班的午后，母亲会有一点闲时，她有好几次都坐公交车过来让我约王依回家吃她做的家乡菜。可越到毕业，李天宝教授约见王依的次数越频繁，毕业前一周左右，王依告诉我她已经被推荐到上海某高校读博。

　　我问："我怎么办？"

　　王依说："辞了工作跟我去上海吧，兰州太小了。"

　　我说："房子把我拴住了。"

　　王依说："让叔叔和阿姨住吧，他们生活了一辈子，不能到老了为了带孙子分居两地。"

　　我不说话。我知道兰州太小，但并不想离开，否则，硕士毕业我不会再回来。我把这意思告诉王依，她说："趁年轻，我还是想闯一番。"这一刻，我仿佛觉得棠宁又站在了我面前。

　　我咬咬牙交出底牌："我不想再折腾了。"

　　王依慢慢说："你再考虑考虑吧，反正我不会和你分手。"

　　我想问她"反正我不会和你分手"是否等同于让我提分手。但话到嘴边，每次都犹豫。

　　周末，母亲又来做饭，看不到王依，便觉得我们感情出了问题，让我赶紧从城中村搬出来。她说："听我的，两个人住在一起久了，会谁也离不开谁。"

　　我说："新房子甲醛超标，住进来会得白血病的。"

　　母亲瞪眼睛："哪有那么玄！你哥的房子装修完第一天他就住进去了，现在不也好好的！"

　　我不想把王依要去上海读博的事告诉她，觉得这世界烦透了。母亲去洗碗，我在一身疲惫中躺到了只有光床板的新床上。屋顶雪白，空气有浓重的漆味和散淡的饭味。我不想再回城中村，更不想再闻那股屎臭味。

天色渐渐暗下来，世界像是灭了。眼前是幽深的黑洞，耳边的大风让我觉得身处世界之巅。在漫无天日的黑色中，我举着一盏灯在偌大的房间里行走，房间没有门，也没有窗，那些看上去冰冷坚硬的墙壁似乎在缓慢地蠕动，我继续向着前方走去，双腿像机械一样拉动，墙壁在变化，仿佛有什么东西要涌动出来，整个墙壁变得像泥巴一样柔软。这时，我忽然听见头顶声音嘈杂，似乎有一个女声在呼唤我的名字。声音尾巴拖得很长，音调也错了，尖而细，明显是唱戏的腔调。我抬起头，看见屋顶竟然挂着一个人，她穿着长长的戏服，被五花大绑着倒吊起来，头发一根一根垂着，像要插进地缝的钢丝。起初，我并不能看清这个人的面目，直到从屋顶突然伸出一根长着触手一样的绳子将这个人的脖子打捆拉起来，我才发现那是巫小敏。她的四肢完全不能动，眼珠子凸起来，喉咙里发出粗重的嘶哑之声，高低起伏，像拉锯，我仔细听，才明白她是在喊"救我"。我既恐惧又着急，想伸手去拉她，却反而被从屋顶上伸下来的另一根绳子捆死了。那绳子拉着我，瞬间就将我提了起来。我在失去平衡的慌乱中张牙舞爪，希望抓住点什么东西，但还没挣扎几下，就有更多的触手一圈一圈缠绕了我，直至将我包裹起来。这是令人极度恐惧的束缚，散发着阴森而绵长的气息，像是生命将要终结，我努力摇晃着身子想要靠近巫小敏，但在她那惊悸的瞳孔里，我看到越来越多的触手朝我扑来。而它们的母体，则是一张硕大无朋的网状不明生物。

我听见有人在喊我的乳名，扭头看向别处，却没有发现一个人。是个女声，我确定它不是巫小敏发出的，觉得像是棠宁，又像是王依。乳名声声不断，每喊一声，那些捆在我身上的触手就脱落一些,像是四散逃命。当触手消失殆尽,我被救赎,跌落到了地面上,房间和巫小敏都不见了。我站起来,朝着周围望去,四野空旷,天空低垂而孤寂,脚下是陌生的道路,而在路的尽头,我看见有一个人正迎面向我走来。

蛞 蝓

　　庄茆一和温不遇搬进家属院的时候，住在楼下的姚子路带着李窈窕来帮忙。说是帮忙，其实并没什么可帮的，他们的行李和书籍早装在纸箱子里，让搬家公司的员工抬上来了，就堆放在客厅的窗户下面。所有屋子里都空荡荡的，除了门窗，就是白墙，连张床都没有。他们似乎并不着急，两个人都盘腿席地而坐在一张报纸上喝茶。姚子路走到窗前，从那堆纸箱子上抽出一张报纸，也坐下来和他们喝茶。李窈窕很早就喝不惯他们的茶——茶叶和水一起放在茶具中煮沸，直到熬制出黏稠拔丝的茶水，那么苦，怎么能喝得下去呢？她绕过那堆纸箱子，站在窗台跟前盯着窗角的一盆刺玫看。它好像已经生长了很多年，主干几乎和她的手腕一样粗细，歪歪斜斜的，只在头顶挂着一片薄宽的叶子和一朵粉红色的小花，另外的两个枝干，干扎扎的，什么也没有。

　　"老杨孤独，"李窈窕指着花盆对他们幽幽地说，"养的植物也孤独，一株硕大的植物，只长一片叶子，开一朵花。"

庄茆一呵呵一笑，将已经递到嘴边的酒杯又拿开说："你怎么就敢确定老杨是真的孤独呢？"

李窈窕一时语塞。庄茆一笑，又将酒杯递到嘴边，"滋溜滋溜"喝起了茶。他深谙喝这种茶的门道，茶叶要老，水要硬，煮的时间要长，杯子要小，趁着滚烫一点一点往嘴巴里吸，像喝酒那样，嘬。这是自幼从父辈那里继承来的，喝这种茶，不仅精神，而且扛饿。但也会上瘾，像抽烟那样，半天不喝，便浑身无力。温不遇和姚子路认识他后，经常去串门，往往一待就是几个昼夜，喝上瘾是迟早的事。李窈窕揶揄过他俩："一天到晚往一块凑，你们倒是学学人家的艺术天分啊，就学个喝茶，还喝上瘾了。"

"魏晋的名士不都这样吗？炼丹的炼丹，嗑药的嗑药，艺术？那不过是自然而然的事，强求不得。"温不遇说。

姚子路跟着附和："就是就是。"

"人稽康还全身裸体以天地做房，以房为裤子呢？你们怎么不学？"李窈窕狠戳他们的痛处——放荡的胆子有，但缺资本。作为混迹在这座城市里的青年艺术家，他们何时才能拥有一套可以安放这不羁的灵魂的房子呢？

原先，他们都居住在这座城市的城中村。庄茆一在王家庄，温不遇在状元道，姚子路在富贵村。有一阵子，三个人几乎天天约在一起玩，吃饭、喝酒、吹牛，乐此不疲。如果有谁不想回，就住下。床大的，挤一挤，床小的，就把凳子拼接起来躺上去，实在不行，就睡地下。醒来了，继续折腾，只要一日不打扫，空间就被空酒瓶子、快餐盒、方便面桶所霸占，本来各自居住的环境就差，这样一来，屋子里就不能住人了。光是那股不断发酵的馊味儿，就让他们对眼前的世界产生了绝望。渐渐地，三个人也就不频繁地来往了，也是，他们都干着挣不了大钱的工作，怎么可以承担得起大笔的交通费呢？三者之间的距离，均超过了二十公里，他们又懒，互相走访从不挤公交，打车吧，来去一趟就等于是喝掉了几箱啤酒。便建了个微信群，按照各自所居住地方的名字，庄茆一自称庄主，温不遇自称道长，姚子路自称村长。庄主、道长、村长时时在群里插科打诨，虽然见面少了，但感情却不淡，每日吃饭、做事、读书，什么内容都往里面发。

有一天，姚子路在群里宣布自己交了女朋友。他是他们三个当中第一个有女朋友的人，自然得好好庆祝一番。庄茆一和温不遇可能是出于嫉妒，便想宰姚子路一把，于是选了他们去过的一家很贵的餐厅。没理由不宰姚子路啊，论颜值，他在三个人之中最丑；论身高，他在三个人之中最矮；论学历，庄茆一和温不遇都是本科，只有他是大专；论金钱吧，那更不行，庄茆一是职业画家，属于一月不开张，开张吃仨月的那种。而温不遇，虽然是一个垂死挣扎的杂志社的小编辑（编辑部只有主编和他），但却经常写点东西，时时挣稿费。姚子路呢，在一家半死不活的文化国企搞宣传，工资少得可怜，甚至还遇到过欠薪的事。就是这样一个人，居然也会有女朋友，而且是他们当中第一个有的，简直是天理难容，庄茆一和温不遇一起愤愤不平，叫嚣着定让姚子路付出"血的代价"。他们说，只有这样，才会抚平这件事带给他们心灵上的创伤。

他们已经做好了这样的准备，就在群里打算大肆嚷嚷的时候，姚子路又宣布，他女朋友说要请他俩去家里吃饭。一开始，俩人还以为"家里"是指他女朋友家，都眼红又害羞起来，一边调侃姚子路办事效率高，都发展到了带着朋友"见家长"的地步，一边又担心这么快就去她"家里"，是不是不太合适。姚子路看到了，撇嘴一笑，先在群里发了个白眼表情，又解释道："想得美，我都还没去过她家呢！她的意思是上我这儿来，她做饭，请你们吃，尝尝她手艺。"

　　这就更得让他俩嫉妒了。就那么个破地方，冬天不暖，夏天漏雨，要不是为了在这座城市生存，谁愿意住啊。就连姚子路本人都称呼它为"我这儿"，而到了他女朋友口中，居然被称作"家里"。"啧啧，有了女朋友就是不一样啊，都是有家的人了。"庄茆一酸酸地感叹。

　　"啧啧，有了女朋友就是不一样啊，都是有家的人了。"温不遇复制了庄茆一发在群里的话。

　　饭是在过道里做的。从屋里引出线来，插上电锅，放在凳子上，炒菜、蒸米，全是姚子路的女朋友干。房东禁止所有房客在屋子里做饭，怕油烟把墙给熏黄了，否则隔一年就得粉刷一回，白浪费不少钱。挣钱过日子嘛，就是得在鸡毛蒜皮上斤斤计较。当然，很重要的一个原因是，屋子极小，也根本没地方做饭。光是一张床，就占去了整个屋子面积的二分之一，再加上一张桌子、两把凳子和一个衣帽架，哪里还有多余的地方呢？干锅鸡爪、红烧鲤鱼、葱爆肥牛、麻辣羊排，四个菜出锅，整个院子就烟雾缭绕，如同火灾现场。同一层的房客挨个儿出门探头看，看一眼，打一个喷嚏，然后反身关门。"啪"一声，震得整个违章小炮楼都在颤抖。动作出奇一致，利索极了。

　　又拌了几个凉菜，把米饭盛碗里，还没吃，房东就"噔噔噔噔"上楼来站在窗户前叨叨："就做个饭而已，就不能动静小点？我在外面打麻将，看见院子里冒烟，还以为房子被哪个鳖孙点了！"

　　姚子路站在屋子里怯声怯气地边道歉，边右手举过头顶致意："不好意思不好意思，就这一回就这一回。"说完了，又端过放在桌子上的米饭递过去给房东道，"一起吃点？"

　　许是他这低三下四装孙子的劲儿助长了房东的威风，房东也不接碗，转过身叉腰又朝满院子喊："不让在屋里做饭不让在屋里做饭，现在倒好，走廊里做饭比屋里做还搞得恶心！从今往后，哪里都不准做饭，愿意住住，不愿意住走人！"说完了，也不看晾在屋子里的姚子路，又使劲踩着楼梯，"噔噔噔噔"，走了。这次，不止是同一层的房客，连上带下，全部推开门朝姚子路这边看，看一会儿，就在反身进屋时，骂人的话又飘荡出来了，也不知道是骂房东，还是骂姚子路。"操！""傻逼！"

庄茆一和温不遇端着碗坐在凳子上哈哈大笑不止，姚子路跟着笑，他女朋友也笑。笑完了就开始骂房东，连骂带吃，吃完了，俩人也就掌握了姚子路女朋友的基本信息。姓李，叫李窈窕，师范学院读研二，植物学专业，本地人，父母双亡，跟着奶奶，从小就生活在城中村。那就是了，庄茆一和温不遇心照不宣地互相看了一眼，立即明白了李窈窕为什么能和姚子路在一起。这看似甜蜜的恋爱中，分明满是"同是天涯沦落人"的惺惺相惜啊——姚子路早就跟他们说过，父母离婚以后，又各自组建了新的家庭，他就是一直靠着出租双方留给他的一套房才勉强度日，活到了现在。

饭吃得很沉重。虽然李窈窕的手艺确实不错，但一谈起现实与梦想，大家就唉声叹气着沉默了。工作倒是其次，关键是得换一个好一点的居住环境。庄茆一得画画糊口，地方小了，一身的艺术细胞不够活动，再说，王家庄太潮，画总是干不透；温不遇呢，刚申请拿下了一个写作项目，准备搞长篇小说，这需要极度安静的环境，状元道住的全是小商小贩，推车遍地走，轱辘和地面里的石子摩擦，那声音，足以让他一天发疯三百次；至于姚子路的富贵村，情况大家都看到了，做饭都被房东说成是"恶心"，尊严何在？况且，和李窈窕在一起后，他怎么忍心还让她待在这种地方呢？

　　这次聚会过去没多久，姚子路就找到了合适的房子，是李窈窕介绍的。就在她所在的师范学院，是教师家属院里的，一个退休的老教授带着老伴跟着女儿去成都生活，房子空着可惜，就发布了招租启事。其实这本是违背学校规定的事，当初早就下了文件，分配给老师们的房子，只能自住，不可出租，主人去世后，房屋收回，等待再次分配。但事实是，老师们才不管什么规定不规定，分配下来的房子一律只有五十平，紧紧凑凑的两室一厅，随便伸个胳膊都要撞墙，住它做什么？租！好歹一个月房租也能赚一千多。老师们明着租，学校里闭着眼，你好我好大家都好。房子是李窈窕一个师姐租的，也是和男朋友住，占了主卧，姚子路他们呢，只能是次卧，小是小了点，但比富贵村强多了，于是很快就搬了过去，讲好了租房比主卧少三百块，卫生间、厨房、客厅共享。于是四个人很快就打成一片，其乐融融。

　　自姚子路搬到师范学院，庄茆一和温不遇明显感到了一种"被抛弃"的落寞和孤独。先前，三个人之间各自隔着二十多公里，纵使远，但也在可接受的范围之内；如今，庄茆一和温不遇还是互相隔着二十多公里，但和姚子路，那就不是几十公里的问题了，他们之间几乎横亘着大半座城市。他们一起来过一次姚子路这里，光是打车的费用，就超过了从这座城市买火车票回家的价格。那次以后，他们再也没来过。庄茆一和温不遇也不互相上门了，三缺一，聊天无味，吃饭无味，做事也无味，微信群里，也冷淡了。当初认识，他们是通过一个聊艺术的 QQ 群，后来，QQ 群解散了，但他们却拧在了一起。倒不是说非得三个人腻一起才有意思，可混迹在偌大的城市里，不就是几个志同道合的朋友互相抱团取暖，生命才不显得黯淡无光吗？

　　就在三个人逐渐失去联系，慢慢又恢复到互相认识之前的状态时，有一天，温不遇兴奋地在群里 @ 姚子路宣布，他和庄茆一要搬到师范学院来和他做邻居了。原来，温不遇所在的杂志社有一天来了一个叫杨更盏的人，主编介绍，他是师范学院旅游与文化学院的教授。于是就认识了，还握了手。本来这也没什么，经常有这样的人来杂志社，但温不遇从来也不会记住他们的面孔。可那天，杨更盏来了就没走，和主编聊了几句后，便坐在沙发上一直翻杂志，也不说话，就那么一页一页地翻着。翻到快下班的时候，主编表示要和杨更盏出去吃晚饭，礼貌性地邀请温不遇同去。按照惯例，如果是认识的人，温不遇是不会拒绝的，但考虑到是初次见面，他还是客气地表示不去了。主编也没坚持，杨更盏却不干了，他非要拉着温不遇一起走。那可真是"拉着"啊，他用虎口紧紧地攥着温不遇的手腕，就像下了一把铁锁一样，直攥得温不遇骨头都软了。温不遇惊异极了，一瞬间，竟觉得眼前这个枯瘦的老头根本不是一个大学教授，而是隐藏在江湖中的什么武林高手。

　　酒过三巡，温不遇对杨更盏有了更进一步的了解。退休之前，杨更盏是师范学院旅游与文化学院的教授，按照他的原话，"兢兢业业为公家奉献了一辈子光阴"，而退休以后呢，他就把一辈子的所授专业知识付诸了实践——游历各地。在出游的过程中，他也有所感悟，就随手写下了不少游记。几年下来，整理一番，竟有几十万字，够出好几本书了。也不是没找过出版社，但他们都不愿意为一个"新人"冒险，万一滞销了呢？要么，就自费出版。杨更盏气愤极了，当着主编和温不遇的面在酒桌上张牙舞爪地大骂出版社："妈的，哪个是新人啊！老子为公家干了一辈子，是名副其实的老人，老得都他妈掉渣了！"

　　"哈哈，老杨你真是，真是……"主编说。

"事实嘛，"杨更盏又问温不遇，"是不是？"

"呃，哈，啊，是。"温不遇也不知道该说些什么。

又聊了一会儿，杨更盏就聊起了自己的家常。"哪有什么家呢？"他说，"我早就是四海为家了，走哪儿住哪儿。"

"你就不想找一个？"主编问。

"受那个罪干什么？还是一个人好，有钱、有吃、有穿、有玩、有闲，到处走走，看看风景。哪天走不动了，躺下死了拉鸡巴倒！"杨更盏说。

温不遇静静地吃菜，在心底勾勒着杨更盏的生活，按照听得的话来还原着他模糊的过去。是离异还是丧偶？他不确定。

主编又问："那学校的房子就那么空着？"

"租了，"杨更盏呷了口酒又说，"不过也到期了。"

"那还续不续租了？"

"不续了。这几天刚搬走。原先租给了别人培育花苗，花长大了，地方就用不上了。"

"你把家租给别人培育花苗？"

"哪来的家？我四海为家。"

"那现在怎么办？就那么空着？"

"再租呗。反正老子还没死。"

"我记得小温在找房子租，是吧？"主编给温不遇使眼色，又在桌子底下轻轻用膝盖撞过来。

温不遇一下子便体会到了主编的用意，忙放下筷子说："是是，我一直在找房子，杨老师您租给我吧。"

"这见外话说的，租什么租，搬进去住吧，"杨更盏手一挥说，"免费！"

温不遇大惊，连忙摆手道："不不不。"

"不什么不？我说搬进去就搬进去！明天就搬！我的房子我做主。"杨更盏话很坚决。

尽管温不遇觉得杨更盏"阔绰"得不怎么靠谱，但还是敬佩他的豪爽，于是一杯接着一杯地敬酒，直到散场。把杨更盏送走，温不遇和主编又走了一段路，闲聊间，才明白杨更盏之所以请他们吃饭，目的是为了能在杂志上连载他那些游记。温不遇问主编："那能行吗？"

主编说："连载肯定不行，有选择地放着吧，每期放一点。免费住了人家的房，不放也不好。"

温不遇心里起了涟漪，犹豫了半天，终究还是问主编："是不是之前决定不连载的？房子我可以付房租。"

"那没事，住都住了。"主编说。

温不遇闷闷地走了一段路，说："文学在我心里很神圣。"

主编停下来，认真地看了他好一会儿才说："文学当然神圣。"

"可我总觉得这像交易，而且是为了我个人。"温不遇说。

"唉，"主编叹了口气道，"鲁迅的文字神圣吧？但写作时的鲁迅没穷过。"

温不遇又说："可我还是觉得不好。"

主编说："没什么好不好的，其实老杨孤独极了，这么多年什么都一个人，你过去，正好给他家里添点人气。"

"那之前他出租出去，不也有人气吗？"温不遇说。

"用金钱达成的关系是冰冷的，哪来的人气呢？再说，家哪能出租给别人培育花苗呢？那是花房。"

主编这么一说，一下就打开了温不遇的心结。一桩"交易"立刻改变面目为"帮忙"。他从心底里不由得赞叹主编分析问题的能力和水平。聊到酒桌上主编提议让杨更盏的"找一个"的事，温不遇也才知道，杨更盏既不是离异，也并非丧偶，而是他这辈子压根就没有结过婚。怪不得"四海为家"呢。谈及不婚的理由，主编说："他原是大我好几届的师兄，一直喜欢我们班一个姑娘，但那时他已经留了校，学校三令五申不准搞师生恋，他就那么给耽搁了。这一耽搁，就是一辈子。"

"那个姑娘呢？"温不遇问。

"一毕业就跟一个军人结婚了。去了外地。"

"你们那时候对爱情真的有这么忠贞吗？"

"就老杨有点轴，为此他还跳过楼，"走了几步，主编又说，"世界是你们的，但我们也年轻过嘛。"

两个隔着很多代沟的人，就这样一路聊着就聊到了夜色阑珊。回到状元道，温不遇即刻先向庄茒一分享了这个好消息，随后，又在群里@了姚子路。三个人又兴奋了好久，并决定周末就搬过来。

因此，当现在他们席地而坐在报纸上喝茶时，真的就把自己想象成了魏晋那些放荡不羁的名士。有人赠房住，那不就是仰慕名士的举止吗？庄茒一和温不遇，甚至已经半躺在地板上了，他们举着酒杯，神情恍惚，举止夸张，倒真是有几分放浪形骸的样子。李窈窕看了看他们，又接上了庄茒一之前的话："老杨之前能把房子租出去给人培育花苗，想想，他得有多孤独啊？"

庄茒一呵呵一笑："孤独？我反而觉得那是老杨有病！把家啊，家啊，家租出去用来培育花苗。怎么不租给养鸡的呢？！"

"有病？"李窈窕冷笑，"房子给你们免费住，人这简直是做慈善了。"

"不免费住怎么发他文章呢？"庄茒一反问。

"发了文章也不给人家稿费的。"

"写得差还想要稿费？"庄茒一乜眼。

看来，温不遇是把什么都给庄茒一说了，李窈窕不再与他搭话，突然厌恶起了这个她一直看好的极有才华的人。在她看来，杨更盏、姚子路和她，都是一类人，同属于这世上家庭不完整的弱势群体。庄茆一是在嘲讽杨更盏,但分明也是在嘲笑她呀。况且,庄茆一似乎连一点感恩之心都没有。待了没多久,她就借口有事先离开了。

他们三个人继续喝茶,边喝边讨论在有限的空间里组建画室、组建书房的方案。不过,他们也急切地意识到,目前,最需要解决的是先搞到最基本的床啊、沙发啊、桌子啊、书架啊之类的必需品。

凌晨过后,姚子路要离开。庄茆一起身指着窗户边的那盆刺玫对他说:"李窈窕好像生我气了,你把这盆花抱走吧,就当我给她道歉了。"

一盆刺玫,当然不能够让李窈窕原谅庄茆一。他的那种无礼和无耻,怎么是可以用一盆花就能够被谅解的呢?况且,这花也不是他自己的。拿别人的东西来给自己的不堪道歉,这算哪门子的事?

李窈窕坚决不收,几乎是命令般地让姚子路给庄茆一"赶紧"抱过去。她说:"他的错不能让花来背负。"

"我都抱回来了,再怎么抱过去啊?"姚子路一脸的为难。

"那我不管,你怎么抱过来的,就怎么抱过去。"李窈窕说。

"你是女朋友,他是好兄弟,你们把我夹在中间,叫我怎么做人嘛。"

"那你说女朋友重要还是好兄弟重要?"

"都……"

李窈窕瞪着姚子路:"我再给你一次机会!"

"你重要。"姚子路说。

"无论你哪个女朋友和他比、和任何人比,都是我重要,明白吗?"李窈窕咄咄逼人。

"我没有'哪个女朋友',就只有你一个。"

"哼，算你识相。"

"那这盆花呢？"

"留着我养吧。但我不原谅他。"

"以后也不原谅吗？"

"以后再说。"李窈窕心情好了一点。

刺玫就这么留了下来，放在了客厅的窗台上。师姐看到了，倒也很欢欣李窈窕给屋里带去了绿色。住在同一个屋檐下，从此就是一家人了，有事没事都会照顾着它，施肥、浇水、通风，无微不至。刺玫本来就是歪歪斜斜的，养了一些日子，似乎更歪了。植物的向阳性嘛，偏向窗户的那边，长势格外好。头弯弯地偏下去，几乎把整个刺玫的主干都要坠倒了。师姐找来了老虎钳子和粗铁丝，让她男朋友做了一个架子，把刺玫箍在了花盆中央，固定住了。架子精致得像个鸟笼，完全可以算得上是工艺品了。李窈窕很惊奇师姐男朋友居然有这样令人啧啧称奇的本事，一颗少女心怦怦跳动，直夸酷帅。师姐男朋友一笑："男人嘛。"这就是差距，人家早都扛起了"男人"的大旗，而庄茆一、温不遇和姚子路呢，似乎一直还把他们自己当做"男孩子"。

与庄茆一发生了不愉快，李窈窕便不再登他们的门，她只是从姚子路的口中得知，他们通过发朋友圈的方式，从各路朋友那里拉来了免费的二手床、沙发、桌子、书架、茶几，几乎天天有人来拜访，通宵地聊艺术，把杨更盏的家彻底弄成了一个不夜的艺术家集会码头。

有一段时间，姚子路下班回来跟李窈窕打个照面就往楼上跑。李窈窕正被毕业论文折磨得死去活来，一个人窝在房子里苦熬。她需要极度的安静，但却忍受不了孤独。一个人撑过这么多年，心底最柔软的地方早已刀枪不入，但和姚子路在一起后，那块地方的护具就算是被揭下来了。刚开始还好，如今，正是需要人陪的时候，却不见了他的影子，李窈窕不免窝出气来。有一天，姚子路回来又想跑，李窈窕丢出狠话来："再出去就别回来了，整晚不着家，混日子啊？"

"哪里是混日子啊，我们打算办一份艺术报，正在一起忙着商量着呢，这是大事。"姚子路说。

"这还不算混日子？"在李窈窕看来，他们三个人的理想都属于水中月雾中花，她虽然欣赏他们的才华，但过日子嘛，到底还是要现实一些。活在这泥土之上，就是要活得接地气，都是普通人，整天整天地搞艺术，这不就是不务正业吗？

姚子路问："那我应该怎样才不算混日子？"

李窈窕给他举例子"指明方向"："你学学我师姐人男朋友啊。"话说到这里，就很没意思了。师姐的男朋友是博士，发了不少专业论文拿了很多奖学金不说，还在外面与人合开着一个教育辅导机构，买房的首付都付了，就差拿钥匙了，最近，正在四处活动着留校任教的事。本来，因为学历低的现实，姚子路就感到处处矮人一头，平时见了李窈窕的师姐和师姐男朋友，也会不自觉地紧张。现在倒好，李窈窕直接拿他跟一个博士比，这具备可比性吗？明显了就是从心眼里看不起他。什么"同是天涯沦落人"，什么"惺惺相惜"，都是假的。李窈窕认为他追求水中月雾中花的理想不切实际，他还觉得李窈窕让他向师姐男朋友"学学"才不切实际呢！

姚子路心底的气一下就让李窈窕给刺激出来了，也丢下狠话："师姐男朋友好你去找师姐男朋友好了！"说罢，门一摔，走了。迎头正撞上师姐和师姐男朋友开门从外面回来，师姐抱着一个巨大的布玩具熊，一脸幸福，师姐男朋友则左手拎着一个大蛋糕，右手拎着一大包水果。姚子路看见了他们，也不打招呼，侧身从俩人中央穿过，将他们统统挤到了门边上。

到庄茆一和温不遇那里，姚子路脸上还带着未消退的愠怒。他一屁股坐到沙发上，什么话也不说，拧开用来熬茶的大桶矿泉水就往嗓子里灌。水从嘴边溢出来，有些流进了他的衣领里，但更多的则是淌到了地上。庄莳一看了他一眼，继续忙自己手里的活。他一早就嚷嚷过，自从和李窈窕在一起后，姚子路的喜怒哀乐全和她有关，红颜祸水，兄弟们一起做大事的团结心，迟早得让那个女人给瓦解了。因此，姚子路的情绪，他从不搭理，不闻，也不问。温不遇不一样，他始终认为一起打江山拼命的兄弟也得需要女人的滋润，况且，红颜怎么可能是祸水呢？那必须得是相濡以沫的知心爱人啊。他知道庄莳一直感叹没有女朋友只是没有固定女朋友而已，人家的迷妹和粉丝多着呢。他不一样，是真的没有，他也渴望像姚子路那样，有人在身边嘘寒问暖，哪怕吵架也好啊。两个人过总比一个人活强。于是他向气呼呼灌水的姚子路问道："怎么了？"

"怎么了？唉，女人啊！唉，人心啊！唉，都他妈是一路货色！"姚子路也不明着说。

庄莳一听到了，猜到姚子路说的是什么意思，抬头看了他一眼，从鼻子里重重地"哼"了一声，就再不吭气了。温不遇继续问："你说的是李窈窕啊？她怎么了？"

姚子路窜改李窈窕的原话："她想找个博士。"

"博士有什么好？"温不遇问。

"因为是博士啊。"

"会画画吗？"

"不会。"

"会写小说吗？"

"不会。"

"会搞宣传吗？"

"不会。"

"会办报纸吗？"

"不会。"

"那要博士有什么用？"

"能挣着钱。"

"能挣着钱不也是和我们一样合租？"

庄茆一看了连连反问的温不遇一眼，温不遇立刻改口："我们住还不掏钱呢！要博士到底有什么用？"

"人师姐男朋友已经付了买房的首付，就差拿钥匙了。"姚子路幽幽地说。

"人就是嫌弃你没房子呗？"庄茆一冷不丁扔出一句话来。

姚子路不回答，温不遇也不再说话，三个人都静悄悄的。一起办艺术报纸的事，这天晚上就此耽搁了。气氛沉闷得紧，理想也不能从现实中飞翔起来。就这样木木地待到了深夜，李窈窕也不像往日那样，打电话催姚子路"回家"。凌晨过后，庄茆一和温不遇都回屋睡觉，姚子路也不打算下楼，和衣倒在沙发上，呼呼地打起了鼾声。

第二天一早，姚子路在单位收到了李窈窕的微信消息："你还想不想好了？"

想到昨晚在楼上故意窜改李窈窕话的意思造谣的事，姚子路顿时气短起来，回答："想。"等了等，不见李窈窕回消息，他又发过去一个抱抱的表情。一会儿，李窈窕也发过来一个抱抱的表情。接着，一个消息又发了过来："师姐昨天生日，男朋友送了她新房的钥匙当礼物。"

姚子路不明白她这是什么意思，没有急着回复，继续观望。很快，李窈窕又发了消息："师姐他们很快就要搬走了。"

"刚买的房子就能住人？"

"是精装修。"

"那也得买其他的东西吧。"

"师姐男朋友都买好了，瞒着师姐买的，就是想在生日这天给她个惊喜。"

"那我们怎么办？"

"只能是像师姐他们那样，再招租了。"

"嗯。"

这天过去不到一周，李窈窕所说的"很快"就很快变成了现实。几乎是在一天之内，姚子路他们的房子就空了。离开之前，师姐还特意把那只硕大的布玩具熊留给了李窈窕。李窈窕并没有什么可送的，想了想，觉得那盆刺玫似乎还不错，就抱过去往师姐怀里塞。师姐笑得阳光灿烂，但还是以"拿不了"为由婉拒了，不过，她也没说不要："你们替我先养着吧，有时间我们再过来取。"

师姐的"你们"和"我们"，说得李窈窕心里暖暖的。她期望被祝福，也期望有一天和姚子路能变成师姐和师姐男朋友那样的人，活在他们那样令人羡慕的世界里。

师姐他们搬走后，就杳无音讯了，说是有时间过来取那盆刺玫，但可能也就是说说而已。升了研三后，李窈窕除了写毕业论文，就是写毕业论文，当然，再忙，她也每天都会抽出一些时间来侍弄这盆花。姚子路开玩笑："你爱它比爱我还多。"

李窈窕回应："它会开花，你会吗？"

姚子路就不言语了。他们单位的一把手退休前刚刚进行了人事调整，和他同时期工作的人，都被提干了，只有他例外。其实也没多大的利益关系，提了干的人，每个月工资仅仅是增加了一百元而已，但他回来讲了后，李窈窕就反问他："这是钱多钱少的小事吗？这是关乎尊严的大事！"

姚子路一想，也对，明摆着这就是欺负人了。但他仅仅也就是私底下发发牢骚而已，明面儿上，并不敢。领导一使唤，还是得屁颠屁颠地跑腿干活。看着那些曾经都是同事的人，全部变成了自己的领导，他就来气。以前，他们还喊他名字呢，现在，口径全部统一为"小姚"。妈的，哪个是小姚？我是你大爷！姚子路被深深地刺激到了。

但刺激归刺激，要想不被欺负，还是得想办法翻身。

自从李窈窕说过"开花"的事，他也在琢磨如何能让自己开出花来。向师姐男朋友学吧，已经是不可能了，这辈子都够呛；跟庄茆一学画画吧，没那个天分；和温不遇学写文章吧，倒有可能，可是哪能像他一样，有那么多的空余时间呢？思来想去，只有发展自己的本专业，搞设计和后期，拼出一条血路来，如果搞得好的话，说不定还能开一家广告公司呢。

从此下班再回来，姚子路就很少往楼上跑了。打开电脑，把那些下载了的设计软件，挨个儿对照着教材往透里摸索。李窈窕在卧室冥思苦想，他在客厅认真钻研，谁也不打扰谁，誓为前途奋发图强。

跟女儿去成都生活的房东和他们视频过一次，算是知书达理的人，有很好的教养和修为，讲明了现在只收他们原来房租的一半，等招到新的租客，剩下的房租再协商。即使是一半的房租，也要比现在的贵一点，毕竟他们住的是次卧。两个人一商量，直接从次卧搬到了主卧，空间一大，人的心情也好了起来。

姚子路不去找庄茆一和温不遇，庄茆一和温不遇倒是下来看过他一回。他们来的时候，李窈窕只是简单地打了招呼，就进屋继续造论文去了。庄茆一在客厅里四处瞎逛，看到长势茂盛的刺玫故作惊讶道："呀，还没死啊！"

姚子路悄悄指了指卧室的门说："人当宝贝供着呢。爱它比爱我还多。"

庄茆一就不住地叹气："唉，女人啊！"

温不遇走来，搂着姚子路的肩膀朝庄茆一叨叨："唉，女人啊！唉，我也想要个女人啊！哪怕她爱花胜过爱我。"

庄茆一又叹气："唉，男人啊！"

温不遇又朝庄茆一叨叨："你懂什么！咱俩大老爷儿们住一起，那叫租房子，人一男一女住一起，有了伴，才叫家呢。"

庄茆一高声反问："家个屁！房子是自己的吗？买得起吗？"

姚子路不回答，温不遇也不回答。庄茆一洋洋得意。这时，卧室的门突然开了，李窈窕直愣愣站在门口，一个字一个字地说："有一天我们总会买得起！"说完，"啪"一声，门被使劲拍上了。天花板有灰尘降落，似乎整个房子都在战栗。

三个人全部惊了，屋子里鸦雀无声。好一会儿，庄茆一才边往外走，边自言自语道："妈的，这女人，这女人。"从此，他再也不下来找姚子路了。

姚子路私下跟李窈窕谈："你是不是对我兄弟有点太那个什么了？"

李窈窕翻白眼："太哪个什么？"

"就是那个什么嘛。"姚子路说。

"哪个什么呀？"李窈窕非要他说出来。

姚子路为难地说："算了算了。"

李窈窕不放过他："怎么能算了？"

姚子路认错："我错了。"

李窈窕问："哪儿错了？"

姚子路回答："不该跟狐朋狗友沆瀣一气。"

李窈窕不明白意思："什么一气？"

姚子路叹了口气重新说："不该跟狐朋狗友臭味相投。"说完了，心里却在想，妈的，整个一个文盲，还读研究生呢。

李窈窕冷笑一声道："你知道就好。"

姚子路就默默地不说话了。他感觉自己越来越没有自由

了。亲近庄茀一和温不遇，就要被李窈窕所钳制；可是听李窈
窕的话，就得和他们疏远。一边是理想，一边是爱人，他哪个
都不想失去。"世间安得双全法？不负如来不负卿。"他冷静
思考了好几天，不但事情没得到解决，却反而迎来了失眠的
毛病。

　　新房客迟迟没有招到，姚子路每天下班回来，就只是和李
窈窕四目相对。对话不是冷嘲热讽，就是话里有话，要不就是
寡淡无味，简直难受极了。要是有新房客多好啊，姚子路开始
怀念和李窈窕师姐他们合租的那段时光了。虽然觉得矮人一
头，但不会提心吊胆。李窈窕似乎对招租的事情并不上心，她
且开心着呢，花一半的钱，住整套的房子，新房客来了，还得
分享共有资源，还得顾忌个人形象，多麻烦啊。但姚子路受够
了，他必须要改变现状，打开新的局面。他拍了屋子的照片，
又用软件把照片美美地"包装"一番，利用自己搞宣传工作
的本事，将房屋招租信息挂到了网上。他期待陌生人的加入，
能解救他于水深火热之中。但新租客还没招到，就立刻突发
了新的状况。几乎是猝不及防地，让所有人都陷入了被动的
局面——

　　杨更盏要搬进来了，而且，还带了个女人来。

　　早上上班的时候，温不遇把这个消息在群里宣布的时候，
他们三个人都蒙了。

　　"怎么回事？"姚子路问。

　　"老杨不是说他这些年在四处游历嘛，但其实啊，他并没
这么干。他年轻时喜欢的那个姑娘后来嫁给了一个军人，老杨
因此单身到了现在，这是我们都已知的事。但在老杨退休之
前，他就打听到，那个军人因病去世了。退休之后啊，老杨就
前往了她所在的城市，在她家附近安静地潜伏了下来，然后伺
机去接触、认识她，一起了解了好几年，现在，条件成熟了，

皇天不负有心人，老杨终于抱得了美人归。"温不遇说。

庄莳一很激动："鸡巴！我早就说过老杨有病，果然病得不轻！你女人还说他孤独，孤独个屁啊，这老狐狸！"

姚子路说："我倒反而觉得老杨挺浪漫的，一辈子就爱一个女人。真爱也许会迟到，但永远不会缺席。"

庄莳一更激动了："浪不浪漫不觉得，浪倒是真的。这么大年纪了，潜伏几年伺机拐跑老妪，妈的不丢人啊！"

"丢不丢人跟咱没关系，现在的关键问题是，咱怎么办啊？"温不遇问。

"搬啊，等着人来赶啊！"庄莳一说。

"搬哪儿？"温不遇问。

"从哪儿来的搬回哪儿啊。"庄莳一说。

"我不回去。"温不遇说。

"那你说住哪儿？"庄莳一问，"别的地方咱住得起吗？像这样的房子都是按年交租，你有存款吗？反正我是自打搬到这里来半年多了，一张画也没卖出去过。"

姚子路看不下去了，在群里说："先搬到我那里去吧。"

庄莳一说："我不去！"

温不遇没有说话。

姚子路又说："挤是挤了点，但总比回城中村强。"

庄莳一说："我怕你家那只母老虎。"

姚子路说："暂时先过渡一下，等有了合适的，你们再搬走也行。"

温不遇说："我看行。"

庄莳一没有说话。

上班的一整天里，姚子路的思绪都是飘忽不定的。他一直没想好怎么跟李窈窕完美地解释这件事情。下班的路上，他显得心事重重，头顶上的云层很低，风刮来的时候，他觉得随时都会可能下一场倾盆大雨。话是很硬气地答应了庄茆一和温不遇，可是面对李窈窕，他真的没有一丁点儿的底气。万一闹掰了呢？他不敢再往下想。

一路慢腾腾地回到师范学院，天已黑了。李窈窕也没问他几点回家，他想一个人再独处一会儿，因为他知道，一旦迈进屋里，眼前的世界就不会是现在的世界了，那是一道分界线，他在这头，李窈窕在那头。

磨蹭到八点多，李窈窕终于打来了电话，问他："在哪儿？"

他说："楼下。"

李窈窕又问："怎么还不上来？"

他深深吸了口气说："有件事我不知道怎么跟你说。"

李窈窕说："不知道怎么说就等知道了再说。"

他说："好。"

挂了电话，有泪花在眼眶打转。他想，真他妈憋屈啊，也许，分手的时候到了。不然，这日子什么时候是个头呢？一步一步迈进楼梯去，就像一步一步迈进暗渊之地。楼道漆黑一片，有声控灯，但他并不想发出一点儿声音来。他希望这黑足够黑，足够长，足够将他永久地湮没。

终于到了不得不开门的时刻。他站在门口，举着那把银白色的钥匙，一动不动。他听到了自己清晰的心跳声，混杂着重叠的诡异的笑，但这笑分明来自门内。他侧耳倾听，笑声更清晰了。他感受到了一种莫名的荒诞，钥匙插进锁孔，用力拧转，推门而入之时，六只眼睛齐刷刷向他射了过来。像六道白光，将他定在了门口。

庄茆一说："哈哈，快来快来，我们刚刚抓到了一只'我们'。"

他疑心着，不明白"我们"是什么，没动。

温不遇说："哈哈，你女朋友养的宠物，居然跟我们一样。"

他不明白，向前走了几步。

李窈窕用筷子从刺玫花盆里夹出一只濡湿软滑的东西伸到他眼前："别听他们胡说，这叫鼻涕虫，学名蛞蝓，也叫没有房子的蜗牛。是害虫，专门吃植物的叶子。撒上盐，立刻就会化成一摊水。"

他听过这东西，但亲眼见，这还是第一次。盐早就准备好了，雪白雪白的一摊。李窈窕松开筷子，蛞蝓并没有掉下去。她将筷子分开在两只手中，互相划着，像磨刀。蛞蝓用黏液紧紧吸住筷子，顽强地抵抗着。庄茆一和温不遇都围过来蹲下帮忙，他们一人接过李窈窕一支筷子，杠上了。姚子路看着它在筷子间扭来扭去，心底里说不出的难受。磨了一阵，蛞蝓终于跌落在了盐堆，无声无息地，立刻融化了。杀死它的盐堆像长了触手一样，瞬间聚拢起来，凝结成一座湿漉漉的小山。大家都感到神奇地叫起来，但姚子路没有，他迟疑了一下，伸出一根指头，轻轻摁压了下去。抬起手来，小山已经被夷平了。

然后，他站起来，对视着六只仰视他的眼睛，轻松地说："嗯，现在好了。"

立 夏

风是冷的。夜是冷的。司机也是冷的。

我的胃里暴热异常。

车到了楼下，我看见哥哥正站在一棵槐树旁，夜色模糊，瘦高的他好像另一棵槐树。我推开车门，哥哥就要往里面钻。但我要下来，真忍不住了，胃里难受得厉害，感觉有一艘船在热浪里颠簸。哥哥扯了一下我的袖子问："怎么了？"

我顾不上回答他，直接抱着那棵槐树哕哕地呕吐了起来。吐完了，车早就走了，再打，就没那么容易。夜晚是出行的高峰期，况且，今天是周末。

等待的间隙，哥哥问我晚饭吃了什么，我并不想回答这个问题，闪身打开背包取出水漱口。胃里恶心不断，我在思考着接下来该怎么办。这时候，哥哥的手机响了，从接起来到挂断，他只说了六个字。

"好的。"

"嗯。"

"知道了。"

这次挨到我问他："怎么了？"

哥哥说："爸爸说让我们把火车票退了坐汽车回。"

我跳起来："那我们到家就得明早了。"

哥哥说："反正奶奶已经死了。"

我没有接话，只想在街上走一走，等到不恶心了再坐车。看样子哥哥不太愿意，他黑着脸说："你慢慢缓着，我得先到火车站退票，再去汽车站买票。"

我说："好。"

他又说："完了你直接来汽车站找我。"

我说："好。"

最后他才问："你知道汽车站在哪儿吧？"

我委屈又不耐烦："我长嘴呢。你快走吧。"

哥哥不再理我，扭头追过去跳上了一辆开往火车站的公交车。车在海浪似的路面上行驶，抖了几下，然后就再也看不见了。泠泠的风从对面吹来，裹挟着春寒，时令已快到立夏，但真正意义上的温暖并没有覆盖兰州。脸在风里生疼，额头也麻木着，像是被冰层封住了一样，我背过身，伸手去摸，一颗冰凉的汗珠子便滚落到了眼睛里。

我在晚饭后接到二姐电话。"奶奶死了，"她说，"你和大哥快回来吧。"

我问："怎么死的？"

二姐只是哭，再不说话。又问了几次，手机里传来的声音就嘈杂不清起来，我听见了大伯和爸爸的骂声、姑姑的哭声、三叔和四叔的吆喝声，还听见了循环不断的"倒车请注意"和几个女人的嬉笑声。我以为是信号不好的缘故，举着手机从礼堂跑到露台，可依然听不到二姐说话。再问，通话就中止了。夜色逐渐流淌进眼睛，路灯亮起，学校铺开了薄丝般朦胧的黑。

对于奶奶的死，这些年，我一直都有心理准备。甚至，从爷爷死去的那年，这种准备就在我的心底盘踞了下来。那是在六年前，爷爷刚刚死去不久，奶奶就开始对碰到的每一个人不断地重复一句话——"我不想活了"。

"我不想活了，牙都掉光了还活什么。"

"我不想活了，看什么东西都是叠在一起的。"

"两条腿弯得都能钻过去一群狗了，活着还有什么意思呢？我不想活了。"

"我不想活了"不仅仅是奶奶的口头禅，有一段时间，她确乎不想活了，吃什么东西都只吃一点儿。

"一天就这么多。"爷爷死去时，我还念大一，暑假回家，姑姑攥起自己的拳头向我比划奶奶每日的食量。她眼睛里噙满泪水，像个孩子。

"奶奶是要绝食吗？"我问哥哥。

"傻子，那是在反抗。"哥哥的回答很不屑。

那时，我只觉得哥哥态度恶劣。一个向世人宣布不想活的老妪，又怎么会以少食的方式来反抗呢？奶奶在反抗什么呢，命运吗？

六年间，我与奶奶相处的时间少之又少，除了寒暑假中的几日，就再也没有任何接触。前几次，每次我去看望她，她都会说一些与爷爷生活时的点滴。比如爷爷半夜想吃饺子，硬把她从床上拽起来去包；比如爷爷说他睡的那半张床冷得像冰窖，非要与她换；比如爷爷坚持说天花板里跑着一只老鼠，要她踩着他的肩膀去捉……奶奶说这些的时候，神情喜悦，语言轻快，仿佛恋爱中的少女。每至此时，我都会由衷感到高兴，我什么都不会说，只是静静地听。奶奶的絮絮叨叨中，那些她与爷爷的欢乐每一件都令我感动。爷爷死后，患有脑病的她依旧能清晰地记着那些逝去的欢愉，他们的爱情故事真是叫人羡慕啊。我把这些偷偷分享给二姐，在这个残破的家里，只有她最真诚。但二姐并不发表意见，她的表情看上去很尴尬，一开始，我以为我的话严重刺激到了她。她的恋爱经历一直都很悲惨，不是被渣男骗色，就是被渣男骗财，更有甚者，居然歹毒地想骗她生个孩子，然后再转手卖个好价钱。作为一个爱情的"失败者"，她怎么可能不尴尬呢？直到后来有一次当我对爷爷和奶奶的爱情发出了"赞美"时，她才告诉我，奶奶所讲的那些事情并不是爷爷在世时发生过的。

"你的意思是奶奶在虚构？"我刚尝试着写小说，满脑子都是那些课本上的术语和理论。出于对奶奶的尊敬，我想我是说不出"胡编乱造"这个词语的。

"不，那是真的，"二姐神秘地说，"爷爷并没有离开奶奶。"

"爷爷不是死了吗？"

"但奶奶并没有这种概念。"

"你的意思是奶奶一直和一个想象出来的爷爷活在一起。"

"奶奶不认为那是想象。"

二姐的话让我毛骨悚然，原来，那些被我一直认为是伟大爱情的东西，竟是不折不扣的"鬼故事"。从那以后看望奶奶，当她再开口讲述那些被我所误解为的"爱情"时，听不了几句，我就不寒而栗。再后来，回家的次数越来越少，不等奶奶唠叨，我便另起话头转移了她的方向。

我一直觉得，哥哥对于奶奶少食的解释不过是胡言乱语，事实很明显啊，奶奶正是对死去的爷爷思念至深才导致了恍惚和少食，不然呢？六年中，奶奶的身体不断在衰弱，疾病也一直缠绕着她，先是白内障，再是肝硬化，后来，老寒腿和心绞痛折磨得她整夜整夜地失眠。上一次回家，奶奶拉着我的手一直哭，哭到后来，妈妈打电话叫我回家，起身时，奶奶枯眼巴巴地望着我说："下一次回家时，就见不到我了。"

我说："二姐很快就结婚，最多不出一个月，我就又回来了。"

奶奶的眼泪一直擦不干："我一顿饭还吃不了五十粒儿米。"

我安慰奶奶："得好好活着，二姐结完了，还有我呢。"

奶奶别过头去，她在擤鼻涕，声音里充满一个老人行将就木的叹息："真的没一点儿意思。"

因此，当二姐告诉我奶奶死了时，我对奶奶的死因充满了好奇。站在学校的露台上，我回拨了二姐的号码，但语音提示，她的手机关机了。庞大的黑色渗进学校的每一个角落，像大水漫城。我快快地回到礼堂，向班主任请假。除了安慰，便是遗憾，但这又有什么办法呢？我也知道毕业论文开题对于一个在读的硕士来讲有多么重要，可作为孙子，还有什么能比奶奶的葬礼更重要呢？

回公寓收拾东西的路上，我终究还是忍不住按下了爸爸的手机号码。二姐曾告诉过我，爸爸在一个醉酒的夜晚说过，在他心里，大哥才是他的儿子，而我，不过是"那个女人"的。我不清楚二姐说这话的用意，毕竟，她并不是爸妈亲生的，一些闲话，在我们嘴里说，是拉家常，而从她嘴里说出，可能就是捣是非。他们离婚后，我被判给了妈妈，而哥哥和二姐被判给了爸爸，这些年，虽然我跟他处得并不愉快，但还不至于到了老死不相往来的程度。

"你都知道了？"爸爸跟我通话永远都是开门见山，绝不客套。

"嗯。"知道他的态度，我也从来不跟他废话。

"要回来？"

"奶奶怎么死的？"

"死都死了，管那么多。"

"我只想问她是病死的，"我觉得自己像是在挑衅，"还是饿死的？"

"你觉得呢？"

"我不知道所以才问。"

"回来你就知道了。"

我们不再说话，都熄火一般地沉默了一会儿。快挂电话时，爸爸又说："和你哥一起来。"

哥哥打来电话问我到了没有。我说："快了。"

他的话里满是戾气："快了是哪里？我问你具体在什么地方！"

我趴在车窗上掠了一眼外面说："到和平饭店了。"

"你踏蚂蚁着呢么！我都把座位订好躺上去好久了。"哥哥在吼我。

我不再与他对话，心底恨他恨得要死。我想，他妻子与他离婚真是正确极了的选择，嫁给他这样的男人，谁不离，谁是傻子。没工作，能力差，存款无，脾气又坏，心胸还狭隘，他妻子当初一定是瞎了眼。

蟹壳青的天角浮着一缕白絮，尚未散去的夜光将世间万物笼罩在一层灰色的薄雾当中。五月了，甘州还没有完全绿起来，这样的清晨，注定让人感到呼吸不畅。

我们一起下了车，沿街向早点铺子的老板打探哪里有卖花圈的，这是爸爸给哥哥嘱咐过的，回家奔丧不要甩空手，不然，亲戚们会笑话。

汽车站处于甘州城的边缘，这一带，除了农田和芦苇荡，剩下的就全都是城中村了。住在这里的人大都有一门手艺，把耳房改造成铺面，小本生意做得热火朝天。我们并没有问几个人，就找到了一家丧葬用品店，老板似乎是个木匠，大清早地披着一件破棉袄赶制一口棺材。刨花堆得满地都是，散发出木头特有的香气。花圈的售价便宜极了，付款的时候，我刻意抢在了哥哥前面，付过以后，我连并车票钱一起转给了他。虽然这只有几十块钱，但我知道他在乎，否则，他绝对不会听从爸爸让我们改坐汽车回家的建议。汽车票和火车票相差一百多块呢。婚后，他就因为穷而一直被他妻子所嫌弃。一个寒假，他们从兰州连打带吵闹到甘州办离婚，都说要捅死对方。"屁钱挣不来，还特爱装逼！"他妻子的骂声让爸爸没脸见人，目睹了她和哥哥互相撕着头发在小区里丢人的丑态后，爸爸提着一瓶酒去找狐朋狗友下棋去了。专制了大半辈子，他本以为自己是家里所有人的霸王，却始终没想到自己有一天会败在自己的儿媳妇手中，撒不出的气，只能等没人的时候指着哥哥的鼻子恶骂："尿包，老子靠一辈子挣来的威风让你三两下输得光光的！"

两个花圈像两柄撑开的纸伞，我和哥哥一人举着一柄来到了奶奶家的小区。灵堂就设在院子里的紫藤萝长廊，用黑色的厚帆布篷起来。我们的到来并没有引起大家的太多关注，爷爷和奶奶孙辈众多，况且，我和哥哥谁也并不是最受宠的那一个。坐在灵堂旁边烤火的一个老道士喊我们过去问名字，他要在花圈上写上"某某某敬挽"。想到我已经改成了妈妈的姓，就一再推说不用了，但哥哥坚持要，他的态度很强硬。我们争论起来，他丝毫不让步，我觉得他是故意叫我难堪。这时，爸爸不知从哪里突然蹿出来，也不回避大家，直接冲我道："还当是我的种就写，不当，就别写了！"

我的眼泪在打转，但一想到见奶奶最后一面时她说的那些话，我还是竭力控制自己先不哭。我不想把眼泪提前贡献给这个恶霸，真的没一点意思。做完这些后，哥哥和我前后脚去奶奶的灵前磕头，灵堂里面阴森森的，长短不一的香烛明灭闪烁，我们每磕一个头，就有一次木鱼声响起。是姑姑在敲。磕完头，哥哥立刻就被爸爸叫走了，我刚要起身，跪在一侧的姑姑使了个眼色，悄声对我说："你妈也来了，和你二姐在楼上。"

我立刻心领神会了她的意思。爸爸和妈妈离婚时，姑姑一直都是坚定站在妈妈这边的，舅舅们要求分割婚后财产，她也极力赞成。为此，亲戚们都说她是叛徒，但姑姑说，她只是公平地站在了女人的角度。

"生怕别人不知道你是妇联主任！芝麻大点的官，有什么可牛逼的！"大伯曾这样说姑姑。

但姑姑的口气很硬："女人在你眼里根本就没有任何地位，要是你，绝对不会收养玉清。"

大伯被激怒："当然不，赔钱货！"

二姐听说后，到现在都绕着大伯走路。因为，她就是玉清。

离婚后，妈妈再没嫁人。她和姑姑是高中同学，时常联系。后来与她好过的男人，有两三个就是姑姑介绍的，但都没成。前前后后，我都清楚，甚至有时候在街上见了还能认出他们来。其中有一个长得还算白净，当时对我也蛮好。有一次在书店碰到，他陪着一个陌生女人买学习机，我很不识趣，故意上前打招呼。他可能对我还有印象，回头看见了，脸上的表情很慌。他身边的女人问是谁，他搪塞："一个朋友的孩子。"

那女人也很没意思，不知道是出于习惯，还是想找茬，醋意横生地问："哪个朋友？我怎么不知道。"

他嗫动着灰白色的嘴唇，表情讪讪，像只柔弱的绵羊，与爸爸是截然相反的人。我当时就想，得亏没跟我妈结婚，这尿性，我压根看不上。但他似乎又很可怜，眼睛里对我满是乞求，我只好主动解围："我爸和叔叔是同学。"

我曾不止一次撞见过妈妈和那些男人的暧昧，有时候是走路偷偷摸摸地拍屁股，有时候是在厨房一起捣鼓吃的时搂抱。我看见了，假装没看见，赶紧走开。高中时，我已经看过世界禁片，觉得他们相比起电影来简直幼稚，一点都不生猛。离婚后，妈妈依旧在商场卖衣服，她打扮得很花哨，又天天化很精致的妆，正经追求和不正经追求的人都不少。我曾问她为什么不再嫁个人，其实我想表达的是"为什么不再找个男人"，但她忧心忡忡地说："你还没长大呀，我怕他们对你不好。"她说这句话的时候情绪和口气都表演得到位极了，因此我拿捏不准这里面究竟有几分真实。毕竟，我的注意力全部放在了那个"他们"上。

从去年开始，我从妈妈的生活质量上推测出来她可能手头不宽裕了，侧面打听，果然，做生意赔了一大笔钱，房子都抵押了。我没有正面与她谈过这个问题，只是淡淡地说："你该再组个家庭，我成年好久了。"

她说："你奶奶私下找过我，让我和你爸复婚。"

我很惊异，但不得不装平静："你还没有被他打够？"

她搓着手说："你爸也来找过我，但从头至尾没提复婚的事。"

我不理解："那他来干什么？"

她叹了口气说："坐了很久，喝了好几杯水，走的时候说你哥也要离。"

一提这事我就烦，我说："他们这破事我知道。"

她继续接话茬："我就问他，为什么要说'也'。你爸生平第一次那么安静，他沉默了好久才说，'因为我们给他们开了先例'。"

话说完了，我才意识到跑偏了话题。我想再和妈妈谈谈，毕竟女人还是得有个依靠，但静下来仔细一思忖又觉得，也许妈妈就是想永远地岔开这话题呢。因此，我再也没提过这事。

我去楼上找妈妈，二姐正伏在她的肩膀上哭。二姐的脸色蜡黄，眼泪流出来，把妈妈的妆蹭花了，即便这样，妈妈看上去也比二姐妩媚。二姐面相老实，心思也老实，老实得近乎像个缺心眼。她一而再再而三地被男人骗，我甚至觉得问题并不全出在那些男人身上。离婚后，我虽然跟了妈妈，但妈妈对二姐比我还上心。她经常给二姐送一些漂亮衣服和高档化妆品，但二姐永远学不会搭配和打扮。我嘲笑二姐："这种事需要天赋。"

妈妈也认同我，对二姐说："都说有其母必有其女，你怎么一点都不像我。"

二姐实打实说话，一点也学不会幽默："本来就不是亲生的嘛。"

有时候我觉得二姐情商和智商都偏低，但有时候想到她的好，我又推翻自己的偏见。

我认为妈妈出现在奶奶的葬礼上很是奇怪。这话我不好当着二姐的面对妈妈说，只能先咽进肚子里。楼上并没有多余的人，我想，看见妈妈和二姐如此，别人也会尴尬到转身离开。妈妈向我点头，二姐还沉浸在自己的哭泣中。我自觉地走到阳台上去，并不想打扰她们。

院子里的三叔和四叔脸上不挂一点儿悲伤，互相说话，时不时地似乎还蹦出一丁半点的短促的笑声，像在密谋什么。有人点燃了一串鞭炮，噼里啪啦，炸出了灵堂中的大伯和爸爸。大伯怒火中烧，质问是谁，但并没有人回应。爸爸骂骂咧咧，脏话蹦出一堆。这世界吵闹极了，没有人想要留给死去的奶奶一点儿安静。情绪在不停地发酵，我觉得我总有一刻会爆发。

有一只手搭在了我的右肩上。我回头，是妈妈，她被蹭花的妆已经补好了，而二姐，则侧卧在沙发上蜷缩了起来，不知道是不是睡了。我觉得这会儿可以问妈妈那个问题了："你怎么会来？"

妈妈努嘴指二姐："她怕大家收拾她。"

我不知道妈妈听懂我的意思没有，又重申疑问："我说你怎么会出现在奶奶的葬礼上？"

妈妈皱着眉，反问我："你不知道奶奶怎么死的？"

这不是我一开始就在追问二姐的问题吗？我说："不知道。"

妈妈小心翼翼地看了看敞开的门，又看了看二姐，把脸杵向我的耳朵悄声道："你二姐这月要结婚，你奶奶没有喜钱给她，觉得老不中用，羞愤自杀了。喝的老鼠药，都写在了遗书里。"

"这这么可能？奶奶是有退休金的！"我几乎要喊出来。

"我刚听说她的卡早就让你三婶和四婶拿走了。"

"为什么啊？"

"因为你三叔和四叔没稳定工作。"

"那奶奶的死关二姐什么事，应该找她们啊。"

"她说在这个家里只有她是外人。"

我烦透了，觉得这时候要是有谁惹我一下，我肯定杀了他。

整个下午，院子里一刻也没有闲着。物业公司的管理人员先是过来告诫不允许放鞭炮，不久又过来告诫不允许点火，最后，他们实在忍无可忍，直接把民警带到一干围着圆桌赌博的亲戚们跟前。民警的态度很坚决，必须要把参与赌博的人拘留起来，大伯和爸爸出面又鞠躬又作揖，赔了很多不是，说了不少软话，又拿出两瓶酒和一条烟，才把民警打发走了。民警刚一离开，三叔和四叔就带着那帮聚众参与赌博的亲戚们把物业公司占领了，他们坐在桌子上、凳子上，高声喧哗，边嗑瓜子边喝酒，烟头扔了一地。物业公司的管理人员再不敢惹，只好把地方腾出来，靠着墙根去晒太阳了。

小区变成了像农贸市场一样的存在，厨子已经到位，忙着支起灶盘准备做席。各种菜一筐一筐地被拉进来，菜叶子和各种垃圾丢得满地都是。所有人就在那些垃圾上走来走去，谁也不会在意自己的鞋底上是不是沾上了东西。而这样的场景，我只在差不多二十年前跟妈妈去乡下的一个亲戚家见过。那是一场婚礼，也在这个季节，新娘套着一身臃肿的花棉袄在泼了水的院子里走来走去挨个给宾客敬酒，婴儿肥的脸蛋上一层殷红的像是癣一样的东西格外显眼。大家都言笑晏晏，而我看见新娘就浑身痒得难受，只想伸手把她脸上的那块红癣给揭下来。我当然并没有那样干，因为还没有轮着敬完一圈酒，新娘就被院子里的塑料袋绊倒摔伤了腰，直接送到了医院。因此，当记忆像滚滚的红尘翻腾而来时，我下意识地便把注意力放到了大家的人身安全上。奶奶已经死了，我虽然无限地憎恨院子里的这些粗俗不堪的亲戚们，但终究还是不想他们有事。我不是出于慈悲，而是不想让他们的破事阻挡了奶奶轮回的路。

黄昏时，大伯的儿子回来了。他比我大十岁，在上海念完大学就留在了那边。小时候，我们在一起玩的次数就不多，大了，都各奔东西，很少有交集。他是长子长孙，属于最受爷爷和奶奶宠爱的那一个，被寄予很大的期望。当然，他也有出息，毕业以后进了一家银行，听大伯说，第一个月拿到手的工资就有两万。

那时候，妈妈还没有离婚，我们一家人尚生活在一起。爸爸把这话轻描淡写地复述出来，但眼睛却一直在看哥哥。哥哥已经职高毕业了，在甘州的一家造纸厂当技术员，每月七七八八发到手的钱加在一起还不到两千。二姐没有理解爸爸的用意，嘴巴里发出惊叹："哇，那么多啊！"

哥哥乜眼看二姐，偌大的眼睛里全是白眼仁。他的鼻子里发出轻微的声音："哼。"

我还在上小学，什么都不用操心，可即便如此，也够矛盾和焦躁。我已经不止一次看见有陌生的男人在商铺里偷偷摸妈妈的屁股。我觉得应该给妈妈提个醒，不能让那些臭不要脸的占便宜。但每次看到妈妈都跟他们嘻嘻哈哈打闹成一团，我就总也下不了决定。爸爸是肯定不能告诉的，不然他会冲上去打死他们。他因为打人刚刚被厂里处分，好不容易用妈妈卖服装挣的钱才捞上的主任也丢了。出门没有了司机开车接送，他平时上班也要同大家一样骑自行车，一肚子怒火。我因为扯女同学的头发被老师罚站。他知道后，直接架着我闯进办公室，当着所有老师的面一脚把我踹到了墙脚。

就是在那一年，哥哥偷偷从造纸厂辞职，买了站票连夜从甘州到兰州准备闯荡江湖，扬名立万。妈妈知道后，到爷爷面前告爸爸的状，哭诉就是他把哥哥从家里逼走了。

参加过抗美援朝战争的爷爷毫无办法，只能拿大伯的儿子举例："出人头地还是得多读书，现在又不是乱世，就算把江湖闯死了也不过是个小卒。"爷爷的话刺激了我，我暗暗发誓，一定要念比大伯的儿子还好的大学。

奶奶不赞成爷爷，但也不反对，她的话让妈妈不知道她到底向着谁："儿孙自有儿孙福。"

有福气的儿孙显而易见，除了大伯，便是他的儿子。大伯是计生干部，亲戚们都羡慕他能吃一辈子皇粮。他的儿子更厉害，我们第一次知道世界上还有"手机"这么个神奇的玩意儿，就是因为他。他那个带天线的小盒子真是神奇极了，居然不用电线就能通话。而多年以后，当我们人人都拥有了一部手机时，又是他，在微信上建了家庭群，拿着 iPad 给大家发红包，一百一百地发，一晚上过去，我们每个人都抢了好几百。当然不是白拿，我们所有人都被他布置了任务，要发动身边的一切朋友来办他所在银行的信用卡。

"这哪行，他所在的那家银行还远在上海呢！"我提出问题来。

"我和你，心连心，同住地球村！"亲戚们谁也不听我的。

我很是窝火，把红包退到了群里。几百块钱，瞬间就被抢走。

这两年，大伯的儿子辞职开了一家信贷公司，一身兼着董事长和总经理两职，听上去威风八面。大家都惋惜他扔了金饭碗，觉得万分可惜，只有奶奶抹着眼泪偷偷把真相私下说出来："那是舍财保命呢，再不走，上头查出问题警察就直接把他给铐走了。"

妈妈说，这话传到了大伯耳朵里，三婶和四婶联合拿走奶奶的银行卡时，作为长子，他自始至终什么都没有讲。我不知道是谁出卖了奶奶，但我终于明白了哥哥所说的那句"傻子，那是在反抗"究竟是什么意思。奶奶反抗的，不是命运，是人心。

风烛残年的岁月里，我这个易姓的孙子似乎成了奶奶唯一的牵挂。假期的每一次见面，除了讲述与爷爷的点滴，奶奶还透露给了我一些秘密。而这些，本该是要交代给长子长孙或者烂在肚子里埋进棺材的。

而现在，我并不太能想通大伯的儿子会出现在奶奶的葬礼上。自奶奶"泄密"以后，他确乎断绝了跟奶奶的来往。他的到来立刻就成了亲戚们关注的焦点。至今，有很多人还津津乐道他在群里发大红包的阔绰，开了信贷公司后，他甚至成了大家眼中的"财神爷"。亲戚们给出的理由完美到让人无从辩驳，是啊，没有钱，谁会开公司给别人贷款呢？大家全围上去嘘寒问暖，对于他对死去的奶奶的必要礼节，也都赞誉有加，觉得比其他孙子的更加虔诚。

他是来作秀的吗？我不禁在心底问自己。

当然不是。

到了晚上，所有的亲戚就都知道了奶奶在自杀前几天告诉大伯的儿子藏了一只布口袋在天花板上的秘密。口袋里装着四颗黑漆乌冬的明代银元宝，称过了，据说有两斤。而这，才是大伯的儿子回来的目的。东西就摆在眼前，值多少钱？怎么分配？这成了所有人都在思考和纠结的问题。

三婶和四婶的意见一致，四颗银元宝，四个儿子一家分一个。

姑姑当然不能同意："女儿就不是人吗？"

三叔和四叔坚决维护自己的老婆："你都是泼出去的水了！"

妈妈帮腔姑姑："嫁出去的女儿也还是女儿啊。"

三婶和四婶口径一致对付妈妈："你都是外人了还有什么资格说话！"

妈妈将目光投向爸爸。爸爸咳咳两声站到妈妈身边向众人宣布："我们就要复婚了。"

大家面面相觑，眼睛里飘荡出对爸爸的鄙视——好马不吃回头草。

三叔和四叔团结一致："没领证就不能算合法，睡一个被窝都不行！"

妈妈被气得脸红，爸爸撸起袖子要和俩兄弟理论："嘴巴放干净！"

"谁脏谁知道！"

"再说一遍！"

大伯扯着嗓子出来放话："一个个都几十岁的人了不知道害臊！"

大家都沉默起来，等着大伯继续说。但大伯不说了，他把地方给他的儿子腾了出来。他的儿子举手作揖，一脸媚笑，说的话却得到了大家的一致认可："我在银行工作过，有一些经验，金银是可以兑换成现金的。明早我就去办，保证每家都有一份，和气生财嘛。"

这样说，大家胡乱又聊了聊也就散了。守灵用不着我，妈妈拽着我回家。一镰弯月挂在头顶，路灯把我们的影子拉得跟巨人一样庞大。我问妈妈："你要复婚了？"

妈妈看着我问："你不同意吗？"

我说："你自己做主。"

妈妈说："还没正式决定。"

我说："那刚才瞎宣布什么？"

妈妈一脸的不服气："怎么了，我还不能考验一下他吗？"

看妈妈的样子，我觉得她在心底十有八九已经选定了爸爸。我还能说什么呢，一边走一边满不在乎地说："你高兴就好。"

妈妈的嗓子眼里发音清脆："嘿。"

我走在后面，只觉得人心深似海。因为关于藏在天花板里的明代银元宝的秘密，奶奶在生前交代，在这世上她只告诉我一人。而数量也对不上，奶奶说得很清楚，一共有八颗。

这夜过去，春日里的最后一天就已经降临了。

早上起来，妈妈换了素装，却显得愈发妩媚。她郑重地递给我一身黑色西装，但是我从来不记得自己有这样的衣服。接着，她又把一朵精致的白色小花放到了我的手边，告诉我要别在西装的左胸前。我问她："我不是应该穿孝服吗？"

妈妈看了看我说："还是这样适合你。"

她说的是"适合"，而不是其他的词语，这提醒我不得不正视自己的身份。我不知道她究竟怎么想的，昨晚不是还表态要和爸爸复婚吗？这使我生出一种严重的"反抗"情绪，就像奶奶少食那样。我告诉妈妈："今天我不去奶奶家了。"

妈妈很惊讶："今天下葬，你都不去送最后一程？"

我只好站在镜子前，把黑西装穿上，又把小白花别上。妈妈站在我身后，看到我在镜子里脸色黯淡她便一声不吭地描眉。她的眉毛像两道弯弯的月牙，把一双眼睛吊得又大又圆。我满脑子回闪的都是《水浒传》里的那句："那一阵风过处，只听得乱树背后噗的一声响，跳出一只吊睛白额大虫来。"

葬礼上也需要化妆吗？我们这一家人可永远活不到一个节奏上。这些年一直隐藏在我体内独自酝酿的那些复杂情绪，终于在此刻成功汇集发酵成了一种。我在镜子里注视着妈妈说："那些藏在天花板里的银元宝其实一共有八颗。"

我看见妈妈的眉笔停在了眉毛上，仿佛一柄长矛叉着一只黑虫。她说："不是吧？"

我从嘴角挤出两个字："真的。"

妈妈又问："你怎么知道？"

我说："奶奶在活着时就告诉我的。"

妈妈确认道："你没听错吧？"

"不信就算了，"我有些生气，"反正跟我也没有多大关系。"

妈妈一把拉过我的肩膀，对我说："你早就应该把这事告诉你爸。"

"我说了，跟我没有多大关系。"

"但跟你爸有很大关系。"

"那你现在也知道了。"

"你应该告诉你爸。"

"我不想说。"

"一会儿去奶奶家你得说出来。"

"我说过了我不想去。"

"那你穿西装干什么？"

"是你硬叫我穿的。"

"奶奶把这些告诉你的目的是什么？不就是为了防止现在这样的情况发生吗？"

"那她完全可以把这事向所有人公布啊，不必这样利用我。"

"她这么做肯定有自己的理由。"

"我算哪根葱啊，连姓都改了，谁会相信我？"

"我让你爸给你主持公道。"

"他说了能算吗？"

"没试你怎么知道不行？"

"我不想试，我去墓地等你们。"我丢下妈妈，一个人出了门。

以这么多年的相处经验，我觉得妈妈肯定会把事情闹大。不过没关系，真的，我想不出来有什么理由会让自己在这件事情上闭嘴。出了门，沿着街口前行，我一路向着墓地的方向走去。

我知道奶奶墓地的方向，它并不在甘州的公共墓园里，而在城外有五六公里外的黑河边，想要到达那里，必须一直向北不停地走，直到走进那片近乎乱坟岗的荒地。那里一直就是没有被规范起来的坟场，想土葬，随便挖个穴口就行，不用花一分钱，而在公共墓园里，最便宜的墓也得五万块。早在多年以前，他们就把爷爷葬在了黑河边。

甘州这座城，像极了暴发户。前几年还破破烂烂，一片灰暗，这几年竟然到处矗立起了花花绿绿的高楼，行走在它们投射到地面的巨大阴翳中，我感觉太阳都被遮蔽了。城市很小，那些五光十色的建筑转瞬即逝，从高楼区走到低楼区，再从低楼区走到平房区，一步一步走过来，我感觉自己正逐渐地远离一个家族所有的虚伪和恶意。

我想，我们这一家子人，是从什么时候变成这样子的呢？大伯丧偶的那一年，大家都说他变成了贪婪十足的守财奴；姑姑因不能生育，一直觉得上苍亏欠她，凡是涉及女性的权利，拼了命也要攫取；离婚前，妈妈没少和别的男人暧昧，但爸爸也没闲着，甚至还包养了一个女大学生；三叔和四叔是双胞胎，从小好得穿一条裤子，长大了娶媳妇也要娶双胞胎，四个人早就拧成一股绳，想捆谁就捆谁，往死里捆，练成了刀枪不入之躯。这其中的任意一点尚且可以撼动整个家族的根基，更何况大家各怀鬼胎。

做儿女的如此，可是跟爷爷和奶奶就没有一点儿关系吗？

"你爷爷抗美援朝走之前，我们就订了婚。等他回来，我已经是护士长，但他看不上我了，嫌我土。他当军官的哥哥被炮弹炸死了，他哥哥的女人还没生过孩子，就要回新疆娘家去。是他，非要娶那个资产阶级家庭出身的寡妇做老婆。那个寡妇也愿意跟他。天底下哪有这样不知廉耻的人，他们是亲亲的嫂子和小叔子啊！居然就毫不害臊地锁上门一起睡了七天七夜。要不是我去找政府，恐怕他们连孩子都生出来了。没办法，爸妈死得早，两个弟弟都要我养活，十几岁的小伙子顿顿都吃不饱，不嫁他这个拿工资的，我们家就得绝后。"

风迎面来，奶奶透露出的这些秘密依稀在耳畔回荡。太阳散发出黯淡的黄光，似乎在这春日里最后的一天就提前燃尽了自己。平房区过去，就是无尽的灰色的田野和黄褐色的芦苇荡了。虽然春寒严重，但地皮已经解冻，与芦苇荡相连的水渠里漂浮着黑色的草木灰，静止不动。走在田野中央，阳光斜射于额头，我感觉不到这世间的一点儿温暖。

一望无垠的土地上，甘州一带常见的柴白杨、沙枣树混合点缀在水泥砌成的灌溉渠边。我沿着灌溉渠一直前进，一直前进，等到日上三竿，终于看见了流动的黑河和那片坟头乱立的荒地。远处，有一个老人在放羊，羊自由穿梭在坟堆之间，有的甚至就站在坟头上，极目远望。老人的羊皮大衣看上去几乎和那些羊身上的毛一样脏，屎黄色中夹杂着脏兮兮的灰白，我无动于衷地看着他，作为回报，他也无动于衷地看着我。他的脚边拢着一堆火，火势微弱，扭扭曲曲冒出的轻烟里面游荡着一股烤土豆的味道。

这味道让我感觉到饥肠辘辘，我停下来，改变了既定的行进方向，朝他缓慢地走过去。我望着那堆火，不知道该跟他如何表达我的意思。这让我感到一阵心慌，因为我没带钱。但是我又想，一颗土豆也值不了几个钱，他应该不会跟我斤斤计较。

我走过去，站在灌溉渠的这边，刚要开口与他讲话，却毛骨悚然地发现，对面的老人竟然是爷爷。刹那间，我头皮一阵发紧，眼睛也直了，脸僵硬着，整个人仿佛被钉在了地上。这是爷爷的鬼魂吗？我想要调动全身的脉络去问他这究竟是怎么回事，可说话时，却发现舌头不停在口腔里胡乱搅动。接着，我听见了自己的声音："爷爷，你是在烤土豆吗？"

我非常惊异，因为这根本不是我想要问的。我焦急地看着他，想要纠正，却发现爷爷盯着我，脸上挂满了微笑。这让我稍微感到了一丝放松，就在我第二次准备向爷爷发问时，一阵大风从背后刮了过来，直接将我吹到了灌溉渠的另一边。站在那堆火旁，我又听见了自己的声音："爷爷，我能吃一个吗？"

爷爷微笑着，从怀里掏出一只手来比画着指自己的嘴巴和耳朵。我不管了，索性蹲下来，拨开了那堆火。果然，里面卧着八颗被烤得黑乎乎的不规则的圆疙瘩。我捞起一颗来，不再征求爷爷的同意，狼吞虎咽了起来。

这时，我的手上突然被狠狠地抽了一下。那速度快得，就像风割。我抬起头，看见爷爷正站起来，把长鞭举过头顶，一脸怒气地瞪着我。我能听到长鞭在空气发出的"嚯嚯"声，当那声音越来越响时，我闪电一般地站起来从脚下的田野逃跑了。

长鞭一声一声在身后炸响，我奔跑着，脑子里空空荡荡。前面的世界高低不平，坟头和羊只一一被我抛在身后，太阳似乎就要从天上掉下去了。我想要甩掉爷爷，但有几次，我感觉他的鞭梢已经打到了我的脑壳上。

　　眼前出现了浮动的鳞片，它疲惫地闪烁着暗黄的波光。我知道，这就是黑河了。我是那么绝望，感觉就要被爷爷抓住了。惊慌中，我闭上眼睛，拼尽全身之力冲进了河中。河底沉淀的泥沙和堆积的石头很快就阻挡了我前进的速度，在惯性和阻力的作用下，我整个身子都朝前倾着，一头栽进了水中。水中并没有我想象的那么冰凉，相反，我感觉在这里甚至还要比岸上暖和一些。

　　另有一群乱糟糟的声音从身后传来，不用冒出头，我就知道那里面包括了大伯、大伯的儿子、姑姑、爸爸、妈妈、哥哥、二姐、三叔四叔三婶四婶。他们吵闹着、呼喊着、哭泣着、惊叫着、詈骂着，汇合成这世界上最普遍的声音。

　　很长时间，我忘记了划动四肢，只是就那么漂着，随河水顺流而下。我尝试着睁开眼睛，水很清，我一下子看见河床上招摇着成千上万株青翠的水草。它们灵动又轻盈，生机盎然，与岸上形成了泾渭分明的另外一个世界。越往前，水草越绿，那浓郁的颜色，让我莫名欢喜。我想，只要我不沉下去，不停地随着这河水一路漂流，就肯定比岸上的人提前看到夏日的模样。

春去也

　　脆生生的雨落仿佛仍在耳畔萦回，纵然上了火车，她自感依旧在路上恍惚。车厢并不见几个人，空荡荡，一如她的失魂落魄。按照车票找准座位，才把湿漉漉的风衣马虎收好，车便开启了，一口苏打水刚咽下，它就疾速钻出了车站。光线渐次明晰，两边的矮墙和爬藤一旦向后撤退，远方的天空也就不可阻挡地寥廓起来了。

　　并不是个好日子，早晨出门时的阴霾，这当儿已推演成滂沱大雨。精灵般的雨滴在洁净的车窗上不可避免地坠落，像是完成一场盛大赴死的仪式。流淌的水迹中映照出一张业已变形的面孔，嘴巴、鼻子、眼睛全部相溶在一起，仿佛熔炼过，不经意的一下相顾，这惊悚的画面让她彻底战栗起来。像是内心深处的无意识以这样吊诡的方式显现，此刻，就在火车被迎面奔来的隧道所吞噬时，她才在漫长的黑暗中，后知后觉地感受到了那口已郁积在胃囊的苏打水的冰凉。

　　她打开行李箱择出一件灰白罩衫护在腹

部。那个看上去有些邋遢的老头就是在这个时刻靠近过去的，他胡须葳蕤，走路摇晃，一头桀骜不驯的银白长发曲卷着大波浪盘踞在肩膀上张牙舞爪。宽大的麻布衣服兜着风，使他像极了一个走穴的江湖大师。这一眼看上去绝非善类的形象，让她不得不生出警戒之心。像往常遇到可疑人物一样，她习惯性地扯起衣服，将自己包裹得更加严实了一些。仿佛那是盔甲。如此做完了，似乎并不放心，看着老头东倒西歪地愈加接近自己，她索性丢下一脸嫌弃，朝着硬邦邦的窗户，几乎将整个身子都贴了上去。这意思已经相当清楚，不论道德与否，任何一个女性，恐怕都对试图靠近自己的邋遢老头存有防范心理吧？可问题在于后者，他居然敢坐定在她身旁，热情蓬勃地问道："妹妹，你是不是很冷？"

干什么，这算是搭讪，还是骚扰？她实在无法理解一个年纪和自己父亲差不多的陌生老头，兴奋洋溢地称自己为妹妹，于是，便有些硌硬地回答："不冷。"

"你看你，为什么要说谎呢？"老头怀揣着一种客观的执拗，他直言道，"你的头发都湿了。"

老头从宽大的袖子里伸出手来。待他做了个昂头喝水的动作后，空气里就立刻浮动起了一层四溢开来的酒香味道。而就在这种酒香的驱使下，老头还煞有介事地闭着眼睛咂巴起了嘴来。这个早上，老头的兴奋是显而易见的，他将那瓶酒递到她面前说："喝点儿吧，暖身子。"

她一向是讨厌酒的，但这酒，却真是香极了。沁人心脾的香，甚于用过的任何一款香水。尽管如此，她还是不为所动。世道这么乱，谁知道这酒里会不会有什么不该有的东西？她别着脸看窗外。窗外是黑漆漆的隧道。

没得到回应，老头丝毫也不失落。他又抿了一口酒，热情地对她说："妹妹，来，喝口吧。从上车起，我就注意到你了。要不是冷，你为什么会一直抖个不停呢？"

她怔了一下，转过身，把自己扳正了朝向老头。一脸黑云汹涌滚滚，像是要打雷，她认真地对老头说："滚！"

一只伸过来的手，来不及撤退，遽然停在了离她一拃远的空中。那瓶酡红色的酒，就嵌握在面前这半截枯黄的手掌里。老头昂起下巴，想说点什么，但酝酿了一番，最后也只是声色激动地说："你给我起来！"

"凭什么？"像是比赛，她扯着嗓子喊起来，那激动也就更胜老头一筹。火终于被勾起来了。她怒目相向，质问老头："你想干什么？我凭什么要起来？我不愿意接受你的搭讪。"

"啪。"老头毫不客气地往她面前的桌子上甩下一张车票。他的眼神凛冽，锋利，像鹰。不及她仔细去看，老头又捏起尖而细长的如鸟喙一样的手指，在车票上一边使劲啄，一边用一种不可思议的口气道："看清楚！"

车票不会骗人。老头的座位才是靠窗的。一瞬间，她又恍惚起来，攒起的怒火顿时萎了，甚至觉得适才的质问不仅大而无当，而且自取其辱，道歉不是，赔笑也不是，站起来和老头换座位时，竟尴尬得连路都不会走了。

火车还在隧道中穿梭，黑暗里的寂静在漫长的冷清中让人发怵。老头坐定后仍有些气呼呼，闭起眼睛开始假寐。起初，老头并没打算再次给她好脸看，毕竟她的那个"滚"字，对自己伤害不浅。即便经历过岁月淘漉，早已对生活之外的很多事情都不得不风轻云淡地看待，但用一个老人所剩不多的热情，而意外换得的一句恶语，足以让他感觉到这世界致命的寒意。可仅仅在十几分钟后，老头就豁达地看开了：活在命数里的老人，不都是活个热闹吗？这点可怜的尊严又算得了什么呢？想到此，老头便主动偷乜了她几眼，就又伸出袖子里的那瓶酒，愉快地将它递到了嘴边。酒的香味让老头立刻又兴奋起来。这次，老头不哑巴了，而是浮夸地咀嚼，就像在卖力地表演。老头一会儿张开嘴巴，一会儿又闭上，还不时把舌头伸出来颤动，睁圆了眼睛向着她做鬼脸。那模样，像极了一个讨人欢喜的小丑。

她终于忍不住，扑哧一声笑出来了，但又马上就意识到了这么做的不妥。于是紧接着，她用只有自己才能听见的声音自言自语道："简直莫名其妙。"以作为对那声没克制住的"扑哧"的修正。

老头顺利捕获了这个讯息。他带着一种放松到近乎和解的口气说："妹妹，你应该看得出来，我并不是个坏人。"

"我没有说你是坏人。"她面无表情地说。

"哦。"老头呵呵笑着，"那就好，那就好。"

说完后，她感觉表达得不准确，让老头误解了自己的意思，便纠正："但我也并不认为你就是好人。"

"那就是普通人。"老头并不计较她的纠正，相反，他倒有些满足，"这世上绝大多数的人都是不坏也不好的普通人。"

"可我并不喜欢，甚至对你抱有很强的防备心态。"她并不打算隐藏自己内心的想法。接着，她再次坦白："你看上去就像一个经验匮乏的江湖术士。"

"一个经验匮乏的江湖术士？"老头哈哈大笑起来。显然，他对这个新鲜的定义抱有很大兴趣。

她耐心地解释："你难道不觉得吗？不羁的打扮，放荡的举止，轻佻的言语，这简直就是一个江湖骗子的标配。还有，你搭讪的方式太老套了，甚至有些拙劣。时代在进步，活到老，也要学到老。"她的犀利中略带调侃。

"其实，我是个琴师。"老头并没有向她隐瞒自己的身份，但他也不得不沮丧地承认自己的境遇，"当然，虽然早就过气儿了。"

她有些诧异地盯着老头。从出现在自己的视野中起，无论是鞬然而笑地请自己喝酒，还是暴跳如雷地要自己让座，老头的情绪总是那么高涨。这猝不及防出现的低沉和乏力，让她对老头公开的身份产生了一种毫不质疑的信任感——这种面对命数的无奈，是世界上任何一个伟大的演员都不可能完美呈现的。她一时不知道该如何措辞。他需要的该是安慰，还是倾听？她将自己置身到了妄自揣测的无解境地。隧道好长啊，漫漫无期的黑暗，不仅逼仄，而且压抑，她十分确信自己已经闻到了老头命数里的某种令人伤心的气味。

老头依旧沮丧。她等待了片刻，突然冒出了一句不经大脑思考的话："那又怎样？"这话让她登时为之一愣——这么说，自己的潜意识中，和老头已是站在一起了？刚才不还在对他指手画脚吗？

老头抬起头，感激地长久注视着她。眼泪从眼眶里流了出来，老头的鼻翼和嘴角都在痉挛，脸上的皱纹，以及皱纹上细白的寒毛，都在不停地抖动。对此，她感到了无可名状的不知所措。愣了一阵后，老头居然咧嘴一笑，双手呈八字形豪放地抹去挂在脸上的泪水，以一种朝着老友分享重大喜讯的口吻对她兴奋地宣布道："你知道么，妹妹，我离家出走了。"

这一刻，老头丝毫不掩饰自己内心的喜悦。看得出来，他应该是憋了好久才决定对她分享自己的秘密。离家出走是一件值得庆幸的事吗？她有点蒙，完全不理解老头的逻辑。她皱着眉头向老头求证："你说什么？"

于是在这湿答答的暮春里，在这冷清清的火车上，她真实无比地听到了又一个离家出走的故事。老头坚定地说："妹妹，你没有听错，我说我终于瞅在这个鬼天气里离家出走了。就现在。"

像是悬着的心终于放下来了，老头换了个坐姿，将自己平摊开来。他又举起了那瓶酒，瓶底在灰暗中发出微弱的酡红色光芒。她想了想，从老头手中接过酒瓶，昂头猛灌了一口后，斩钉截铁地说道："有缘。我也是。"

"什么你也是？"酒精的作用是后发制人的，先前被老头一口一口喂进去，现在，是时候大显身手了。老头有些微醺，他没有一下子就明白她的意思。

她只好向他解释清楚："我说，我也在这个鬼天气里离家出走了。就今天，此时此刻。"

两个人的对话随着突如其来的白光，戛然而止了。隧道已吐出火车。雨还是下个不停，貌似更大了些。窗外是青绿的田地和低矮的灌木，一条瘦弱的河流横贯广袤的田野，朝着远方的树林缓缓而去了。有浓淡不一的雾从河上升起，像蠕动的烟带，徘徊在天地之间。

老头迟疑地看了看身旁的这个陌生女人，用商量的口气问她："你先，还是我先？"那意思是谁先讲述自己的故事。

"长者先。"她说。

"国际惯例，女士优先。妹妹，你先。"老头伸手，一个劲儿地比画着礼让的动作。

她认真白老头一眼。老头立刻识趣地收了手，笑嘻嘻地说："那就我先，趁没醉之前。"

老头咂巴着嘴又喝了一口酒。咂巴嘴，可能是他喝酒的习惯，但在她看来，这或多或少就有了戏谑意味。或许，他真的适合演小丑，她想。

"事情得从我退休那年说起了。"老头摆出一副说书人的架势，开始了漫长的追忆。

那是十年前的事了。老头所在的京剧院，在一次接待外宾的演出中，意外着火。火从仓库里面蔓延出来，在门口堆积的各种陈旧道具原料的牵引下，将后台的幕布燃烧了。当时，虽然情况比较危急，但好在安全通道是畅通的，舞台上的演员以及乐池里的琴师，还有观众一干人，全部迅速撤离。火势很快就被控制住了，尽管公共财产利益有所损害，但好在没有人员伤亡。这该是不幸中的万幸了。仓库后面是一条嘈杂的大排档街，经常有抽烟的顾客随手将烟头扔上仓库的屋顶。仓库年久失修，很多地方都裸露着黄褐色的芦苇和稻草，好几次城市安全大检查，这个仓库都被列为重大隐患对象，但因为资金短缺，院里就一直搁着。这次着火，早就是意料之中的。院里上下，并不意外。送走外宾，正当大家齐心协力清扫垃圾时，有人着急忙慌地跑去报告院长，仓库里直挺挺躺着两具裸尸。

"都是被浓烟呛死的。"老头黯淡地说，"男的是财务科长，女的，是我老婆。"

"偷情？"她怯怯地问。

"交易。"老头继续讲述，"财务科长的妹夫是师范学院的校长助理，我老婆，一直想去师范学院当戏曲老师。"

"两个五十多岁的老人，在你们剧院的仓库里？"她实在无法接受这种没有任何美感的欲望。两具由暗斑和褶子组成的裸体，还适合以审美的名义去亲密接触吗？

老头委屈地辩解："我老婆很漂亮的，保养得像个小姑娘一样，皮肤又好，声音又脆。"

她不禁冷笑。

老头继续说："我们结婚近三十年，有一儿一女，日子虽然不富裕，可连一次架也没吵过。可谁想到她竟是这么个人。出事后，我还没闹，财务科长的老婆就先撕破了我的脸，她说，是我老婆先勾引的她丈夫，理由是她手中有一张我老婆亲笔书写的欠条。"

"欠条？"她越听越糊涂了。

"嗯，我老婆写的欠条。她从财务科长的衣服里搜出来的。"老头眼泪涟涟道，"上面清楚地记载着他们肮脏的交易。那些粗俗不堪的字眼，我简直想象不到会是一个备受尊崇的女京剧表演艺术家所手书。"

"那要这么说，你老婆应该也有财务科长的一张欠条。既然是交易，就应该是互欠的事。"她忍不住插话。

老头依旧沉浸在逝去的悲伤里，他缓缓地说："我当时就想到了，但一直没找到。真是耻辱啊，空前绝后的耻辱，我还有什么脸面再在院里待下去呢？"

"所以你提前办理了退休。"对于这个既定的结局，她还是可以轻易预见的。然而，让她无法捉摸的是，这跟老头兴奋良久的离家出走，到底有什么必然关联呢？

老头依然不温不火地让故事循序渐进着："从此，我就是一个无论走到哪里，都会被指指戳戳的人了。这个世界好像透明了一样，什么秘密都藏不住。明明是他俩做下了丑事，但由其衍生出的非议，却得我来背负。财务科长的老婆应该也处于蜚短流长的旋涡中，但似乎那个被老婆戴了绿帽子的男人，才更受民众'欢迎'。理由很简单啊，连老婆都看不住，还配以男人自居于世吗？"

"说重点。"她故意掐断了老头准备抒情的苗头。

老头用宽大的衣袖拂拭了几下眼泪继续说："这种'欢迎'，整整持续了十年，简直就是内心的煎熬。有时候，我试图说服自己，冲上去抢起拳头，让那些把欢乐建立在我痛苦之上的家伙闭嘴，但每次都被懦弱绊住了脚。我这一辈子都不是个破马张飞的人，拉琴拉到骨子里，就觉得对待世界，也要像对待艺术一样，方才谦谦君子。"

"谦谦君子？"要不是老头在讲述一个令人难过的故事，她差点没被这个词语笑出来。

"嗯。这辈子，我对谁都谦恭礼让，就是教育子女，也循循善诱，温文尔雅。可没想到，这倒成了众矢之的的命门。妹妹，实话实讲，我离家出走，就是做给子女们看的。"

老头的讲述中透着一股得意。

内退以后，老头过上了闲得发慌的日子。真是度日如年呀，女儿出嫁了，虽然还在同一座城市，但却相隔五十公里，她只是在母亲离世的那些天陪在老头身边，头七一过，就拍拍屁股走了；儿子呢，远在千里之外的地方上大学，这个兔崽子，只有在缺钱的时候，才会想起老头来。无业游民一般地晃荡了一个月后，老头加入了社区的戏曲表演队，依旧是做琴师。那段时光，像是终于找到了组织一样，老头强迫自己忘记耻辱之痛，化悲愤为力量，全身心都投入到拉琴上。而当这么做的时候，他确实得到了不少人的赞誉，到底是京剧院的老牌琴师，水准就是专业。但福兮祸所伏，他哪里会想到自己也会遭人嫉妒呢？在他没出现之前，队里的另外一个老头才是大家所公认的"腕儿"呀。全队的老太太们都簇拥着"腕儿"，让他不可遏止地跳上了膨胀和虚荣的舞台。"腕儿"忘我地拉动琴弦，全然把对艺术的热情误当作了艺术的造诣。就在这种自我迷醉中，"腕儿"甚至生出了荒唐与谵妄，把全队的老太太比作是自己的三宫六院。没多久，老头就在深夜回家的路上被一群来路不明的蒙面人教训了。他们威胁老头，立刻滚出表演队，如不就范，下次就剁死他这个老东西。

"那天晚上，我被剁掉了右手食指，此生都无法再拉琴了。"老头伸过藏在袖子里的手，向她展示了十年前惨遭报复的证据。食指触目惊心地矗立着，宛若一截逼真的模具。其实，它就是真实的。它立在她眼前，看上去跟老头其余的手指还是那么亲密无间，像兄弟。只是，十年过去了，它依旧缺少两个指节。

"报警了，未果，他们一直在推诿。我知道幕后主使就是那个'腕儿'，但苦于无证据。后来呵，我就向命运妥协了。只是安安分分地做个退休的老人，养养花，逗逗猫，孑然一身。当然，人老了就图个热闹，有时候也会混进广场舞队伍，但我铭记断指教训，从不有所僭越。这样孤孤单单过了六七年，我也越来越逼近生命的尾数，尽管还有人对我指指戳戳，但我已不在乎了。子女也都为人父人母，我早就是做了爷爷和外公的人了，只把他们当作是我人生的杰作。"老头的讲述中夹杂着越来越重的酒气。那瓶酒，已空空如也。

她还是没能听到老头离家出走的根本原因。老头的故事，铺垫好长啊，她快有些不耐烦了。她夺下老头手里的空酒瓶，一本正经道："我可不是个富有耐性的人，你要再不说为什么离家出走，我在下一站就下车了。"

听说要下车，老头先是急切地抬头看了她一眼，随后又将头沉沉埋了下去。他撇着嘴巴，眼窝里饱含惶恐，像个活在情感世界里的稚子一般，胆怯地伸出那节断指，轻轻地触碰她的衣角。一下，两下，三下……他也不说话，只是那么轻轻地触碰着。真是又好气又好笑，她故意把衣角拉扯回来，板上一副严肃的面孔，想要看看这老头的葫芦里到底卖什么药。

"妹妹。"老头的声音里已满是哭腔，他又怯怯地伸手捏住她的衣角说，"别这样。求你了。"

她不说话。

老头几乎哭了。"你不要嫌弃我，人老了就是这样麻缠。子女儿孙都不理我，所以我才出来了。"

他一定是孤独了。她想。有些老人就是这样，年轻时杀人放火王八蛋，但在年老时，却怕被一棵叫作孤独的稻草压垮。她早就听说过有独居的老人反复给110打电话报假警，其目的实在是荒诞极了——蓄意妨害公安机关正常工作秩序，就会被拘留。那多好啊，一屋子人关在一起，人气要多旺有多旺。

哦，不不不，他不是那样的老头。他一定没有讲实话。只有那些无所顾忌的老人，才会铤而走险。她记得很清楚，老头一开始就说过，他离家出走，是做给子女们看的。

为什么呢？她在心底叩问自己。

火车再次被隧道吞噬。大概是此处海拔高的缘故，眼前暗下去的时刻，耳朵里刹那间就灌满了宛如来自远古时代的轰隆之音。像是战场上的厮杀，又像是山岭倒塌，那声音哽在耳门，憋得她脑仁难受。

"伸进去。"老头大声指引着她像自己一样，也用手指堵住耳洞。他歪着头，像一个滑稽的马戏团小丑："我们正在穿过一座雪山的心脏部位，在祁连山脉，乌鞘岭。"此时，老头呼喊着，自告奋勇卖弄起了自己仅有的地理学知识。

"你应该讲讲自己。"她从耳朵里取出手指，就像老头之前轻轻触碰她的衣角一样，在这个正午来临之前的早上，她一边轻轻触碰老头的心脏部位，一边对他说，"来自心底的真实。"

"好吧，妹妹，我告诉你。"老头正视着被她触碰过的地方，突然莫名其妙地笑了起来，他用一种旷达的声音说，"我生病啦。"

"病了还这么开心，是病得不轻。"她揶揄道。

老头对她的话置若罔闻，他决心让自己一吐为快。

那是一个阳光灿烂的早晨，当老头捏着那张化验单从医院出来的时候，正好有一团鸟屎落在了他的额头上。他再抬头去看时，就发现两只喜鹊互相追逐着扎进了鱼鳞色染向天边的云朵里。那一瞬间，老头坚定地认为自己就要死了。很明显啊，连这种一向象征着吉祥如意的鸟儿都向自己抛洒了粪便，可见世界已薄情到底。老头得的是胃癌晚期。胃部有病，他是有预见的，但没想到如此严重。独居的十年里，老头对于三餐的概念早已模糊，饥一顿饱一顿，冷一顿热一顿，乃是常事。子女哪能靠得住呢？女儿又怀了二胎，还没生呢，就被大外孙女恶语相向，孩子正是青春期叛逆的时候，多次扬言迟早弄死这个还未面世的崽儿；儿子更不靠谱，创业失败在家啃老，没日没夜地打游戏，老婆跑了也不管，近半年又迷上了网络女主播，为了讨好她们，竟然偷老头的养老钱去一掷千金充大爷。还有更离谱的，十年过去了，当年的京剧院财务科长老婆，居然也哭哭啼啼地找上门来，要老头为她的老年生活买单。她的理由听上去实在是堂而皇之——她在师范学院门口经营了五六年的小吃摊，被城管砸了，这就意味着她的生活来源断了。要是财务科长还活着，她能受这罪？老头当然要对她敬而远之。但这个女人撒泼的本事经过十年的修炼，已经到了登峰造极的地步，她居然没羞没耻地拉着横幅在老头家的小区门口，一把鼻涕一把泪地向群众讲述，老头那狐狸精老婆是如何害得她家破人亡的。人心如斯，活着何用？

"我也想过自杀，跳楼、喝药、割腕、撞车，凡此种种，但一一放弃了。"老头的讲述内敛而省净，这一刻，她彻底被震撼到了。

她问："为什么呢？"可刚问完，又觉得多余了。

"死固然痛快，可我不能给子女留下被人耻笑的把柄啊。如果我自杀，世人都会以为是子女待我不好，尽管事实也如此。但你知道活在耻笑里的滋味吗？你会感觉全世界没有一个是好人。"她果然猜得没错，老头并不是个无所顾忌的人。老头继续说道："但在那个被鸟屎淋到的早上，这一切，都不足为惧了。不是你想赴死，而是死迎着你来了。你清晰地知道自己会是个将死之人，再也没几天苦日子可受，大限之前，什么都会是一缕清风。"

她不知道该说点什么，但却又必须说点什么。一个敢于直面死亡的孤独之人，难道不该为他的豁达而有所敬畏和表示吗？她紧咬着嘴唇，试图想表达，可还没有想好措辞，就又深深地意识到，在老头面前，现在，无论说什么都显得过于苍白。于是，她只好又吐出了一句有用的废话："然后呢？"

"然后？"老头的语气在这一刻轻松起来了，像是放下了尘世的一切，他得意地说，"然后我就想到了这个办法。当然，我并不是要真正地离家出走，我是做给子女儿孙们看的。他们平时都不把我当回事，我一消失，他们肯定着急。说不定会疯了的。等外面溜达一段时间再回家，他们必然也都围着我团团转，一家人其乐融融。死了，我也就真正地圆满了。"

老头的话让她瞠目结舌。万一子女儿孙们要的正是他离家出走，查无此人呢？老头也不止一次地提到，他们烦他。他这哪里是一计良策，分明就是可能玩火自焚的赌局啊。她坐不住了，真想把这利害关系掰开揉碎分析给老头，但每每看到他得意的样子，就又强迫自己闭嘴了。"梦醒了的人生无路可走"，况且，老头还是个胃癌晚期患者。

就在这种无限的猜度和犹疑中，暂时的安静被老头的发问打破了。是啊，时光再延宕下去，老头就要醉眠了。说好了老头讲完该她讲的。像是卸下了一副担子，老头不知又从哪里摸出一瓶酒，抿了一口对她说："妹妹，说说吧。"

酒还是酡红色的，有几滴洒下来，正洇进老头的领口，绽开了鲜血梅花。患有胃癌还喝酒，她一把抢过酒来，冲老头咆哮："不要命了？"眼睛红得仿佛一只豹子。

老头倒是无所谓："反正也没几天可蹦跶了。"但说完，他立刻就后悔了。这个上一秒还红着眼凶巴巴的姑娘，这一秒居然哭了。老头无措起来。他讪讪地搓着双手，嘴角还堆着来不及撤下的僵笑。

挂在窗户上的雨滴已经被隧道里的气流吹干了。浅浅淡淡的水渍附着在玻璃上面。老头伸出那节断指隔着玻璃擦来擦去。广播开始通知，距下一站还有半个小时。老头扭过身子向她承认错误："妹妹，我向你保证，再也不喝了。"

她安静地擦拭眼泪，不冷不热地说："爱喝不喝，与我何干？"

"别别，我真不喝了。我保证。"老头把那节断指举过头顶，态度虔诚得像个起誓的教徒。

她想，或许自己真的严苛了。尽管酒精会加速死亡进程，但对于这个无奈到离家出走的老头，那也可能是他生命尾声的唯一朋友了。甚至是残酷。人还是应该活得宽宥一些好，老头的离家出走不也是为浑蛋子女们的孝顺名声而造势吗？她决定不再要求什么。

为了表示自己言出必行，老头把酒瓶扔进了垃圾桶。他说："妹妹，说说你的故事吧。"顿了顿，他又说，"我刚才突然想到了，你明明一直发抖，但却又说不冷。那么——"老头的声音在这一刻扬了上去，看得出来，他想要故意制造一种布满悬疑的气氛。

"那么什么？"她的心在咚咚跳。如凿一面大鼓。

"会不会是因为恐惧？"老头的质疑中带着一种志在必得，其实他想说，那么，你一定是因为恐惧。

这个早上，虽然她一直都刻意保持镇定，平静地与老头聊天互动，甚至发出笑声，可是，当恐惧二字从老头嘴里说出来的时候，她还是不由自主地慌张了起来。这个具有明确概念意义的词语，真的是对自己行为表征的精准阐释吗？她被老头的话带入了疑惑，就像那个冰雪肆虐的午后，这一刻，她又开始感到一种恍如隔世的不安。

都被老头窥破了吗？人在做，天在看。这么说，一切天注定，什么也逃不了了。她将衣服裹得又紧了些，袖子拉得像个口袋，而手，已经在里面抖抖索索了。一切有为法，如露亦如电——纷乱的脑子里刚冒出这两句，她就又否定了——不，那不是我的错。她的脸越来越苍白，额头依旧有水淌下来，但她知道，那不是雨滴。身子也轻盈，像坐在一朵云上。

"妹妹？"老头察觉到了她的异样，"你还好吧？"

她不说话，只感觉那朵云游动了起来。开始缓慢，后来就快了。耳边是风声，呼呼呼，风吹杂草的声音。云在下坠，头发似乎竖了起来。后来，云朵化身成了鱼，一条大鱼。哗哗哗，大鱼也游动了起来，这让她误以为进入了一片水域。接着，身子又轻盈了起来，像踩在船上。船在微动，可移动之间，轻盈之感却变得不很均匀。船在打摆子，她被方向的高频置换冲击出极速眩晕。之后，一阵猛烈气流穿过，世界突然变成了弧形，她还没来得及呼喊，就跌进了无边的黑夜。像是灵魂出窍一样，她感觉自己似乎被平放在了冰凉的水面上。其后，是失聪和失明，仿佛去了另外的世界，意识也彻底失去了。风吹，水流，均未将她唤醒。一轮惨白的月亮悬在中天，而幽暗的夜晚，正深沉地笼罩了沉寂的世界……

时间在死亡。

一切，都像是停止了。

迷迷糊糊醒来时，火车已经出了隧道。她首先看到的是那轮惨白月亮。它就挂在头顶，触手可及。在迷离的视线中，月光被晕染出一种无限扩张的朦胧和冷淡。像是凶杀案里的月亮。她不由得又抖动起来。老头再次捕获了这个讯息，他凑过脑袋对她说："妹妹，醒了？"

她没有回答他，剧烈的头疼还在一波一波地袭击着，胃里像掀起了艘大船，就要翻了。她在浑身乏力中想要抓住什么东西坐起来，但眼前的眩晕只能让她平躺在座位上。火车还在飞驰，她问老头："到哪儿了？"

老头如实回答她："错过了。"

"嗯？"显然，她没把之前骗老头要在下站下车的那句谎言记在心上。

"你已经错过下车了。"老头认真地说。

"哦。"她如梦方醒道，但也并不准备解释。现在，她最重要的任务是走到卫生间去，这几乎有种火烧眉毛的紧迫——她预感，在任何一个下一秒，都有可能呕吐出来。

卫生间一如既往地散发着闷臭，这气味刺激着她，弓身扶着墙壁哕哕不止，直吐得翻江倒海。老头不放心，守在外面一直问有没有事，需不需要帮忙。许久，她才打开门，嘴角挂着黏液，双眼无神地说："水，给我一杯热水。"便池虽已被冲干净了，但依旧残留着食物腐熟的气味。老头看到她跪在便池边，如一根瘫软的面条，正大口大口地喘着粗气。而她湿漉漉的头发上，此前那些已消失的水滴，现在却又出现且淌落得更频繁了。甚至，有几股热气正从她的头顶蒸腾，不住地向上蹿升着。老头被她的模样吓到了，但他什么也没有说，只是怔了怔，就转身走了。一会儿，老头端来热水的时候，她已在洗脸了。老头把杯子递到她手上时，她依旧抖个不停。

热水一半漱了口，一半被她一小口一小口地咽下去。之后，老头又端来一杯递到她手上。靠着墙壁休息了一会儿，她的面色稍微有点红润起来。但他们什么话也没有说，老头试图搀她回座位，但她摆摆手拒绝了。就那么干站了有一刻钟，老头小心翼翼地问："妹妹，这是怎么了？"

"没事。"她勉强挤出一个无所谓的笑容，然后又将那杯已温吞的水一饮而尽。之后，她才反问他道："有没有过感到特别不安的时候？"

"我想想。"老头仰头做回忆状道,"有。其实我对你撒了谎。查出胃癌晚期的那天,我对死亡的态度,并没有讲述的那么豁达。被鸟屎淋了后,我一个人走到河边哭了足足一个早上。那个早上,是我这辈子最忐忑不安的时刻。世界这么好,我真是舍不得死。但快到了中午的时候,一只小船靠近了我。船主是河边一带专门捞尸的水鬼,我把不安和不舍都告诉了他。谁料,他还没听完就骂骂咧咧地走了。他骂我活该,骂我命贱,白拿着退休工资一天啥尿事也不干还毛病多。死了拉倒,活着遭罪。"

老头哈哈大笑起来,他自嘲自乐道:"死了拉倒,活着遭罪。我想想也是,就拍拍屁股回家了。"

"不。不是情感上的不安。是良心,我说的是良心上的不安。"她说。

"那没有。"老头的回答斩钉截铁,让她产生了一种不容置疑的信任感。

"我有。"她坦白。

"所以恐惧?"老头的反问又使他们的对话回到了她晕厥以前。

"嗯,因为恐惧,所以离家出走。"她补充。

"起因是什么呢?"老头问。

她回答:"一次插队。"

"插队?"老头迷惑了。

"不是知识青年上山下乡。"她解释道,"就是一次极其普通的排队插队。当然,之后由它所引起的一系列变化,由小及大,就像是蝴蝶效应。"

老头"哦"了一声,问她要不要再来一杯热水。看上去,他并没有多么迫切想知道她的故事。

她摇摇头,学着老头说话的口吻,慢条斯理地开始了她的讲述："现在想来，那似乎已经是很遥远的事情了，充满了霉味、腐败和变质。有时回忆起来，我总会产生一种像是经历过世事沧桑的感觉，它提醒着我，让我一直不敢忘却。所以我就背负了它，像是背负了沉甸甸的命运。可事实上，这一系列事情确定无疑的初始时刻，不过仅仅是十五个月前的冬天。"

前年冬天，她分配到了学校里的房子指标。她居然也有指标，这听上去简直不可思议，毕业不到半年，还处于试用期呢。一开始，她似乎并不感兴趣："那房子在山上，除了风景好，医院、学校、超市什么也没有，况且离市区有十多公里呢。"当她以一种品头论足的口气把这些通过电话讲给远在老家的母亲时，这个在菜市场斤斤计较了一辈子的退休老太太，居然果决地让她务必保住分配指标。花多少钱，也要买。

"现在的市区居住环境那么糟糕，噪音重，道路堵，人口多，卫生差，房价还贵，再过二三十年，迟早得瘫痪。山上好啊，有品位的人都住山上。往后，人们衡量生活质量的指数，不会是金钱，而是健康。环境好，一切都好。"电话里传来的富有远见的理由让她不得不重新审视母亲退休前的职业——一名高中地理老师，"中国的逆城市化发展，很快就会来临。听我的，准没错！"

"可我一个姑娘家……"她还是有点不愿。

"姑娘家，姑娘家怎么了？女性在社会地位中的尊严体现，首先在于独立，不仅人格得独立，而且得经济独立。听我的，男人都是混蛋，你离家远，必须要有自己的房子。"母亲的教导显然附会着自身失败婚姻的经验总结，要不是早些年父亲劈腿把母女俩赶出家，她断不会如此偏执。

"还有，钱的事，你不必操心，我有积蓄。拿出来，够了。"离婚后，母亲对她说得最多的一句话就是"你不必操心"。她知道，母亲是不想让她在情感破碎的现实中常有物质的缺憾。

　　房子是精装过的，打扫一番，她就搬了进去。人渐渐多了起来，整个小区都是学校里的老师，她本以为会没有多少人愿意住，看来母亲是对的。每日有校车接送，这里并不堵车，一趟也就半个小时。她的教学任务并不重，一周只带五节大学语文。硕士毕业后，她应聘到这所高职院校，没有编制。她的同学基本都回家复习考公务员或者事业单位。母亲在这一点上并不强迫她："那种单位有什么好，给一个铁饭碗，就把人一辈子拴死。人活着，最重要的是自由。"她沉默着，并不说话。离婚后，母亲一度想带她远走他乡的，但铁饭碗，钳制住了母亲。

　　搬进新房的那晚，她决定一个人煮火锅庆祝。因为实在想不出有什么比煮火锅还显得热闹的一个人的吃饭形式。谈了五年的男友出轨，毕业后，她放弃了上学待过七年的城市逃离到这里，才短短半年，还没有认识新朋友。锅还没开，她坐在窗户边给母亲打电话。猩红的夕阳在远方的山巅静止，河边高耸的白色灯塔像烟卷，从她的角度看过去，夕阳与灯塔巧妙镶嵌，仿佛烟卷被点燃了。她蛮喜欢这个场景，盛大而热烈。母亲在电话里絮絮叨叨叮嘱各种注意事项，她不耐烦，轻轻地举起一杯酒，对着灯塔说："干杯，朋友。"

　　声音虽轻，但还是被母亲听到了，她立刻追问："你在跟谁说话？是不是谈了男朋友？你们同居了？我不是早就跟你说过，男人都靠不住。你爸就是例子……"

　　每次都这样。她真的不想再解释："不是……"

　　"什么不是，你就是不见棺材不落泪。我也不是不让你谈，可你现在还这么小，哪里分得清好人坏人。坏人脸上可不写坏人。万一被骗了怎么办，这世上我可就你一个亲人了。"

　　真烦，毕业不回家，这个选择真是正确极了。她把电话放在一边，开始往火锅里放菜。没挂断，母亲在哭，哭就哭去吧。她把一口茼蒿嚼得嗞嗞作响，红油从嘴角溢出来，滴落在手背上，很快就凝结了，像夕阳。她呆呆看了好久，决定把床搬到窗边来。她想，夕阳这么美，朝阳应该也一样。

第三天，母亲就从老家赶来了学校，带着一种生猛和威武，看样子是来教训她的。刚见面，她们就吵了架。母亲理直气壮："你犟什么嘴，你要不是和男朋友同居，脸红什么？"

"学校这么多人，您乱说一通，我以后还怎么在同事和学生面前做人？"她委屈极了。

"你别做下好事啊！"母亲不依不饶。

"那您住下别走，看看我到底做了什么好事。"她赌气。

母亲一连住了半个月。每天，母亲都戴着墨镜，远远地藏匿在人群中，像个技术拙劣的私人侦探——她去上课，母亲监视着，她去餐厅，母亲监视着，她去卫生间，母亲还监视着——她从一开始就察觉到了人群远处的母亲，但并不打算揭穿。甚至有时候，她故意迎着母亲的方向而去，就在母亲转身掩面隐藏之时，她却岔过去离开了。发展到后来，这就像是个可笑的游戏了，她像往常我行我素，母亲倒心惊胆战地躲起她来了。

这时，她突然停下不讲了。她陷入了沉默。

"后来呢？"老头问她。他已经不用鼻子呼吸了，嘴巴里呼呼地冒着酒气。

"走了。回家了。"她说。

老头有点不相信她的讲述："这让你感到恐惧，就这？"

"这跟恐惧没有关系。"她说。

"……那你啰唆半天……"老头借着酒精表达了不满。

"但母亲在今早去世了。"她刚说完，火车又钻进了隧道。

"这是最后一个隧道了。"长久的沉默后，老头的声音突兀地在灰暗中响起。她不再与老头接话，揣着那杯水回到了座位上。她的表情有些呆茶。水杯一直被她用双手捧着，箍得紧紧的，像是在焐手。其实，杯中的水早冰凉了。老头摇摇头，灰白的嘴唇嚅动了几次。他已不再指望她能敞开心扉，但她却自言自语般地再次开口了。

母亲走后不久，她就接到去不动产登记中心办理登记手续的通知，同去的，还有她所在单元楼的其他住户。那天是周三，吃了早点，换了身厚羽绒服，她才出门。雪纷纷扬扬飘洒下来，出租车司机开车一直很慢，到不动产登记中心已是七点半，八点开始办公。她不知道该干什么，就在大厅里胡乱张望。倒是有几个面熟的人聚在一起寒暄，平常进进出出，多少有些印象。但只是有印象罢了，她一向对亲朋师友之外的人保持警惕，因此并不上前搭讪。有志愿者走过来问他们办理什么业务，问清楚之后，就让大家去排队等待。一瞬间，先前还彬彬有礼的大家就地开始抢夺有利位置，也不管什么邻居不邻居，原形毕露了。她想到十点到十二点之间还有课，就也身手敏捷地排了上去。既非最前，也不落后，她处于中间。前面是一个西装笔挺的很"端"的男人，她办入职时在教务处见过他。当着不大不小的官，做着不痛不痒的事。后面是一个穿着背带裤双手托着肚子的漂亮姑娘，鼻梁间挂着一副空眼镜框，透出可爱。朝她笑，很迷人。她不禁又看了一眼，才发现是个孕妇，便刻意拉开了些间距，也笑了笑。

后来回想起来，她总觉得所有事情的开端就是在排队的这一刻已命中注定的。"我一直觉得这个位置是上天刻意安排给我的——如果在当天早上，我能够或前或后地错开他们，规避那个位置，也许就能摆脱此后一系列的糟糕连锁反应。但事实上，谈起当时，现在全是惘然。"

或许，受酒精的影响，老头的注意力已经不太集中了；也或许，老头真是厌烦了谈论命运的每一刻，因此，当她讲述到此时，老头并没有什么特别的反应。他只是张开了嘴巴，打了个哈欠，顺便擦去了从眼角流淌下来的生理液体。

"刚开始，前面的人还有条不紊地签字摁手印，可是九点一过，大家就都按捺不住了。不断从后面有人走到最前面去堵在队伍前头，因此速度就缓慢了下来。我探出身子数了数，排在我前面的还有五个人，按每个人费时五分钟计算，我想，在九点半左右，我应该能坐上去学校的出租车。半小时刚刚好，从校门跑到教室，不会迟到。虽然这事可以请假，但我并不想因此而耽误课程。我还处于长达半年的试用期间，在没转正之前，我要保证任何与之挂钩的事情都要做到小心翼翼和万无一失。所以，当后面频繁有人堵上来时，我就感到了慌张。其实不只是我，我相信这世上还有无数和我一样在某个特定时期活得如履薄冰的人。"

"应该有人站出来制止。"老头猝然跳出来的声音让她有不小的惊动和感动。

当然会有人站出来，是排在她前面的那个男人。他离开了队伍，径直走到最前面，左右开弓地拨开堵在窗口前面的人，劈头盖脸地朝工作人员喝道："会不会办事？有没有先来后到？"

工作人员是个年轻妇女，经他这么惊雷一喝，委屈地将双臂抱在胸前反驳："又不是我在堵。谁堵骂谁去，招我干什么。神经！"

他绿着脸，转过身冲队伍发脾气："谁的时间不宝贵？"

队伍窸窸窣窣一阵，便又恢复了秩序。她不禁在心底感激起了他。她想起了母亲的口头禅："男人都是混蛋，靠不住。"她哑然失笑，并不苟同。得分人，不能一概而论，她想。排在前面的人又少了一个，眼见胜利在望。她真想轻轻拉他转身，对他说声谢谢，但到底忍住了。

　　九点二十的时候，排在她前面的还剩两个人。那个男人前面是一个大妈，正半伏在桌子上，她望了一眼，见大妈伸出食指浸上朱砂印泥往文件上摁手印。手印红艳艳的，散发着一种由内而外的喜庆，让人感觉舒服极了。她下意识地搓了搓手，虽然不至于冻僵，但也得让它们尽量活泛着，顺利摁下手印，不耽误自己，也不耽误别人。

　　终于挨到了那个男人。她不觉松了一口气。真是多亏了他，否则哪能这么快。一瞬间，她竟然对他产生了恍惚，觉得他的身影登时高大伟岸了起来。啊，她要是个诗人，想必定要歌颂他。就在这种自我酝酿的情绪中，她看见他转过了身。他本来不比她高多少，但在那一刻，她觉得自己必须对他投以仰望的目光，否则，就是不敬，甚至，亵渎。她昂头看见他笑了一下，啊，那笑真好看，比身后那个漂亮孕妇的笑还美。她简直是有些陶醉了。接着，她又看见他伸出了右手。胳膊笔直，手掌微曲，指头还像风一样地摆动。他这是在向大家致意吗？在无数的电影场景中，英雄致意都是如此。他虽然算不上英雄，但好人就不能使用英雄的标志性动作吗？她继而有些迷恋了。

　　"花痴？"老头也不愿打断她，但他实在受不了她过于一厢情愿的讲述了。那是多么虚伪，听上去就知道是旺盛的荷尔蒙在作乱。

　　老头的疑问击中她的内心。她不做回答，也不再讲述。那都是逝去的时光了，她不愿意再追忆。今早，倘若那个噩梦与母亲的死没有同时来临，她绝不会如此恐惧。倘若不离家出走，她也不会与这个老头相遇。那样的话，这些秘密就会烂在肚子里。有些事情，适合永不见天日。她是真不想再讲了，但与老头交换故事，似乎已是冥冥早有安排。就像前年排队的那个雪天，当她一脚一脚介入到"端"着的男人和漂亮孕妇之间

的那个位置时，这个老头，或许也已排着队伍，等待着被她的
故事所召唤了。

她继续说："你说对了，他不是在致意，而是向排在队伍
后面的一个人招手。"

"叫过来插队？"老头问。

"嗯。"

"这太荒唐了。"

"那你的意思是不让插队？"她问老头。

"肯定不让啊，你想，大家都在排队。即便那个很'端'
的男人为恢复队伍的秩序而力挽狂澜过。"老头态度鲜明。

"可是，如果被叫过来的是个孕妇呢？"她又问。

"孕妇？不是你身后的那一个？"老头反问她。

"不是。"她说。

"又是个孕妇。你们小区怎么那么多孕妇。"老头嘀嘀咕
咕着。

"所以，这戏剧性的选择就出现在了我的面前。如果是
你，你该怎么办？面对一个不能站立很长时间的孕妇，你会允
许她插队吗？"

"呃，那也不让插。不然对你身后的孕妇就是极大的不公
平。站不住可以找工作人员借把椅子嘛。再说她家里人也真
是，竟然要一个孕妇来排那么长的队。"老头说，"而且，如
果我没猜错的话，你并没有允许她插队。"

她沉默了一下说："是的。"

老头开心一笑："这就对了嘛。"

"我义正辞严地指责了他们，然后，那个试图插队的孕妇
又回到队伍末尾去了。"顿了顿，她又补充，"但是……但是
我当时的行为却不是出于对身后孕妇不公的考虑，我想到的
是我自己的利益。我还处于试用期。我不想因为迟到而影响

转正。离婚后母亲一直独居，她省吃俭用，什么事都不让我操心。我不想让她失望。她一个人在家，那么孤独，那么可怜……"泪水布满了她的双颊。她抽噎着，再也讲不下去了。

老头又帮她倒了一杯热水。回来时发现，她正直勾勾盯着头顶的灯盏，一动不动，像尊塑像。老头看看她，再看看灯盏，又转过头来看她。当老头充满狐疑地把那杯热水推过去时，她指着灯盏问老头："这像不像一轮白月亮？"

老头转动着脖子仰头观察了一番说："有一点。"

她又问老头："那您信不信头顶三尺有神明？"

老头并不知道该怎么回答。但他似乎从她的问题中察觉到了什么。于是他问她："是那个试图插队的孕妇后来发生了什么不好的事吗？"

那天的手续办理得很成功。就在她离开之前，身后的那个漂亮孕妇还轻轻拽了拽她的胳膊表示感谢。漂亮孕妇一脸感激地抚摸着自己的肚子向她道谢："谢谢你啊。三十二周了。要不是你，我真有点站不住了。"

面对这样的感谢，她是心虚的。毕竟，她并不是出于为身后人的利益考虑。哪怕是个孕妇。她笑了笑，什么话也没说。时间已不容乐观，她急需出门拦下一辆出租车。她像一支箭向门口冲了过去。然而就在奔跑的那一瞬间，她还是一眼就瞥见了之前试图要插队的那个孕妇。孕妇站在队伍末尾，一手托着隆起的腹部，一手拎着包，双眼阴森森地瞪着她。孕妇的眼神幽怨而深沉，像是能击碎人的灵魂，她马上就联想到了电影中的那些杀人狂。对，就是这个眼神，让她当即产生了强烈的不安之感。寒毛立刻竖了起来，她一秒钟也不想再待，几乎是逃命一样地，从门口挤进了电梯。

那一天，她惶惶不可终日，不是讲课出错，就是走路撞人。孕妇的那个幽怨而阴森的眼神，让她对自己所谓的"正义之举"充满了自责。她感觉自己不但自私虚伪，而且冷血残忍。简直像个怪物。

"这就是你所谓的恐惧？源于对自己人性深处阴暗面的恐惧？这不怪你，你没有做错什么。"

"可是她流产了。那天，因为长时间的站立，她在排队往前迷糊着走的时候跌了一跤。醒来时，医生告诉他，孩子没了。而我，就是间接杀死那孩子的凶手。"

"但你当初没的选择，你如果让她插队，确实就是对你身后孕妇的不公。万一，那天摔跤流产的是她呢？她也站不住。"

"我宁愿摔倒流产的是身后的孕妇。"她的话让老头瞠目结舌。

犹如横在一重重的迷雾当中，老头实在弄不清楚这故事到底还有几种可能性。于是，他不再替她辩解什么，而是用一种虚无的口气问她："究竟还发生了什么？"

"孩子出生以后，在一次体检中，血型与 DNA 检测结果显示，那孩子并不是我身后孕妇和她丈夫的。她丈夫从部队转业在我们学校体育系做搏击教练，因接受不了这个事实，一次酒后，将她和孩子双双扔下了三十二楼。"

老头的嘴巴已张大成了弧形。一开始，他是对这个故事的结局有过预测，但却从未想到会如此血腥和惨烈。老头在这个早上听了太多的悲剧，这悲剧甚于自身，让他感到了绝望。于是，他起身向她说："好了，你不要讲了。我不想再听了。我是个快死的人了，我要对这个世界保留仅存的爱意，不能让这些不好的东西缠我一辈子，到死了还带进棺材。"

但她依旧喋喋不休，起初，是老头非要交换故事的。她很配合地做了他的听众，他也必须配合。绝不允许半途而废。

她说："我还没讲完。"

"随便你吧。"老头起身摆摆手，已经朝卫生间的方向去了。

她追了上去，跟在他身后继续说："我还没说到我辞职，今早的噩梦还有我母亲的死，怎么，我听完了你的，你就想要赖了？"

老头头也不回，他认为身后的这个女人一定是疯了。

她追了几步。但老头三步并作两步，直接打开卫生间的门就钻了进去。"啪"一声，冰冷的铁门竖立在了他们之间。她觉得自己无法再让老头做忠实的听众，只好沮丧地站在了门口。

她贴着铁门絮絮不止："你知道吗？母子俩被抛窗坠亡后，她的丈夫就逃跑了……"

后来，她的丈夫被警察在城中村的一个出租屋抓获。他身上还背负了两条人命，一个是妓女，一个是小三。没有费什么力气，他就全招了。他说他恨死了不忠贞的女人，他说他不是杀人，是为民除害。不久，法庭的判决结果就出来了，死刑，立即执行。这个结果让她感到浑身无力，她总觉得这一切不可挽回的事实都是由她排队时的那个选择而引起。从那天起，她每晚都噩梦连连。她梦见枪毙他的那把枪就对在她的后脑勺上，扳机扣响，她大哭大喊着从梦中惊醒。这种恐惧折磨着她，让她不能再正常教学。面对讲台下那些目光如炬的眼神，她紧张得大汗淋漓，字不成句。不久，她就被学校辞退了。在去办理手续时，她才知道，当初企图插队的那个孕妇，其实就是那个很"端"的男人的妻子。真是世事弄人啊！母亲在知道她丢了工作后，劝她卖了房子回老家去，但她坚决不答应。她拿出了母亲关于鼓励她"自由"的原话来反抗母亲。甚至，她明确表示，不想成为母亲婚姻失败的赌注——母亲的宝，不必押在她身上，她有自己的路要走。几番争吵过后，母亲就被气晕在了床上。母亲早就查出有食道癌，但一直没告诉她。母亲只是想在岁月弥留之际，让这世上唯一的亲人守在自己身旁，但——

恐惧始终未曾离开。它缠绕着她，让她不得喘息。每天被虚幻、无聊、苦闷、孤寂、委屈、凋敝、悲戚、无助、焦躁、黯淡、空洞和低潮折磨，最近，她的身体出现了一点问题。神思恍惚，噩梦不绝，并伴有手脚颤抖。这在今天早上达到巅峰。在噩梦中，她看见那个被扔下高楼的孕妇带着两个浑身血淋淋的婴儿居然像蝙蝠那样，倒挂在了她的屋顶。婴儿闭着眼睛，手中攥着还未剪断的滴血脐带，沿着墙壁，一步一步，正朝她爬去。在极端的恐怖中，顶在她的后脑勺的那把枪也如约而至。婴儿毫不费力地就用脐带缠住了她的脖子，她像一只被缚住的猎物一样，挣脱不开。当脖子被手攥脐带的婴儿勒得快窒息的时候，她在枪响中听到了母亲的惊叫。接着，她在大汗淋漓中哭醒了。

醒来后，她在窗前的墙壁上看到了比噩梦还惊恐的一幕——头顶斜上方的窗角，竟然结了一张硕大无比的蜘蛛网。在那里，两只漆黑的蜘蛛，正忙着把一只挣扎的苍蝇用丝缠绕起来。起初，苍蝇还试图挣扎着逃脱，但在一会儿后，它就被缠绕得几乎是个木乃伊了。屋里还住人，蜘蛛怎么会结网？不是一般只有荒屋才会出现这样的事吗？这难道是什么不祥之兆的预示吗？

正疑惑着，突然手机响了。是母亲的号，她战栗着问怎么了，里面传来的却已是长长的呜呜声。她抖抖索索着打过去，刚响了半声，就在一阵刺耳的嘈杂声中听邻居说，母亲在今早去世了。

"知道我为什么不赶回去见奔丧吗？"她拍着铁门大声疾呼，"那只是为了逃避，逃避我心中不曾消失的愧疚和恐惧。"

老头可能没听到她的话。在卫生间里，他正小心翼翼地拿出手机，专注地摁着号码。他打算在下一站就下车，让子女来接他回家。

　　火车轰隆作响。穿过隧道，就会见到光和信号。老头决定了，要把生病的事告诉子女。他已经从这个疯女人的故事中窥见了子女们的未来某种可能性。他不想把好人留给自己当，却把愧疚和恐惧留给子女。他不知道这个选择对不对，但他清楚，凡是把这世上任何选择安置进人活一辈子的命题里来考虑，都算不上正确。

　　那是个伪命题。

　　无解。

图书在版编目（CIP）数据

仙人／鬼鱼著. -- 北京：作家出版社，2020.7

（21世纪文学之星丛书·2019年卷）

ISBN 978-7-5212-0943-3

Ⅰ. ①仙… Ⅱ. ①鬼… Ⅲ. ①中篇小说 – 小说集 – 中国 –
当代 ②短篇小说 – 小说集 – 中国 – 当代 Ⅳ. ①I247.7

中国版本图书馆CIP数据核字（2020）第076065号

仙　人

作　　者：鬼　鱼

责任编辑：史佳丽　李亚梓

特约编辑：赵　蓉　王锦方

装帧设计：守义盛创·段领君

封面摄影：闫振霖

出版发行：作家出版社有限公司

社　　址：北京农展馆南里10号　　　　邮　　编：100125

电话传真：86-10-65067186（发行中心及邮购部）

　　　　　86-10-65004079（总编室）

E-mail:zuojia@zuojia.net.cn

http://www.zuojiachubanshe.com

印　　刷：北京玺诚印务有限公司

成品尺寸：142×210

字　　数：191千

印　　张：8

版　　次：2020年10月第1版

印　　次：2020年10月第1次印刷

ISBN　978-7-5212-0943-3

定　　价：42.00元